HEYNE BÜCHER

SCIENCE FICTION

Herausgegeben
von Wolfgang Jeschke

JOANNA RUSS

ZWEI VON IHNEN

Roman

Science Fiction

WILHELM HEYNE VERLAG
MÜNCHEN

HEYNE SCIENCE FICTION & FANTASY
Band 06/4696

Titel der amerikanischen Originalausgabe
TWO OF THEM
Deutsche Übersetzung von Alexandra Bartoszko
Das Umschlagbild schuf Michael Hasted

Dieser Roman erschien unter dem Titel
»Die Frauenstehlerin«
1982 im Medea Frauenverlag, Frankfurt

Redaktion: Irene Bonhorst

Printed in Germany 1990
Umschlaggestaltung: Atelier Ingrid Schütz, München
Satz: Schaber, Wels
Druck und Bindung: Elsnerdruck, Berlin

ISBN 3-453-04278-6

Dieses Buch ist Suzette Hayden Elgin gewidmet, die mir großzügigerweise gestattet hat, die Gestalten und den Rahmen ihrer Kurzgeschichte ›For the Sake of Grace‹ als Sprungbrett für meine eigene, ganz andersartige Geschichte zu benutzen.

DA SIND SIE. Sie sind ganz in Schwarz, in Leibröcken mit Gürteln über so etwas wie langen Unterhosen. Sie sehen aus wie die Karten in *Alice im Wunderland,* obwohl hier niemand je davon gehört hat. Sie tragen — im Augenblick — keine Waffen. Beide sind groß. Die ältere Gestalt (graue Haare, glattrasiert, knapp unter fünfzig) hat die gebogene Nase, die hohen Backenknochen und die tiefliegenden, dunklen Augen eines Wüstenpropheten. Die (um zwanzig Jahre) jüngere Gestalt ist ein stämmigerer Typ mit dem glatten Tellergesicht eines slavischen Bauern: ein Tupfer als Nase, ausgelaugte Augen und jenes farbunbestimmte, feine Haar, das Russen bekommen, wenn sie vergessen, blond zu sein. Sie sind weiß, doch ist dies in konventionellem Sinn zu verstehen; es schließt schnee- und papierfarben aus. Um sie herum ist die Höhle von Alaed-Din, etwas heruntergekommene Pracht vielleicht und zu sehr früher Manet in der Möblierung. Da sind bestickte Kissen, spanische Wände aus Filigran, Tische mit Einlegearbeiten, Beistelltischchen, bemalte Wandbehänge, stapelweise Teppiche, alles mit Mäander- und Lochmustern und mit sich endlos wiederholenden geometrischen Motiven verziert. Aber nirgendwo sind Pflanzen zu sehen, weder echte noch abgebildete, und es gibt keine Bilder von irgend jemandem oder irgend etwas.

Der jüdische Prophet steht mit verschränkten Armen gegen einen Wandbehang gelehnt; nur ab und zu löst sich ein Arm, und er klopft mit dem Daumen nachdenklich gegen seine Zähne. Die andere Gestalt sitzt mit überkreuzten Beinen auf ein paar Kissen und liest laut aus einem großen Buch vor, das wie ein mittelalterliches Manuskript beleuchtet ist. Dies steht in dem Buch geschrieben:

Und die Jungfrau Enîs el-Djelîs war die Tochter des Veziers Abd el-Hassan, welcher zu jener Zeit dem Sultan Harun al-Raschid diente, sein Name sei ewig gepriesen — das durfte ja nicht fehlen —, *und dieser hatte ihm Badr el-Budur zur Frau gegeben. Und so ward Enîs el-Djelîs anzuschauen: sie glich dem Buchstaben Aleph, schlank war ihr Wuchs wie der des Baumes Irak, auf ihrer Stirn vereinigten sich die Augenbrauen, ihr Gesicht hatte den Schein des vollen Mondes, und auf ihren Wangen war ein Mal von der Farbe des Bernsteins. Drei Tage danach, als sie mit ihren Sklavinnen zum Bade ging* — und sich dabei wahrscheinlich halbtot kicherte —, *erschien vor ihnen eine Djinnia, ganz schrecklich und furchterregend anzusehen, mit drei Armen an jeder Schulter und drei Händen an jedem Arm und mit langen schwarzen Nägeln von unübertroffener Schmutzigkeit und Schwärze* — wie jeder Dschinn in dem Buch — *und mit wulstigen Lippen und einem schwarzen Gesicht* — Rassisten — *und mit wirren Haaren wie eine Wolke von Rauch. Und diese Djinnia hub nun an,* hub, um Himmels willen, hub, *zu Enîs el-Djelîs die Worte sprechen: ›Fürchte dich nicht, o Versuchung für Gottes Geschöpfe, ich bin ein Muslim, ich bin, mußt du wissen, vom Stamm der gläubigen Djinn‹ und riß die Jungfrau Enîs el-Djelîs empor und trug sie geschwind durch die Lüfte . . .*

Knallt das Buch zu. »Die sind beknackt«, und wenn du selbst dagewesen wärst, hättest du bemerkt, daß der Einband des Buches — der ein bißchen bearbeitetem Leder und ein bißchen bearbeitetem Papier und Stoff überhaupt nicht ähnelte — in Wirklichkeit aus ausgepolstertem Polyäthylen war. Ebenso wie die Oberfläche des Tischchens, auf dem es jetzt liegt. (Beide sind mit komplizierten Mustern in Rot, Blau und Golden versehen.)

Die jüngere Gestalt fügt giftig hinzu: »Rassisten!«

Die ältere weist sanft darauf hin, daß die Kultur erst drei Generationen alt sei und zweifellos keinen Bestand haben werde. »Wenn sie erst mal über die Exkommunizierung hinweg sind ...«

»Hat der Islam das getan? Ich wußte gar nicht, daß die so vernünftig sind. Schmeißt sie raus, daß sie auf den Arsch fallen, richtig so.«

»Ist da denn gar nichts ...?« (zeigt auf das Buch).

»Nein«, sagt sie und erhebt sich mit Schwung, ihre todfarbenen polnischen Augen ausgesprochen boshaft, keine dicken Lippen, kein schwarzes Haar, keine neun Hände. »Da ist ein Prinz, ja, und sein Wuchs ist schlank wie ein Weidenzweig, sein Gesicht ist wie der Vollmond, er hat ein Mal von Bernstein, und seine Augenbrauen treffen in der Mitte zusammen. Er wird angesprochen als ›du Versuchung für Gottes Geschöpfe‹. Er heißt Mas'ud. Alle haben einen Namen, sogar die Dschinns. Dingsbums, nein nicht die da« (sticht auf die Luft ein in Richtung des Buches), »sieht ihn durch das Gitterfenster des *Harîms*, als er *Goff* spielt. Das ist nicht, was du denkst; es ist eine Art Polo. Sie wirft ihm einen Zettel hinaus mit sechzehn klassischen Versen, vollständig zitiert. Sie hat den schlanken Wuchs des Weidenzweiges, ihr Gesicht ist wie der Vollmond, ihre Brauen vereinigen sich, und sie hat ein Mal und so weiter und so fort. Er schickt ihr einen Zettel mit vierundzwanzig klassischen Versen. Sie treffen sich. Dann sind wieder die 'Ifrîts an der Reihe. Um das auszusprechen, mußt du spucken. Rat mal, von welcher Farbe die 'Ifrîts sind. Zwölfhundert Seiten. Ich hab' dir doch gesagt, die sind beknackt.«

Er sagt: »Aber *Tausendundeine Nacht* ist so lang, Irene.« (Er spricht es britisch aus, Ei-ri-ni.)

Sie sagt: »*Die Arabischen Nächte* sind echt. Sie sind nicht erst letzte Woche erschienen.«

Er sagt: »Ah, tatsächlich?«, womit er nicht das Erscheinungsdatum des Buches, sondern ihre persönliche Abneigung meint, und sie fügt hinzu: »Kümmere dich um deine Angelegenheiten, Gewissen Neumann. Keine

Ratschläge jetzt. Du berichtest später, das ist deine Angelegenheit.«

Dann sagt sie: »Ich weiß, was es ist, Ernst. Du bist unruhig, weil du dich nicht richtig hinsetzen kannst. Es ist eine verdammte Zumutung; aber sie haben wohl Bänke oder so was, sie sind in dem Buch erwähnt. Ich werde schon eine auftreiben.«

Aus seinem riesigen Brustkasten dringt eine Art Knurren: »Ich kann stehen.« Er fügt hinzu: »Ich habe dich nicht hierhergebeten, Sklodowska, schieb's nicht auf mich.«

Irenee Waskiewicz wirft ihren Kopf lachend zurück und läßt sich vergnügt an der Wand hinuntergleiten, auf einen Teppichstapel. Sie legt den Kopf auf ihr angewinkeltes Knie, das Haar fällt ihr ins Gesicht. Er hat eine ungeheure Macht, sie zu erfreuen, was ihm selbst große Freude bereitet. Dieser Name — Maria Sklodowska Curie, ihre nobelpreistragenden Töchter Eva und Irene, alle drei Landsmänninnen von ihr, alle drei berühmt. Es gibt kaum etwas, das sie so erfreut, nicht einmal wenn er sie Nikolaus Kopernikus nennt. Sklodowska bedeutet: *Ich weiß, daß deine Wut nur aufgesetzt ist,* Kopernikus ist für bewundernde Überraschung, und der Name Lady Augusta Lovelace, Byrons Tochter, deren Mutter Mathematikerin war, Rennpferde züchtete und (für das exzentrische Genie Babbage, Erfinder und Erbauer des ersten Computers — aus Holz) binäre Zahlensysteme schuf ... naja, Lady Lovelace bedeutet etwas anderes.

Ein paar Dinge zum Verständnis: daß sie sieben Jahre lang seine Schülerin war, ehe sie eine von »Der Bande« wurde. Daß es Leute gibt, die auf Titel Wert legen und »Die Bande« daher anders nennen; diese zwei nennen sie halt »Die Bande«. Daß er sie zu einem früheren Zeitpunkt aus einer sehr schlimmen Umgebung herausgeholt hat, die so ähnlich war wie dieser Ort, wenn auch nicht äußerlich. Daß sie hierher geschickt wurde und nicht kommen wollte, obwohl es angeblich eine Art Urlaub sein soll, ein Ehrengeleit für eine diplomatische Mission. Daß sie, als sie seinen Namen erfuhr, sagte: »Ja natürlich, Sie sind der am ernstesten aussehende Mensch, der mir je begegnet ist; natürlich heißen Sie Ernst« (und später: »Mein Ideal ist schon immer gewesen, jemanden zu lieben, der Ernst heißt. In dem Namen liegt etwas, das unbedingtes Vertrauen einflößt.« Er hatte verblüfft geantwortet: »Kopernikus!«, denn sie hatten eine gemeinsame Kultur — wenn ihre Welt auch nicht ganz die gleiche war). Daß dieser würdevolle jüdische Flüchtling, der in England von den anderen Schuljungen gehänselt worden war, seinen neuen Namen gewählt hatte — als seine tiefen, dunklen, schönen Augen in einem noch wesentlich jüngeren Gesicht lagen — oder bekommen hatte (es ist schon sehr lange her): der ernste, neue Mann. Daß Waskiewicz ihr bei ihrer Geburt gegeben wurde, ebenso Irene, daß sie sich jedoch in ihrer Jugend retten konnte, indem sie sich als Irenee Adler, *die* Frau, betrachtete. Ein Beispiel:

Er: Wer besitzt, benennt.

Sie (neugierig): Meinst du nicht »Wer, der?«

Er: Keineswegs.

Er sagt: »Weißt du, Irenee, ich glaube, wir wurden hierhergeschickt, weil wir so anders aussehen als die Leute hier. Um Eindruck zu machen, verstehst du?«

»Toller Eindruck«, sagt sie, »in langen schwarzen Unterhosen? Wir machen soviel Eindruck wie Garderobenständer. Wenn die Bande jemals Ausgehuniformen trüge, würden wir vor Schreck alle tot umfallen.«

Er denkt: *Du würdest dich im Himmel noch beschweren, damit du ja keinen Punkt abgezogen bekommst.* Ernst achtet gewöhnlich nicht näher auf die Wortwahl anderer, vielleicht aufgrund seiner Kindheit (fünf Länder in sechs Jahren), und da er Irene bei ihrer ersten Begegnung gleich hatte übersetzen können — obwohl niemand anders in der Lage ist, oder sie redet mit niemand anderem so —, sagt er nur:

»Oh, gewiß, da ist ein Kontrast.« Wie immer, steht hinter seinem »gewiß« der Schatten eines höflichen, eines europäischen »gewiß doch«.

Sie sagt: »Ernsthaft, Ernst. Bei mir kann ich's ja verstehen, aber du bist semitisch genug. Verdammt noch mal, du siehst semitisch aus. Haben sie dich so sehr verändert?«

Er nickt. »Ich hab' sie gesehen. Bin schon gestern hier angekommen, weißt du. Mit um ein Fünftel herabgesetzter Schwerkraft können sie anscheinend alles machen. In Grenzen. Aber sie bleiben klein. Und wir ...«

»Sind Neandertaler«, sagt sie. »Ja natürlich. Häßliche Ungeheuer. Nur größer. Und wie wir in diesem ganzen Heckmeck auffallen!«

Jetzt kann er ihre Worte nicht lesen. Wenn Irene so richtig am Denken ist, wird sie für ihn undurchsichtig, und er schaltet automatisch auf ihre Worte um.

Er sagt: »Tja, wir können nichts tun. Niemand erwartet einen Tumult. Es sei denn, du fängst einen an. Ich mache mir Sorgen um dich, Irene.«

»Um mich?« fragt sie. »Oh, ich werd's versuchen, aber ich komme bestimmt nicht mal zum Abwurf.« Einen Moment lang klafft ein Loch. Er weiß nicht, was *Abwurf* ist. Sie sehen sich einen Augenblick an und registrieren — im Moment —, daß sie wieder mal auf einen dieser winzigen Unterschiede zwischen den USA und dem nordamerikanischen Commonwealth gestoßen sind. Beide wissen über Hitler, über Stalin, über die zwei Weltkriege, über Mao Bescheid, aber jetzt können sie sich (nicht ums Verrecken) nicht erinnern, welche Welt nun welche ist. Ein Grund, warum sie oft bei Aufträgen für die Bande zusammen eingesetzt werden.

Sie sagt: »Ich hab' dir doch von Fuzzboll erzählt.«

»Nein, *ich dir.*«

»Ach ja, andere Regeln.«

»Lady Lovelace!« sagt er und schüttelt bewundernd den Kopf.

Sie schließt die Augen geduldig und sagt: »Ernst, heut' nacht schon wieder? In deinem Alter?«

Jetzt weißt du also, was »Lady Lovelace« bedeutet.

Nachts, im Halbschlaf, zwei Schatten. Ihr warmer Atem auf seiner nackten Schulter, der harte Vorsprung da, seine Lust oder sein Hüftknochen?

Eine schläfrige Stimme sagt: »Alabama.«

»Arkansas«, die andere.

»Spanien.«

»Nevada.«

»Schon *wieder* A? Andorra.«

»Aruns.«

»Was?«

»Das gibt's.«

»Von wegen.«

»Wirklich.«

Schläfrig und ärgerlich sagt sie: »Was ich alles mitmachen muß.«

»Aber Irenee«, (pedantisch) »das gibt's wirklich in meiner Welt. Es gilt also.«

Sie richtet sich im Bett auf mit einem heiseren Ultimatum. »Nur geläufige Namen.«

Da ist ein Erdbeben zwischen den Schatten, Arme, seine oder ihre, ein dunkler Arm, ein heller Arm, über Kreuz im Mondschein, unmöglich, etwas klar zu erkennen.

Ein lautes »Au!«

»Oje.« Besorgnis und allerlei Bewegung.

»Pah! Aruns.« Sie setzt hinzu: »Die Seychellen.«

»Was?«

»Seychellen, die. Die Seychellen. S am Anfang, um an Aruns anzuschließen, das mit s aufhört.«

»Bist du sicher ...«

Verzweifelt richtet sie sich im Mondlicht auf. »Lieber

Himmel, warum müssen wir uns immer wie Fünfjährige aufführen?«

»Das tun doch alle.« Er meint: *Das tun alle Liebenden.*

Einen Moment lang ist sie still, um dann — ohne ein Wort oder eine Bewegung im Dunkeln — zu verschwinden. Dann sagt sie: »Also gut, hören wir auf. Komm, wir ficken.«

Er lacht hilflos in der Dunkelheit. »Du bist so charmant.«

Ein Wirrwarr, eine Menge Bewegungen.

»Ich *sagte* doch, die Seychellen. Hör mal, nächstes Mal bleiben wir bei Namen, die wir beide kennen, ja?«

Langes Schweigen. Die beiden so isoliert im Nichtsehen wie ein Floß auf dem Meer, ein Floß mit einem oder zwei Überlebenden, das auf dem nassen Element dahingleitet, zwar tauglich, aber so klein, daß es unmöglich aus der Luft oder von einem Schiff aus zu erkennen ist, und darum ist es allein.

Sie sagt bitter: »Spielchen spielen . . .!«

Das war vor zwei Nächten.

Das alte, vertraute Elend, sein unverkennbarer Geschmack: verinnerlicht, unmöglich, selbstverursacht. Wachzuliegen, wenn er es nicht tut, auf irgendein schreckliches Vorgebirge des Bewußtseins verbannt, Schatten, und zu wünschen. Was wünschen? Sie dreht sich um, streckt sich vorsichtig aus (um irgend etwas zu tun) und starrt in die Dunkelheit. Tränen in den Augen. Vielleicht bis zum Morgen zählen, mal sehen, was für enorme Zahlenreihen dabei herauskommen.

Er keucht. Immer wieder. Er steht adrett auf einer Wüsteninsel, wie die in den Karikaturen, mit dem Koffer in der Hand, den er schon so lange von Land zu Land schleppt, und der Sand immer kurz davor, unter seinen Füßen wegzurieseln. Bald wird er auf dem Wasser stehen. Er kann sich nicht bewegen, ist vom Hals abwärts abgeschaltet. Wo sollte er auch hingehen?

Er hat einen Alptraum.

Mit Tränen des Selbstmitleids in den Augen schüttelt sie den Schläfer wach. Sie sieht ungeduldig aus (falls jemand sie hätte sehen können), die Brauen zusammengezogen und die Unterlippe zwischen den Zähnen. Sie rüttelt ihn fest und recht selbstsüchtig.

»Was? Was?« Er fährt etwas wild hoch, nicht mit der vollen Gewalt des Traumes, sondern wie aus dem Zusammenhang gerissen, aufgeschreckt, nicht ganz wach. Sie legt sich etwas sanfter zurück; ihr ist wohler, jetzt, wo er wirklich da ist, und da sie glücklicher ist, wird sie plötzlich rücksichtsvoller.

Sie sagt leise: »Was ist denn?«

Er stöhnt, aus Protest dagegen, aus dem Schlaf gerissen zu werden: »Ahhh, nein, nein!«

»Ernst?«

Er sagt: »Ich war auf dieser verdammten Insel, mit diesem verdammten Koffer. Hat nicht viel gefehlt, und ich wäre ertrunken, weißt du.«

Sie sagt: »Ich glaube, keiner von uns will morgen gehen.« Sie kratzt sich an der Nasenspitze. Fast redselig fügt sie hinzu: »Wozu in aller Welt hattest du einen Koffer bei dir? Was war drin?«

»Ein Jude«, sagt er. Sie blickt unauffällig zu ihm hinüber, dann auf ihre Knie runter. »Oje.« Und fügt hinzu: »Also, ich finde, so jüdisch siehst du auch wieder nicht aus.«

Nach einer Pause sagt er: »Ich will auch nicht gehen.«

Ernst Neumann will in den Ruhestand treten.

Er spielt jetzt schon seit einigen Jahren mit dem Gedanken, das heißt, seit der Zeit etwa, da er Irenee Waskiewicz eingearbeitet hat, in der er oft eine Art jüngeren Partner oder einen Erben sieht, manchmal (mit gespielter Verwunderung) seine Tochter, manchmal (mit echter Selbstverständlichkeit) seinen Sohn. Er ist stolz auf sie. Er wird allmählich müde. Es wird einige Zeit dauern, bevor er sich geistig mit einer so massiven oder gar vollständigen Abkehr von allem, was gewesen ist, abgefunden hat, aber es macht ihm Spaß, den Gedanken fortzuspinnen. Er weiß, daß Irenee immer noch glaubt, sie werde ewig leben, und das amüsiert ihn und rührt ihn, obwohl er das sorgfältig vor ihr verbirgt. (Sie würde es abstreiten.) Bisweilen denkt er — insgeheim —: »Wenn ich aufhöre zu arbeiten, werde ich« oder einfach: »Wenn ich im Ruhestand bin«, und die Worte haben in sich selbst einen süßen Klang, ziemlich unabhängig von irgendeiner klaren Vorstellung. Er denkt noch nicht ernsthaft daran. Er malt sich aus, Bienen oder Rosen zu züchten. Nach außen hin ist es ihm noch nie besser gegangen; das weiß er. Er weiß auch, daß ihn seine Kindheit so deformiert oder gezeichnet hat, daß er sich nie davon erholen wird, beziehungsweise er glaubt, daß jedermanns Kindheit das tut, wenn ihm auch nicht bewußt ist, daß er einen gewissen Unterschied zwischen seiner und der Kindheit seiner Schülerin macht, insofern als er *gezeichnet*, sie aber *deformiert* ist. Die neue Umgebung birgt ähnliche Gefahren für beide Arten von Denkschemata, das weiß er. Sein Alptraum hat ihn — manchmal getarnt, manchmal nicht — nun schon über weite Strecken seines Lebens begleitet, wie der berühmte Examenstraum, über vier Weltkontinente, über noch mehr Welten als Kontinente, über mehr Jahre als Welten. Diplomatenfamilien, Soldatenkindern und ähnlichen Leuten ist diese Eigenschaft gemeinsam: die Fähigkeit, überall zurechtzukommen und nirgendwo zu Hause zu sein.

Jetzt, wo er darüber nachdenkt, fällt ihm auf, daß Irene nicht so ist; man sieht ihr an, daß neue Umgebungen sie anstrengen, ihr fehlt der gelassene Abstand, sie muß sich unbedingt überall richtig zu Hause fühlen, sie verkrampft sich und stöhnt frustriert mit erhobenem Finger über jede Veränderung.

Gezeichnet, denkt er. *Deformiert,* denkt er.

Er sagt: »Kannst du nicht schlafen?«

Es gibt noch eine dritte Partei in diesem Dreieck auf Ka'abah, einen kleinen Mann, der ein bißchen pingelig ist, aber ziemlich harmlos, wirklich, und neben unseren Helden wirkt er, obgleich nicht besonders klein für seine Rasse — und bestimmt nicht dünn — so anders im Aussehen, so anders in seiner Haltung, und er hat so eine Art und so verschrobene, wichtigtuerische, geschäftige ... aber du hast den Satz schon selbst zu Ende geführt. Er arbeitet an einem Computerschirm und kümmert sich um Familienangelegenheiten. Sein Name ist Vezier (das ist jetzt ein geläufiger Titel) 'Alih Schams er-Nahar, auch 'Alih, Enkelsohn von Bakkar, und wenn du wissen willst, welcher es ist — beides trifft zu. Diese Menschen legen großen Wert auf neuerfundene Förmlichkeiten, die ihre ganze Erleuchtung sind, und sie tun ihr Bestes im Rahmen ihrer Erleuchtung.

Aber von welcher Farbe, welcher Form, welchem Muster und von welcher Intensität ist die Erleuchtung des Sohnes von Bakkar (auch sein Name)? Hat sie sein ganzes Leben lang gleichmäßig geschienen? Erlischt sie gelegentlich? Was ist ihre Funktion, ihre Bedeutung, wie ihre Wirkung und ihr Flackern (oder Pulsieren) in den Keimzellen seiner Gedankenwelt?

Schieß nicht auf das Spielerklavier; es tut doch nur sein Bestes.

Ka'abah hat an öffentlichen Unterkünften kaum etwas zu bieten, und das, was vorhanden ist (Fremdenverkehr wird hier nicht gefördert), ist von der diplomatisch-wirtschaftlichen Konferenz, die zur Zeit in Gang ist, beschlagnahmt worden. 'Alih Schams er-Nahar spielt daher den Gastgeber. Als er durch den Vorhang (der für ihn die richtige Höhe hat, Irene aber jedesmal in die Augen fällt) in seine pseudo-arabische Sitzecke tritt, blitzt in beiden Fremdlingen die gleiche Erinnerung auf: daß Richard mit seinem Schwert einen Eisenstab teilte und

Sala ed-Din eine Feder. Soviel haben sie gemeinsam, wahrscheinlich aus derselben Erzählung.

Er bietet ihnen Tel-o-trollen an, damit sie sich nie verirren, doch immer zu finden sind, und beide — sie erkennen sofort, daß die Dinger ausgeschaltet werden können — nehmen an, ohne sich erst darüber abzusprechen.

'Alih sagt: »Seiet willkommen. Seiet willkommen.« Soweit alles Routine. Diese Floskel gilt auf Ka'abah als Erstbegrüßung; er wird sie nicht mehr gebrauchen. Menschen, die eine neue Gesellschaft beginnen, tun oft so etwas, nicht weil es auf Einzelheiten ankommt, sondern weil sie das feierliche Gefühl vermitteln, Gestalten in einem Roman oder einem Theaterstück zu sein. So auch bei ihm. In seinen Augen zuckt ein kleiner Freudenstrahl. Er verbeugt sich (nach indischer Sitte, doch das weiß er nicht).

Ernst Neumann verneigt sich.

Irenee Waskiewicz verneigt sich.

Der Enkelsohn von Bakkar steht im Einklang mit seiner Umgebung, nicht aber diese Unmöglichen. Zum ersten Mal hat er Gelegenheit, sie aus der Nähe zu betrachten. Sie flößen ihm Furcht ein, und so schleudert er den glühenden Blick zu ihnen auf, den der Dichter Mondbogen getauft.

»Masch' Allah!«

Er verbeugt sich (wieder).

Der ältere Bruder verbeugt sich.

Der jüngere Bruder verbeugt sich, etwas mißmutig.

Der jüngere, der Schlechtaussehende, der Böse! Er weiß, daß er jetzt abergläubisch ist. Wenn es einen Frauenstehler gäbe, würde er so aussehen. (Er sieht, wie die unglückliche Frau weggetragen wird — von ihm nur durch die Glasscheibe des Fernsehschirms getrennt —, wie sie die Arme flehentlich ausstreckt, die Augen vom Schrecken geweitet.) Nein, er hält nichts von diesem jungen Mann. Die Vorstellungen von Schönheit sind auf

Ka'abah sehr anspruchsvoll, und Schams er-Nahar ist zwar bereit, Fremde mit geteilten Augenbrauen in die mittelalterlichen Maßstäbe miteinzubeziehen, aber Leute mit völlig farblosen Brauen kann man nun wirklich nicht hinnehmen. Kein Mann sieht nach allgemeiner Auffassung wirklich gut aus, wenn er nicht den weiblichen Part in einem Theaterstück spielen kann, und dieses bleiche, finstere Ungeheuer mit den todfarbenen Augen und dem schwindenden Haar könnte niemals aus Versehen für eine Frau gehalten werden. Es besitzt weder Anmut noch männliche Schönheit. Es ist ungesund fett. Der Sohn von Bakkar kommt zu dem Schluß, daß das männliche Prinzip in Abwesenheit des weiblichen ausgewuchert ist und seinem eigenen Untergang zustrebt: List, Formlosigkeit, reine Materie. Er hat Eunuchen im Theater dargestellt gesehen; er weiß, was seine Augen schauen. Das Ausbalancieren von männlich und weiblich spielt auf Ka'abah eine große Rolle, denn jedes für sich allein neigt dazu, in eine Karikatur seines Gegenteils auszuarten. Daher muß man, und sei es auch noch so förmlich, heiraten, und daher auch der Frauenstehler und die unverheiratete Frau.

Bleichgesicht (Fischgesicht) bestätigt den Gastgeber in seinen Vorurteilen, indem es sich in Gegenwart seines Gastgebers tatsächlich hinsetzt und mit seinen großen, plumpen Muskeln auf den Teppich niedersinkt.

'Alih beschließt, ihnen zu zeigen, daß auch er unhöflich sein kann; *er* setzt sich.

Älterer Bruder lächelt wohlwollend und setzt sich.

Vielleicht wurde die Geste nicht verstanden. Er läßt die Sache auf sich beruhen (denn ihre Unhöflichkeit kann unbeabsichtigt gewesen sein) und verbeugt sich wieder, aus dem Sitz heraus. Ohne die unangenehme Erscheinung, die in sein Haus gedrungen ist, aus den Augen zu lassen, spricht ein paar Worte über den bevorstehenden Vertragsabschluß, bemerkt, daß der Handel zwischen Welten (er sagt »Nationen«) zu begrüßen sei, daß Ka'abah große Rohstoffvorkommen besitze (er läßt sich nicht näher darüber aus), ein begabtes Volk und eine lange Geschichte habe.

»Wir freuen uns, hier zu sein«, sagt Älterer Bruder.

Jüngerer Bruder sagt: »Danke, daß Sie uns hier aufgenommen haben.«

'Alih kann nicht — jedenfalls noch nicht — erwähnen, daß es möglicherweise zu einem Gerangel um den Vertrag kommen wird; er kann sich folglich nicht erkundigen, wie lange sie zu bleiben gedenken, und das bedeutet, daß man sie nicht fragen kann, wie man es ihnen so bequem wie möglich machen kann. Gute Manieren schränken die Möglichkeiten ein. Er scheint im Zweifel zu sein und zupft an seinem Bart, wodurch er seiner Besorgnis Ausdruck verleiht. Ob er ihnen eine Erfrischung anbieten könne.

Er fragt sich, welch gräßliches Benehmen sie wohl noch an den Tag legen werden, um ihm das Leben zu erschweren, und sagt: »Dieser Sohn kann das Computerterminal für Essen drücken. Das kann man. Dieser Sohnessohn kann das. Oder für Getränke. Oder die Haushaltsmaschinen dazu beordern. Das kann man.« (Seine Roboter etwas bestellen zu lassen ist in anderen Nationen ein teures Vergnügen. Hier legt man großen Wert darauf, daß Roboter »Schattenleben« besitzen. Das ist unerläßlich, will man nicht demselben Verbot begegnen, das die bildende Kunst untersagt.)

»Sie sind sehr gütig«, sagt Älterer Bruder. Das ist recht menschlich. Jüngerer Bruder lächelt, wobei sich sein Gesicht in etwas beinahe Mannhaftes verwandelt.

»Ich glaube, wir hätten gerne etwas zu trinken«, sagt Jüngerer Bruder.

»Sehr gut!« sagt 'Alih, seine guten Manieren vergessend. Er ist Jüngerem Bruder wirklich aufrichtig dankbar dafür, daß er die Rolle des Gastes eingenommen hat — der Anmaßende, der *Ich* sagt. Ein Gastgeber muß selbstvergessen sein. Der Sohn von Bakkar erhebt sich und klatscht zweimal in die Hände (man kann einen überraschend lauten Ton damit erzeugen, und sie hatten ja schon drei Generationen Zeit, sich darin zu üben), worauf ein Teil des kleinen Tischchens neben Jüngerem Bruder aufleuchtet und sich somit als ein weiteres Computerterminal zu erkennen gibt. Eine Art großer, summender Kreisel betritt durch den gleichen Spalt im Vorhang, durch den der Gastgeber hereingekommen ist, den Raum, doch die Barbaren bekunden kein besonderes Interesse an ihm. Es ist ein handelsüblicher Haushaltsapparat, Standardausführung, und schon seit etlichen Jahren überholt.

»Dies ist eine wirkliche Person«, sagt 'Alih abwesend, »sie hat ein Schattenleben«, ohne zu bemerken, wie Jüngerer Bruder Älteren Bruder ansieht und Älterer Jüngeren. »Bestell Getränk«, sagt er zu der Maschine und präzisiert *Nebidh,* worauf die Maschine zu dem Tischchen wirbelt (und dabei den Rock von Jüngerem Bruder streift), einen Metallfinger ausstreckt und, sich von Seite zu Seite drehend, die entsprechenden Tasten drückt. Universalhaushälter haben nachgeahmte Gesichter, die als Codes für ihre Fertigkeiten dienen. Flach eingebettet in eine an seiner Oberseite angebrachten Platte hat dieser hier geschlossene Augen, eine Erbsennase und ein ewiges einfältiges Lächeln. Er wirbelt hinaus. Jetzt, da er bewiesen hat, daß er ein vermögender Mann ist, nimmt 'Alih den *Nebidh* von einem Wandschränkchen, auf dem der Haushaltscomputer ihn gerade abgestellt hat, und reicht ihn, sich verneigend, den Gästen. Nur aus Höflichkeit trinkt der Hausherr nicht selbst, sondern verfolgt mit großer Anteilnahme, wie die Gäste trinken.

Sie nehmen einen Schluck aus ihren dunkelroten Goldrandgläsern. Er hätte schwören können, daß Jüngerer Bruder dem Computerterminal eben eine Grimasse geschnitten hat.

»Geht es Ihnen gut?« fragt 'Alih.

Sie bestätigen, daß es ihnen gutgeht.

»Und selbst?« fragt Älterer Bruder.

»Und Ihre Familie?« sagt Jüngerer Bruder. Ehe sich der Sohn von Bakkar von seinem Schock (und seinem Argwohn) erholen kann, entsteht ein Wirrwarr am Saum der Vorhänge, und das Haustier der Frauen, ein rotes Eichhörnchen namens Jasemin, flitzt am Nachbarstore hinauf und klammert sich oben fest, ihren Schwanz zum Fragezeichen geformt. Die Glöckchen an ihrem Halsband klingeln. Von draußen ertönt Gekicher und der Ruf »Jasemin! Jasemin!«, aber 'Alih fängt sich schnell wieder, richtet sich auf und schreit: »Geh weg!« Stille tritt ein. Jasemin wendet ihren Kopf zu ihm hin, was die Glöckchen wieder klingeln läßt. Wenn 'Alih nicht noch unter den Nachwirkungen der beängstigenden Unziemlichkeit von Jüngerem Bruder litte, wäre dies sicher ein angenehmer Zwischenfall gewesen, denn soeben hat der Zufall — ohne jegliches Zutun von seiten 'Alihs — offenbart, daß viele verborgene Frauenleben von ihm abhängen und daß er reich genug ist, um ihnen von draußen ein lebendes Tier als Haustier mitzubringen. Doch jüngerer Bruder hat — vielleicht ohne es zu wollen — gerade den unheilschwangersten aller Sätze im Spiel des Frauenstehlers ausgesprochen, in welchem der geschlechtslose Dämon alle Regeln des Anstandes bricht und so ein finsteres Wesen enthüllt.

Und dann läuft die Frau, im Spiel, aus Versehen ins Zimmer.

(Er entsinnt sich, wie seine Tochter Zubeida das Stück im Frauenfernseher verfolgt hat, mit offenem Mund und voll konzentriert, wie es die ganz Jungen tun. So jung war sie, daß sie gar nicht begriffen hatte, daß es nur ein Fernsehspiel war, und ganz offen erklärte, sie wäre gerne die Frau in dem Stück, wenn sie älter sei. Lange Zeit konnte ihr keiner klarmachen, daß eine wirkliche Frau niemals einen Frauenpart spielen kann. Das würde alles aus dem Gleichgewicht bringen.)

'Alih nähert sich dem Vorhang, an dem sich Jasemin festklammert, aber das ungewöhnliche Schmuckstück blinzelt und springt blitzschnell auf den Boden, einmal ums Zimmer herum und zur anderen Seite hinaus. Mehr Kichern aus dem Hintergrund und ruckartige, schrille Klingeltöne von Jasemins Glöckchen. Der Sohn von Bakkar schreitet gemächlich zu seinem Sitzkissen zurück und lächelt höflich. Vor vielen Jahren, als Jugendlicher, pflegte er an den Fingernägeln zu kauen; jetzt wünscht er, daß er es wieder tun könnte. Jüngerer Bruder gähnt und streckt fette Arme über seinem Kopf aus, wobei er fast einige der Wandbehänge herunterreißt. Er sagt: »Entschuldigung«, und seine Schultern verrenken sich. Ist dies eine Anspielung? Eine Anspielung worauf? 'Alih zuckt leicht mit den Achseln, um es dem Gast gleichzutun. Er weiß, die Frauen stehen noch immer hinter dem Vorhang und beobachten alles; das spornt ihn zu besserem Benehmen an. Er erkundigt sich pflichtbewußt: »Vielleicht möchten Sie sich ausruhen?«

»In ein paar Minuten, danke schön«, sagt Jüngerer Bruder. Älterer Bruder nickt.

Jüngerer Bruder fügt hinzu: »Sie sind zuvorkommend. Ich finde, Sie nehmen das alles sehr gelassen«, und zwischen den Fremden wird irgendein kompliziertes Signal ausgetauscht, das 'Alih nicht deuten kann. Der Jüngere sagt: »Sagen Sie ...«, doch der andere unterbricht, was ersteren zur Hebung seiner nicht vorhandenen Augenbrauen veranlaßt.

»Sie sind verwandt?« fragt 'Alih geduldig, da er sich über die Bettverteilung Gedanken macht. Männer sind auf Ka'abah so öffentlich wie Frauen privat sind, die Stammbäume von Männern sind ein Thema von lebhaftem Allgemeininteresse (es ist nicht ungehörig von ihm, danach zu fragen), und Brüder stehen einander gewöhnlich nahe genug, um zusammenbleiben zu wollen. Außerdem läßt man seine Möglichkeiten durchblicken, wenn man getrennte Wohnungen anbietet. Er taucht aus seinen Überlegungen hervor und gibt sich Mühe, so erwartungsvoll wie möglich auszusehen. Älterer Bruder lächelt ihn an.

»Wir sind Lehrer und Schüler«, sagt Älterer Bruder, »aber wir sind enge Freunde, und wenn es Sie nicht beleidigt, möchten wir gerne zusammenbleiben, ja.«

'Alih verneigt sich. Er mag Älteren Bruder, obwohl ihn diese zu tiefe Stimme immer noch abstößt. Älterer Bruder fügt hinzu:

»Es ist des Lehrers große Freude, wenn der Schüler ihn übertrifft.«

(Also, wenn Älterer Bruder Jüngeren Bruder mag, dann täuscht sich entweder Älterer Bruder, oder Jüngerer Bruder ist nicht so schlecht, wie er aussieht. Vielleicht bessert sich das Verhältnis mit der Zeit.)

»Wir wechseln uns jetzt sehr oft ab«, fährt Älterer Bruder fort, wobei er den Sohn von Bakkar mit seltsamer Eindringlichkeit ansieht.

»Auf dieser Reise ist Irene der Macher, und ich bin das Gewissen. Auf der nächsten Reise wird es umgekehrt sein. Uns gefällt diese Einteilung.«

»Du meinst, den Behörden gefällt sie«, sagt Jüngerer Bruder in dieser (ihm eigenen) selbstgefälligen, unbeherrschten, böswilligen Art, die Worte über seine Schulter werfend.

»Ich meine, daß ich nicht bestimme«, sagt der Ältere. »Ich will das Schams er-Nahar klarmachen.«

'Alih verneigt sich. Bewundernswert, denkt er. Es schießt ihm durch den Sinn, daß sie vielleicht Liebende sind, und er mahnt sich selbst, diese Möglichkeit nicht vor den Frauen zu erwähnen; es wäre nicht richtig. Sie können sich solche Dinge im Fernsehen anschauen, wenn sie wollen. (Sein ältester Sohn schreibt bereits Gedichte an einen anderen Jungen. Er hat schon des öfteren mit anderen Familienhäuptern geseufzt und den Kopf geschüttelt über das Alter, in dem sie heutzutage schon anfangen. Man kann aber wirklich nicht, direkt vor seiner weiblichen Familie, ihnen diesen Wettstreit unter die Nase reiben, und in Stücken endet so was ja immer, wie es sich gehört, mit einer Vermählung, und alle sind glücklich.)

»Hier entlang«, sagt 'Alih und deutet auf den Vorhang.

Lehrer und Schüler erheben sich. Des Schülers Gesicht hat einen erschreckenden Ausdruck angenommen, beziehungsweise die Kreatur lächelt ihm tatsächlich zu, und nach einer unbeherrschten Sekunde des Zusammenzuckens beschließt er, diesem Wesen zu trauen, oder zumindest so zu tun, als traute er ihm, denn es mag ja am Ende tatsächlich vertrauenswürdig sein, und es ist nicht gut, Mißtrauen zu vervielfachen, da es ohnehin schon soviel davon auf der Welt gibt.

»Ich glaube ...«, sagt der Frauenstehler.

»Mein Haus gehört Ihnen«, sagt 'Alih, sich verbeugend, und ist sich im Moment, da er es sagt, im klaren darüber, daß er es wahrscheinlich besser nicht gesagt hätte, und nur Gott weiß, was diesem Ungeheuer als nächstes einfallen wird.

Er sagt: »Ich will mit den Frauen schlafen. Was hast du dagegen, du Trottel?«

(In Wirklichkeit hat Irene gesagt: »Ich würde lieber bei den Frauen bleiben. Sie Narr, dachten Sie etwa ...?«)

»Mein Partner ist eine Frau«, sagt Älterer Bruder.

Der Sohn von Bakkar vergräbt das Gesicht in den Händen. Dann linst er zwischen den Fingern hindurch. Mein Gott, es ist wahr! Jene gewaltigen Mänaden, die riesengroß werden, Pferdefleisch fressen, keine Brüste haben und Männerkleidung tragen.

»Wo sind Ihre Kinder!« kreischt er anklagend und wirft sich dabei den Bart über die Augen.

»Dieser Mann ist ein Narr«, sagt Jüngerer Bruder. 'Alih faßt sich. Es ist schlimmer als eine *Djinnia* mit sechs Armen und sechs Händen an jedem Arm und sechs Fingern an jeder Hand, mit Krallennägeln und einem schwarzen Gesicht.

Sie werden ihn für unzivilisiert halten.

»Verzeihen Sie mir«, bringt er über die Lippen und zeigt sein Gesicht wieder. »Mir ist nicht wohl.« Sein Bart ist zerzaust, sein Blick wild, ein paar Haarsträhnen kleben noch an seiner oberen Gesichtshälfte.

»Wir nehmen keinen Anstoß, bitte«, sagt Älterer Bruder höflich, obwohl Jüngerer Bruder (den 'Alih jetzt nicht mehr ohne ein Flimmern vor den Augen und eine Art Schwindelgefühl ansehen kann) fuchsteufelswild aussieht. Wenn sie nicht für einen Mann gehalten werden will, warum hat diese unnatürliche Frau dann ihren Schleier und ihren Schönheitsfleck, ihr Geschmeide und die Farbe auf ihren Fingernägeln entfernt? 'Alih legt seine Hände gegeneinander und verneigt sich mehrmals vor Älterem Bruder — »verzeihen Sie mir, verzeihen Sie mir« — demütigend, ohne Zweifel, aber er fürchtet sich und erinnert sich außerdem an seine Gastgeberrolle. Nichts ist demütigend, wenn es um der Gastfreundschaft willen unternommen wird, wie im Spiel der Maimuna, in welchem der Held für einen Gast Holz hackt, Wasser aus dem Brunnen schöpft und sich sogar auf die Stufe eines öffentlichen Mistträgers erniedrigt. Natürlich gibt es eine solche Stufe nicht mehr. Aber er kann das auch tun. Er verneigt sich vor Jüngerem Bruder.

»Verzeihen Sie mir.«

Die Frau sagt nichts. Dann sagt sie: »Ich werd's mir überlegen.«

'Alih hat sich genug erholt, um hervorzustoßen: »Bitte, mißverstehen Sie mich nicht. Ich bewundere Außerweltsitten. Eine Frau als Schülerin zu nehmen, das ist bewundernswert aufgeschlossen. Ich bewundere das.«

»Ich bin seit zehn Jahren keine Schülerin mehr«, versetzt das Ding.

»Ich meine, es getan zu haben«, sagt er kraftlos. »Aber Sie sagten doch, Sie wären ihr Gebieter?« Diese

Frage ist an Älteren Bruder gerichtet, da ihn der Anblick jenes glatten, haarlosen Gesichts noch immer entsetzt. Glattrasiert ist schlimm genug.

»Einen Dreck hat er gesagt!« sagt die Person.

»Na ja«, sagt 'Alih hoffnungslos. »Verzeihen Sie mir. Solche Mißklänge! Aber ich bewundere es wirklich, eine Frau als Schülerin zuzulassen.«

»Machen Sie sich keine weiteren Gedanken darüber«, sagt Älterer Bruder.

»Sie werden sich unter keinen Umständen weitere Gedanken darüber machen«, echot der Schüler.

»Gewiß, gewiß«, sagt 'Alih hastig (da ihm nichts anderes einfällt).

»Ja, ja, es ist beruhigend zu wissen, nicht wahr, daß sich unsere Horizonte erweitern?« (Dies ist eine unziemliche Rede, da Ka'abah keine Horizonte hat. Es ist fast vollständig unterirdisch, aus dem Felsen ausgehöhlt, und da er merkt, daß er einen Übertritt begangen hat, setzt er etwas heftig hinzu:) »Wir müssen den uns gebührenden Platz bei der Achtung fremder Sitten und Gesetze im Zusammenleben der Völker einnehmen!«

»Das haben Sie bereits getan«, sagt Älterer Bruder.

Die Schüler-Frau fügt ruhig hinzu: »Das haben Sie ganz ohne Zweifel getan.« 'Alih stürzt sich auf die Tür nach draußen und vergißt in seiner Hast, daß seine Gäste groß sind und vor Vorhängen im Gesicht geschützt werden müssen; hinter ihm ertönt ein unterdrückter Fluch. Er sagt:

»Hier entlang. Hier entlang, bitte. Habe ich Ihnen das schon gesagt? Wir haben auch weibliche Schüler. Sie sind Schülerinnen der Dichtung. Mein eigenes Kind ...«

Doch hier bricht er ab. Aus noch frischer Traurigkeit. Er hatte es ganz vergessen.

»Wir nehmen keinen Anstoß«, sagt der Lehrer-Mann wieder.

»Der Himmel bewahre«, sagt die andere. »Ich bin's gewohnt.«

Irene Waskiewicz hört lange genug auf zu brüllen, um zu sehen, daß ihr Freund traurig in der Ecke des Zimmers kauert, die Arme geduldig um die Knie geschlungen. Er blickt zu ihr auf, wobei er unwiderstehlich an eine alternde Schildkröte erinnert. Sie ist vulgär gewesen, und sie ist witzig gewesen. Sie hat die Behörde mit einer Salve von Beschimpfungen bedacht, die sie glaubte, schon vor Jahren verlernt zu haben. Einige davon versteht er nicht einmal.

»Und?« sagt sie.

Ernst seufzt.

Irenee tritt zornig gegen das Bett. Das Zimmer sieht aus wie jedes andere auf Ka'abah: verziert, überladen, alles aus Plastik. Ein riesiges Bett nimmt den größten Teil der Bodenfläche ein, ein überdachtes, pomponiertes, schleifenverziertes Monstrum mit Hängegardinen, das außerdem zu kurz ist. Das Gefühl, in einer Höhle zu sein, ist übermächtig.

Irenee sagt: »Das stinkt mir hier.«

Ernst kratzt sich am Kopf, von der Schildkröte verwandelt er sich zum Affen.

Sie geht zu ihm hinüber, springt über die Ecke des Bettes, wo es ihren Weg behindert, und beugt sich hinab.

»Ernst-verdammt-noch-mal!«

Er sagt: »Ist ja gut, Irenee.« Einen Moment lang ist Schweigen. Sie läuft wieder zurück auf die andere Seite des Zimmers und versetzt dem Monstrum dabei wieder einen Tritt. Dann läßt sie sich darauf nieder und testet es mit den Händen. Halbwütend sagt sie:

»Also, Gewissen Neumann, was habe ich diesmal falsch gemacht?«

Er sagt: »Falsch? Ich bin müde.«

Sie sagt: »Ich bin auch müde.« Und dann, nach einer Pause: »Ernst, es tut mir leid. Wirklich. Es ist unprofessionell. Es ist nicht sachlich. Warum du mich je angeheuert hast, werde ich nie begreifen.«

Er lächelt: »Wegen deiner wunderschönen Augen.«

»Ja, ich war jung«, sagt sie. »Und ohne jeglichen Charme. Und ich weiß immer noch nicht, was du an mir findest. Ernst, das ist ein Quecksilberbett.«

»Eh?« fragt er interessiert.

»Ja. Hoffen wir, daß es gut versiegelt ist. Glaubst du, sie versehen es mit einem Leck, um ihre Gäste zu vergiften?«

»Kaum«, sagt er. »Das würde der Botschaft nicht gefallen.«

»Nein. Aha! Hier. Es ist ein Standardmodell.« (Sie hat die ganze Zeit unter Girlanden und Pompons gewühlt. Jetzt wendet sie sich zu ihm hin, voller Anmut, ganz verwandelt, mit dem Ich-weiß-nicht-wie-du-mich-erträgst-Blick.) »Ernst, es tut mir leid.«

Er hält sich die Ohren zu.

Sie sagt: »Ich weiß nicht, wie du mich erträgst.« Dann schüttelt sie sich plötzlich, als käme sie wieder zu sich, und fügt hinzu: »Wie schäbig dieses Zeug ist. Uralt.«

Er zeigt auf seinen Schoß und sagt: »Sieh nur, was du angerichtet hast«, und sie brüllt vor Lachen. Sie sagt:

»Du bist schäbig. Du bist uralt. Gibst du denn nie auf?« Sie streift ihren Kittel ab und krempelt ihre schwarzen Strümpfe herunter, während sie auf und ab wippend quer über das Quecksilberbett stelzt und sich schließlich mit überkreuzten Beinen neben ihm herabsinken läßt.

Sie sagt, errötend: »Leg dich hin. Ich will dich reiten.«

Alih denkt an seine Tochter Zubeida, die allmählich zur Frau heranwächst. Nicht wie die brustlose Barbarin, deren Rippen man fast unter ihren Kleidern zählen kann. Zubeida wird schmalschultrig und schlankarmig sein, fast erdrückt von den Schätzen ihrer Weiblichkeit: weich, ebenmäßig und üppig, mit langem schwarzen Haar und (wenn die Geschäfte weiterhin gut gehen) einem bernsteinfarbenen Mal an der richtigen Stelle auf der Stirn. Die Operation wird kostspielig sein, doch für sein Täubchen, seine Versuchung für sämtliche Geschöpfe Gottes, ist nichts zu gut. Er wünschte, Bilder wären erlaubt; er hätte gerne (wie auch die Mutter Zumurrud, so verrückt sie auch sein mag) ein Gemälde von seiner Tochter, vielleicht mit dem Eichhörnchen Jasemin auf der Schulter, sehr zart und elegant im Stil. Er vermißt solche Dinge. 'Alihs Ehe ist sehr unbefriedigend verlaufen, und ihm ist — abgesehen von seinen drei Söhnen, an die er gewöhnlich nicht in Verbindung mit seiner Frau denkt — nur ein einziger Trost geblieben: seine Tochter. Er stellt sie sich vor mit dem schlanken Wuchs des Weidenzweiges, erwachsen, verschleiert, mit klirrendem Geschmeide und der ganzen unter dem *Izar* schwingenden Fülle ihres Körpers. Welch großartige Ehe sie eingehen wird! Er seufzt. Er weiß, daß Zubeida nicht die Unbeständigkeit ihrer Mutter geerbt hat, aber da ist immer noch die Schwester der Frau, Dunja, die vor Jahren total verrückt geworden ist, die ohne Schleier und vor sich hin plappernd aus dem Haus gerannt ist und schon die Hälfte ihrer Kleider auf dem Marktplatz abgeworfen hatte, ehe man sie gewaltsam zurückbringen konnte. All diese Jahre hat er die Kosten für ihre Krankheit bezahlt. Und strikt auch nur den leisesten Hinweis auf die Tragödie vor seiner Tochter verboten.

Der Enkelsohn von Bakkar geht an dem Wachroboter vor der Tür zu den Frauengemächern vorbei, wo er einen Augenblick innehält und dann — mit widerstrebend aktiviertem Tugendgefühl — den Wachroboter so einstellt, daß er die Tel-o-trolle der Barbarin passieren läßt. Er hofft, sie kommt nicht. Er hofft, sie wird Zubeida nicht erschrecken. Er hofft, sie wird niemanden schlecht beeinflussen. 'Alih schleppt einen Haufen Schlüssel, Bandspulen und Karten mit sich herum; jeder

Haushaltsvorstand hat so etwas. Auf dem Computerschirm direkt in der Tür kontrolliert er seine Familie: Dunja ist in ihrer Zelle, die Jungen sind in der Schule, Zumurruds Arzneidosis hat ihre Wirkung fast verloren, und Zubeida springt im Hof herum (unter dem künstlichen Sonnenlicht) mit einem winzigen, flitzenden Punkt, der Jasemin sein muß. Einen Augenblick lang beobachtet er die leuchtenden Linien auf der Phosphortafel seiner Tochter, dann überprüft er alles andere. Alle sind wohlauf. Keine Nachrichten. Nichts einzukaufen. Alles ist in Ordnung, wenn Zubeida nur ihre Zehringe nicht wieder abgenommen hat.

»Papa!« Ein kleiner Wirbelwind braust aus dem Hof herein und wirft sich ihm entgegen. Jasemin, die auf Zubeidas Schulter geritten ist, springt hinunter, rettet sich mit einem Satz auf einen Sims und schnattert erbost.

Er küßt sie und hält sie mit ausgestreckten Armen von sich. »Wie du aussiehst!« ruft er melodramatisch aus, und dann: »Oje, deine Füße!«

Sie sagt: »Ich stolpere mit ihnen.«

Er sagt: »Das kommt, weil du sie nie anbehältst. Du bist nicht daran gewöhnt. Willst du denn nicht hübsch sein?«

Sie verzieht das Gesicht und geht in den Hof hinaus, um ihre Zehringe aufzulesen und anzuziehen. Den Kopf hinter dem Fußrücken hervorgestreckt, sagt sie: »Papa, Jasemin ißt zuviel. Sie hat einen Teil von Djafars Lesebuch aufgegessen, und Djafar war böse auf mich, aber ich kann sie nicht *disziplinieren.* Schließlich ist sie doch nur ein Eichhörnchen.«

'Alih bemerkt dazu, es sei Aufgabe seines Sohnes, seine Schulbücher in einer Schublade aufzubewahren, und man könne von Jasemin nicht erwarten, daß sie Eigentumsverhältnisse richtig einzuschätzen wisse.

Das dürre Kind sagt: »Das hab' ich ihm auch gesagt, Papa. Können wir fernsehen? Mutter hat ausgeschaltet.

Mutter schläft. Papa ...« (an dieser Stelle wendet sie den Kopf ab, strafft die Lippen über den Zähnen und spricht sehr schnell) »können wir darüber reden, worüber ich nicht reden sollte, bis du zurück bist? Ich hab' die ganze Zeit mit Djafar geübt. Ich kann jetzt alles, was er kann. Ich weiß, du hast gesagt ...«

'Alih geht zu ihr hinüber und legt ihr den Finger auf den Mund. Zubeidas Brauen sind zerzaust. Das Eichhörnchen ist wahrscheinlich überall auf ihr herumgeklettert. Er glättet sie mit dem Zeigefinger und nimmt dann (nachdem er sich vergewissert hat, daß keiner ihn sieht, und natürlich kann ihn außer dem Computer keiner sehen, aber er sieht sich trotzdem um) seinen eigenen Kamm aus dem Ärmel und kämmt ihr das Haar. Zum Schluß küßt er sie schuldbewußt auf den Kopf. Er weiß, er verwöhnt sie, aber sie ist nun mal ein ungewöhnliches Kind.

Das ermutigt Zubeida, und sie wirft sich wieder mit Schwung in seine Umarmung. Aus den Tiefen seines Gewandes tönt ein listiges »Papa?«

»Du bist ein braves Mädchen«, sagt er.

»Papa, ich will bei dem Poesiewettbewerb mitmachen. Bitte! Ich würde dir Ehre machen. Ich kann jetzt alle Gedichtformen.«

Erschreckt ruft er aus: »Was?«

»Aber ich will«, sagt sie erbittert, wobei sie ihm auf den Fuß tritt, wie sie es zu tun pflegte, wenn sie Süßigkeiten oder ein Spielzeug forderte. »Ich will es! Ich will es so sehr! Papa, ich bin *gut!*«

Hastig sagt er: »Das reicht jetzt«, und überlegt, ob er den Wachroboter programmieren soll, niemanden einzulassen. Zwar gehen sie in diesem Alter sehr oft durch solche Phasen, aber es erinnert ihn doch in unangenehmer Weise an Tante Dunja. Wenn er nun noch so eine ...

Zubeida mimt den Unschuldsengel und sagt mit großen Augen: »Aber es ist doch nichts *Schlimmes* daran, oder?«

»Das reicht jetzt«, sagt der Sohn von Bakkar streng. »Es ist unmöglich. Es ist nicht erlaubt. Ich habe es dir schon oft gesagt. Geh jetzt und weck deine Mutter.« Etwas nachgiebiger fügt er hinzu: »Und dann möchte ich dein neues Spiel mit Jasemin sehen.«

Zubeida fliegt davon. Er hört sie noch aufgeregt sagen: »... und Jasemin ist *klug!*« Und schon blickt er in das noch leicht verwirrte, noch leicht benebelte Gesicht seiner Frau, der Vezieree Zumurrud. Irgendwie ist es nicht richtig, ein Armutszeugnis, daß die Frau ständig unter Medikamenteneinfluß gehalten wird, und er weigert sich, es zu tun. Doch wenn er Zumurrud sieht, fühlt er, wie das Gespenst ihres früheren Ichs an seinem Herzen zerrt, jenes bezaubernde Mädchen, das er geheiratet hat, dessen Gesicht in der wunderschönen Zubeide wiederzufinden ist, der Frau, die ihm drei Söhne geboren hat. (Manchmal fragt er sich, ob ihre Kindheit ebenso heiter und eigensinnig war wie die seiner Tochter, aber er glaubt nicht daran. Außerdem hat ihre Familie nie viel getaugt. Wie immer, überkommt es ihn plötzlich, sie alle anzuzeigen, sie vor Gericht zu bringen, sie irgendwie dafür bezahlen zu lassen, daß sie zwei Leben ruiniert haben, und — wie immer — ebbt es wieder ab.)

Er sagt: »Sei gegrüßt, Vezieree Gemahlin.«

Sie sagt: »Oh. Sei gegrüßt, Vezier Gemahl«, und läßt sich schwer auf einer Bank nieder. Sie ist immer noch schläfrig, aber ihre Augen sind klar. Er sagt:

»Gibt es irgend etwas, das du kaufen möchtest?« (Zubeida soll sehen, wie großzügig Ehemänner sind.)

Sie schüttelt den Kopf. Er bemerkt in ihrem Gesicht jenes verschlagene Zusammenzucken, jenen irren Widerwillen, dessen Anblick er so fürchtet. Zumurrud hat ihre letzten zwei Kinder unter Drogeneinfluß zur Welt gebracht. Er hatte gehofft, daß die Schwangerschaften sie wieder zu sich selbst zurückführen mögen, doch später hat sie tatsächlich versucht, den Jüngsten abzutreiben. Diese Frau, ihre Dienerin, hatte als Vermittlerin zwischen ihr und der Abtreiberin fungiert, und ihr war natürlich gekündigt worden. Er hat sich vergewissert, daß die, die jetzt der Familie dient, ihre Pflichten kennt.

»Wie fühlst du dich?« fragt 'Alih, und ihm graut schon vor der Antwort.

Zumurrud setzt zu einer langen, gemächlichen Aufzählung ihrer Leiden an, wobei sich der Schatten auf ihrem Gesicht irgendwie in den Zubeidas verwandelt, so daß 'Alih erschreckt seine Hand zum Zeichen des Schweigens hebt. Zumurrud hält gehorsam inne. Sie verharrt in Schweigen. 'Alih sieht, daß es zu anstrengend für sie ist, sich über ein anderes Thema zu unterhalten, und nach einer Weile sagt er fröhlich:

»Wenn du zu schwach für Konversation bist, Vezieree, werde ich es für dich tun. Weißt du, wie schwer ich heute gearbeitet habe?«

»Wie schwer, Papa?« fragt Zubeida interessiert. Sie hört ihn für ihr Leben gern von seiner Arbeit erzählen.

»Sehr schwer«, sagt 'Alih. »Ich habe heute zwei Stunden gearbeitet.« Er will ihnen gerade von den Besuchern erzählen, doch er beschließt, es lieber später zu tun. Zumurrud würde sonst zu aktivem Leben erwachen, und es würde sich bei ihr drohend jener heimtükkische, bösartige Wahnsinn einschleichen, der ihn so schrecklich zermürbt. Er hat sich vergeblich bemüht, den Ursprung derartiger Perversität zu ergründen. Zumurrud hat die ganze Zeit über den Stoff ihres Gewandes in Falten gelegt und wieder geglättet. Jetzt sagt sie:

»Ich nehme an, du hast Angst, ich könnte ...«

»Still!« schreit 'Alih.

»Angst, ich könnte nicht die Kraft haben, die Jungen zu beaufsichtigen, wenn sie nach Hause kommen«, fährt sie beharrlich fort. Sie lächelt verstohlen auf den Stoff ihrer Robe hinab.

»Ich kenne meine Pflichten«, sagt Zumurrud in diesem schleppenden, widerspenstigen Ton. »Vielleicht werde ich sterben ...«

»Geh hinaus!« befiehlt 'Alih seiner Tochter. Zubeida scheint sich in dem Wandbehang verkriechen zu wollen, jetzt ganz in sich selbst gekehrt, die schmalen Arme im Kleid verschränkt, und starrt in einer grauenvollen Art, die an ihre Mutter erinnert, nach unten. Als das Mädchen noch klein war, pflegte Zumurrud sie mit Vorliebe zu schminken und anzukleiden, mit ihr zu spielen und sie herumzutragen; die Tochter war ihr Liebling. Jetzt scheint sie Zubeida für einen anderen Zweck in Anspruch genommen zu haben, etwas Verzehrendes und Parasitäres. Doch er wird nun etwas verspielt. Er packt seine Tochter an den Schultern, flüstert ihr ins Ohr: »Ich habe eine Überraschung für dich«, und schiebt sie sanft ins Nebenzimmer. Als er zurückkommt, findet er seine Frau lachend vor. Sie lacht, wie sie gelächelt hat, nach unten und verstohlen, und ringt dabei die Hände in ihrem Schoß.

»Ist dir deine Tochter völlig gleichgültig?« fragt 'Alih streng. Zumurrud fängt an zu weinen, diesmal wahrhaftig. 'Alih redet ernsthaft auf sie ein, froh, sie so reuevoll zu sehen, und macht seinen Standpunkt mit unnötigen Wiederholungen klar (doch es erleichtert ihn), indem er ihr vorhält, daß sie ihre Pflichten vernachlässige, daß sie das Lebensziel einer jeden Frau — nämlich die Entwicklung einer weiblichen Persönlichkeit — aufgegeben und deswegen ihr inneres Gleichgewicht verloren habe, daß sie in der Erziehung ihrer Tochter versage (hier schluchzt Zumurrud gequält auf), daß eine Wahnsinnige aufsässiger und unreiner sei als ein Wahnsinniger, weil eine Frau besser sein sollte als ein Mann, daß ihre Söhne sie für die Entwicklung der weiblichen Komponente ihrer Persönlichkeit bräuchten und schließlich, daß er ihr in naher Zukunft vielleicht gesellschaftliche Pflichten übertragen werde, und was solle er tun, wenn sie ihnen nicht gerecht werden könne?

»Aber es gibt nichts für mich«, sagt Zumurrud händeringend. »Es gibt keinen Ausweg.«

'Alih meint, sie müsse lediglich den Willen aufbringen.

Zumurrud sagt: »Du verstehst nicht. Es gibt *nichts.* Ich bin niemand. Soll ich den ganzen Tag hinter Zubeidas Eichhörnchen herjagen?«

'Alih hebt an ...

»Gemahl, Gemahl«, sagt Zumurrud leise und rasch, »Badiat el-Djamal hatte ein Geschäft, Badr el-Budur zog zu Fuß aus, als Mann verkleidet, um ihren Gemahl zu suchen, Harun al-Raschids Frau beaufsichtigte einen ganzen Betrieb. Was habe ich zu tun?«

'Alih sagt, dies sei empörend albern und er verstehe nicht, was mit ihr los sei. Männer wären nur allzu glücklich, wenn sie sich ausruhen dürften. Er fügt hinzu: »Denk nur an unser hartes Los, wenn du den Verstand verlieren solltest. Denk nur, was du für ein Glück hast.« Und streng setzt er hinzu. »Ich verstehe dich nicht.«

Zumurrud lehnt sich in die Kissen zurück. Dieses verrückte, klagende Lächeln überzieht wieder ihr Gesicht. Sie sagt: »Ich könnte sowieso nichts tun. Mein Rücken schmerzt, und ich bin krank.«

»Ich werde die Diagnosemaschinen kommen lassen«, sagt er.

»Ich bin durch und durch krank«, erklärt Zumurrud ruhig. Dann öffnet sie die Augen weit und sieht ihn mit einem eindringlichen Ausdruck an, den er nicht entschlüsseln kann. »Ich warte darauf, daß mich der Frauenstehler holt.«

Das ist zuviel für 'Alih. Das paßt zu ihren boshaften Tricks. Er klatscht wütend in die Hände, worauf eine der Familienmaschinen hereinwirbelt, um Zumurrud in ihr Bett zu tragen. Sie wird wieder Medikamente bekommen müssen. Er fragt sich ärgerlich, ob einige seiner Nachbarn nicht doch recht haben, wenn sie sagen, manche Frauen sollten von der Wiege an medikamentös behandelt werden, denn es ist wahrhaftig eine Seuche unter den Frauen von heute. Wenn er sich nur eine Mätresse leisten könnte! Wenn die Tochter erst mal verheiratet ist ...

»Zubeida! Du ungezogenes Mädchen!« Die Kleine hält den Vorhang in der Hand und lugt dahinter hervor. Obwohl verstört und verärgert, bemerkt 'Alih zum ersten Mal, daß er es mit einem eher gewöhnlich aussehenden kleinen Mädchen zu tun hat, sonderbar schmächtig und blaß. Dann kniet sie schon vor seinen Füßen, schlägt den Kopf auf absurde Weise auf den Fußboden, eine Geste, die sie im Fernsehen gesehen haben muß, und weint:

»Ist sie krank? Ist sie krank?«

»Ja, mein Schatz, aber sie wird bald wieder gesund sein«, sagt 'Alih, während er sie aufrichtet. »Ich werde sie mit der Arznei gesund machen. Würde dir das gefallen?«

»O ja, ja!« sagt Zubeida erleichtert, und dann: »Meinst du so, wie sie gestern war?«

'Alih nickt. »Würde dir das gefallen?«

»Ja-a«, sagt sie zweifelnd, mit tränenverschmiertem Gesicht, »es ist dann einfacher. Ich mag Mutter dann lieber. Aber ...«

»Aber was, mein Schatz?«

»Sie ist so *albern.*« Zubeida hat das im Flüsterton gesagt, als müsse man sich dessen schämen. Sie sieht ihn vorsichtig an und fügt hinzu: »Kannst du sie richtig gesund machen?«

'Alih nimmt seine Tochter in die Arme.

Aus der Gegend um sein Brustbein tönt es: »Papa, die Gedichte ...«

»Ausgeschlossen!« schreit 'Alih. Das Maß seiner häuslichen Leiden ist nun voll. Er stößt Zubeida zurück. »Ausgeschlossen! Willst du öffentlich gesteinigt werden? Du bist eine Närrin, Zubeida, und ich verbiete es.

Ich verbiete jedes weitere Wort darüber. Ich verbiete dir, mit Djafar zu üben. Ich verbiete alles. Geh spielen!«

Und seine geliebte Tochter in der Obhut seiner wahnsinnigen Frau zurücklassend, eilt er aus dem *Harîm* und wünscht sich (wie so oft in letzter Zeit), es wäre diesmal ein Abschied für immer.

Irene Waskiewicz war im Jahre 1953 sechzehn Jahre alt. Sie war Schülerin der Oberstufe und Tochter einer respektablen Familie der unteren Mittelschicht. Bei ihrer Mutter wechselten sich Perioden lebhafter Herzlichkeit, in denen sie romantische Episoden aus ihrem Leben erzählte und wieder erzählte (sie war mit Irenes Vater durchgebrannt und bei Irenes Geburt fast gestorben), mit Weinanfällen ab, die sie vor ihrer Tochter zu verbergen suchte. Rose arbeitete zu der Zeit, da sie Casimir kennenlernte, in einer Fabrik und pflegte damit zu prahlen, daß er sein Versprechen gehalten habe: Sie hatte nie wieder arbeiten müssen. Cas war Buchhalter, ein kühler, penibler Mann, der selten auftaute — nie, wenn er über seine Arbeit sprach (die er haßte), doch bisweilen, wenn er mit Irene zum Stadtpark ging, um irgendwelche Pflanzen zu suchen. Ihre Zugehörigkeit zu einem unterdrückten Volk, der romantische Name ihres Vaters, die Geschichten von der Heirat, all das gab dem Fünf-Zimmer-Backsteinhaus (wie alle anderen in der Nachbarschaft) und dem Miniaturvorgarten, wo Irene ihren Vater an jedem Wochenende und abends arbeiten sah, einen gewissen Glanz. Als Kind war ihr immer unklar gewesen, warum Männer sich nichts aus Blumen machen, aber Gartenarbeit mögen sollten. Als Teenager tat sie die Marotten ihres Vaters einfach als Dinge ab, die nicht zählten, und verbrachte den größten Teil ihrer Freizeit fast ausschließlich mit Jungen, nicht als Maskottchen oder mannstolles Mädchen, sondern als eine von der Bande. Ihre Eltern waren zuerst besorgt, daß sie »in Schwierigkeiten« geraten könnte, und dann, daß sie nie »erwachsen« würde. Was sie nicht wußten (und das hätte diese beiden hochintelligenten, feinfühligen Menschen erschreckt) war, daß Irenes Hauptbeschäftigung mit ihren Freunden darin bestand, sich entweder mit ihnen zu schlagen oder sie bei Spielen zu bezwingen, beziehungsweise, wenn das nicht gelang, subtile und phantasievolle boshafte Racheakte auszutüfteln — erschreckend verzwickte und langfristige Bestrebungen für eine Sechzehnjährige — was durchaus funktionierte.

Rose erfuhr einmal von solch einem Akt, und da sie gut gelaunt war, lachte sie darüber. Sie sagte, es geschehe dem Jungen recht. Wenn sie ihre Tochter fragte, ob sie mit einem Jungen ausginge, pflegte Irene mürrisch zu antworten: »Interessiert mich nicht!« Und auf die Frage nach den anderen Mädchen: »Das ist das einzige, was die können; sie sind zum Kotzen.« Sie hatte eine Freundin, eine Intelligenzbestie, die sonst niemand mochte. Ihre ganze Freude waren Gespräche mit dieser einen Freundin, Fußball, Wandern oder mit den Jungen rumzuhängen. Ihre Noten waren gut. Sie hatte angefangen, sich über Sex Gedanken zu machen, hatte bei ihren Freunden, bei einigen von ihren Lehrern und sogar bei ihrer Freundin Erregung verspürt. Als Ernst Neumann in der Familie auftauchte, hatte sie gerade ihr sadistisches Meisterwerk vollbracht. Es gab da einen eitlen, gutaussehenden, athletischen Hahn im Korb, der Irene nicht leiden konnte und sie aus der Bande raushaben wollte. Monate lang tarnte sie ihre Abneigung gegen ihn erfolgreich, täuschte sogar vor, in ihn verliebt zu sein, und verbreitete unterdessen vorsichtig Unwahrheiten durch das Netzwerk der Mädchen und durch einige Eltern, nie aber direkt gegenüber den Jungen (außer ein- oder zweimal, dann aber zur Täuschung über etwas ganz anderes). Es gelang ihr schließlich, die Bande davon zu überzeugen, daß er homosexuell sei, und erreichte, daß er ausgestoßen wurde. Erwachsene hätten sich vielleicht nicht so an der Nase herumführen lassen oder zumindest gewußt, daß es ernst war, doch in dieser Phase ihres Lebens war Irenes Instinkt für das Wie und Wann eines Gerüchtes geradezu teuflisch. So gut konnte sie es nie wieder.

Das Erschreckendste daran: Sie hing ihren Racheakten niemals in Gedanken nach.

Irene Waskiewicz befand sich an einem kalten Winterabend auf dem Heimweg vom Schulsportzentrum. Die Straßenlaternen vor den Backsteinhäusern waren gerade angeschaltet worden. Das ihrer Familie hatte buntes Glas auf beiden Seiten der Tür und am Sockel entlang kleine Immergrünpflanzen, andere als die vor den übrigen Häusern. Nicht zum ersten Mal kam es Irene vor, als verbreiteten diese Einzelheiten Schönheit über das Haus. Die kahlen Äste rankten sich trügerisch um die Straßenlichter, und zu dieser blauen Stunde waren die Lichter selbst reine Phantasie.

Sie war gerade Irenee Adler, *die* Frau. Sie zögerte, ehe sie ins Haus trat — da drinnen würde sich alles in Luft auflösen. Doch sie liebte ihre Eltern und wollte zu Abend essen. Außerdem mußte sie ihre Freundin Chloe um acht Uhr anrufen, um sich mit ihr fürs Kino am Wochenende zu verabreden. Bei Chloe konnte sie Irenee sein, Chloe war auch Irenee. Sie stieß die Tür ins heiße Innere des Hauses auf, von einer Welt in die andere übergehend, und zog ihre Wintergarderobe im Flur aus. Sie trat als Irenee ins Wohnzimmer, mit verächtlichem Blick auf die Porzellanschäferinnen und den senffarbenen Teppich, durchquerte die Eßecke als Irenee und betrat die Küche, wo sie die tropfenden, tränenden Fenster irgendwie in ihre Geschichte einzugliedern versuchte.

Ein fremder Mann stand in der Küche.

Nun ist die Oper für die Erotik des Westens von entscheidender Bedeutung. Seit zweihundert Jahren preisen wir die höchsten Stimmen als die idealen, nämlich den Koloratursopran und den Tenor, doch Irenee war ein Mezzosopran, und ein Mezzosopran ist wie eine kalte Dusche. Wenn ihre intellektuelle Freundin ihr Opern vorspielte, fand sie Gefallen an den herzlosen, fröhlichen Affären, die der Bariton hatte, besonders wenn er sie mit dem Mezzosopran hatte, der es gestattet war, zu prahlen, ihre Hüften zur Schau zu stellen, schmucke Ohrringe zu tragen und mit Räubern unter einer Decke zu stecken. Das war nichts für sie; weder diese hohe, saubere, vibrierende Elektromesserstimme aus dem 19. Jahrhundert, die so klingt, als wolle sie ihrem Träger die Kehle durchschneiden, noch die unirdischen Verschrobenheiten des Soprans. Sie fand den Fremdling mittelmäßig interessant. Irenee, die hohe Idcale hatte, mißbilligte ihn. Irenee hatte immer vor, mit irgendeinem schönen jungen Mann abzuziehen, aber irgendwie kam es nie dazu. Manchmal loderte in ihr eine unerwiderte Leidenschaft für Sherlock Holmes.

Rose sagte: »Herr Numann, das ist meine Tochter ei-RIN.« Ei-RIN, das ist Herr Numann.«

Er war ein großer, hagerer, nicht sonderlich attraktiver Bariton mit einem riesigen Brustkasten. Er sagte unaufdringlich: »Ihre Tochter?« und seine Stimme zog sie automatisch in seinen Bann. Er sagte: »Ei-RI-ni?«

Sie wurde blaß. Mit sechzehn ist der Instinkt für echte erotische Möglichkeiten noch sehr wenig ausgeprägt, und Irene war, auch wenn es nicht so schien, wie alle anderen erzogen worden. Aber sie mochte ihn. Sie hätte ihm gerne Hände auf die Brust gelegt und ihn noch mal reden hören. Sie stufte ihn als »okay« ein. Einen Augenblick lang hatte sie das Gefühl, gleich über den Rand einer Klippe zu laufen.

Er sagte höflich: »I-RÄH-ne?«

Sie stieß ein jugendliches Kichern aus. Das war zuviel. Sie gaben sich die Hand. Sie beschloß, ihn in ihrem imaginären Serail unterzubringen; mit ihm könnte man sich sicher gut amüsieren. Das wirkliche Vergnügen bestand darin, sich nicht verlieben zu müssen wie im Kino, sein Herz nicht ganz verschenken, sich weder hingeben noch an jemanden verlieren noch nach jemandem verrückt sein noch in Liebe entbrennen zu müssen. Nicht überwältigt zu sein. Sie fand, er sah reizend aus, und wollte ihm noch mal die Hand schütteln.

Rose sagte: »Herr Numann ißt mit uns.«

»Ernst. Bittey«, sagte der Fremde.

Irene beobachtete ihre Mutter früher gerne bei der Küchenarbeit, und obwohl sie inzwischen alles auswendig wußte und es nicht leiden konnte (sie hatte es schon längst in der Kategorie der Dinge eingeordnet, mit denen sie nichts zu tun hatte), war Rose hier doch glücklicher als sonstwo. Es war einfacher, dort zu sprechen. Es mutete sie daher seltsam an, als Rose sagte: »Dein Programm läuft im Fernsehen«, und ihnen den Rücken zukehrte. Irene fragte sich, ob ihre Mutter vielleicht wieder eine ihrer Anwandlungen bekam, wovon niemand erfahren sollte. Sie ging also bis zur Eßecke hinaus, und zwar so, daß sich nur Stumpfsinnige hätten abhalten lassen, ihr zu folgen. Er schaltete gleich und ging ihr nach, blieb aber stehen, obwohl es sich Irenee in einem der vinylgepolsterten Sessel bequem machte. Sie spielte mit dem Spitzendeckchen auf dem Tisch, auf dem kleine Figürchen und ein Gesteck von künstlichen Blumen standen.

Er fragte: »Ihr Programm?«

Sie sagte: »Es ist eine Serie mit alten Filmen. Sie wissen doch, dieser berühmte Tänzer, der wie ein Klappergestell aussieht. Das Tanzen gefällt mir ja, aber er hat immer recht, und sie hat nie recht.«

»Sie?«

»Alle. Seine Partnerinnen.« Sie sagte es trotzig und blickte dabei auf den Tisch. Irenee sagt oft, was ihr gerade einfällt. Irenee tut das auch, nur steht Irenee über irgendwelchen dummen Zwischenfällen. (Ein Onkel hatte einst übertrieben scherzhaft zu ihr gesagt: »Aha, du willst also *immer* recht haben, ja?«)

Ernst sagte: »Jeder will gern recht haben.«

»Ja, ich weiß«, sagte sie ärgerlich, wobei sie ihren Daumennagel in den Kunststoff der Tischplatte grub. »Aber es ist rationiert.«

Jugendliche fliegen auf ihn wie Mücken aufs Licht und erzählen ihm alles mögliche. Das konnte sie nicht wissen und hätte sich sowieso nicht als eine von ihnen betrachtet. Irene hatte sich schon immer von der Regel ausgenommen. Leise fügte sie hinzu: »Wo sind Sie her?«

»Ich wohne hier in der Nähe«, sagte er.

»Aha.« Arglos fügte sie hinzu: »Sind Sie ein Freund meiner Mutter?«

»Freund eines Freundes«, sagte er.

»Ich nehme an, Sie kennen meinen Vater?«

Er schüttelte den Kopf.

Er sagte: »Wollen Sie sich nicht Ihr Programm ansehen?«

»Nein.« Sie lächelte ihn an. Sie dachte gerade darüber nach, wie er wohl ohne seine Kleider aussehen mochte. Sie war auch dabei zu überlegen, was sie mit ihm machen würde, wenn er sie in ihre Schranken zu verweisen versuchte. Und das würde — dessen war sie sicher — mit der Unumgänglichkeit eines Naturgesetzes eintreten. Sie sagte: »Wollen *Sie* es sehen?«

Er schüttelte den Kopf.

Sie lächelte ihn kokett an. Sie dachte, sie könnte ihn vielleicht schockieren. Sie lehnte sich zurück, die Hände in den Taschen, und sagte:

»Wissen Sie, ich habe eine Freundin. Chloe heißt sie. Vor ein paar Monaten verbreiteten so ein paar Typen, wir müßten — na ja — schwul sein, weil sie nicht sehr beliebt ist und wir ziemlich viel zusammen rumhängen, obwohl ich nicht verstehe, was das damit zu tun hat. Jedenfalls war mir das egal, aber allen anderen nicht, und so hab' ich getan, als wär' ich entsetzt, und hab' mordsmäßig rumgebrüllt. Ich hab' sogar einen Typ verprügelt. Und so haben sie schließlich aufgehört.« Sie grinste. Sie fragte: »Wie finden Sie das?«

Er lachte vergnügt. »Das haben Sie gut gemacht.«

»Na ja ...« Dann sagte sie schnell, den Blick auf ihren Schoß gerichtet und lächelnd: »Wir sind nicht schwul.«

Einen Moment schwiegen sie. Hartnäckig setzte sie hinzu:

»Sie haben mir nicht gesagt, wo Sie her sind.« Sie wollte sagen: »Hör mal, ich bin kein kleines Kind mehr.« Er gab keine Antwort, und als wäre dieses Schweigen die wirkliche, bestätigende Antwort gewesen, streckte sie den Arm aus und nahm seine Hand — ein Gewicht stemmend — kühn in die ihre.

Seine Augenbrauen gingen in die Höhe. Sie ließ die Hand entmutigt fallen. »Schon gut.« Sie wollte gerade sagen: »Ich kann Hände lesen«, aber in diesem Augenblick hörte sie die Haustür auf- und zugehen; Paps war gekommen.

Überraschenderweise hatte Irenee mit der ganzen Sache nichts zu tun.

Dann vergaß sie ihn. Sie hatte manchmal überlegt, daß ihre Liebesverhältnisse nur noch schlimmer als die des Mezzosoprans in der Oper sein konnten, weil sie zu groß und zu athletisch gebaut und zu verbohrt war. Sie sprach nie mit Chloe über Liebe, denn Chloe, ein zierliches Mädchen mit sandfarbenen Haaren und Sommersprossen, ein Opernfan und Ballettfreak, würde bei solchem Gerede vom Stuhl fallen, lang hinschlagen, wenn sie gerade am Laufen wäre, oder ansonsten zusammenzucken; sie hatte nämlich einige Jahre zuvor Kinderlähmung gehabt und konnte nur schlecht laufen. (Wenn sie die Treppen stieg, hielt sie sich mit beiden Händen am Geländer fest.) Irene hatte da auch etwas mit einem Jungen namens David. Sie stritten sich nie, sprachen aber auch nicht viel miteinander, und Irene machte sich schon Sorgen, mit ihm zu weit zu gehen. Sie erwähnte nie etwas davon gegenüber Chloe. Beim Abendessen spielte Irene mit dem Gedanken, zu Ehren des Fremden etwas herumzualbern, tat aber nichts dergleichen. Sie schaltete innerlich ab, und die Unterhaltung bei Tisch ging völlig an ihr vorüber. Anschließend rief sie Chloe an und sprach eine Stunde lang über Musik, was ihren Vater zu seinen üblichen unterkühlten, hilflosen, sarkastischen Kommentaren veranlaßte (sie pflegte dann zu sagen: »Ach, das ist bloß Paps«), die sie mit ihrem üblichen automatischen, lauten Gebrüll beantwortete (»Ich habe keine Rechte! Ich wohne ja nicht in diesem Haus!«). Sie dachte schon gar nicht mehr daran. Nach dem Abendessen ging sie weg und sagte ihrer Mutter, sie sei an der Ecke mit Chloe verabredet.

Ihre Mutter zwinkerte ihr zu.

Irgendwo konnte man in Irenes Nachbarschaft immer noch hingehen: Das Drugstore an der Ecke, die Dächer im Sommer, der Park. Niemand ging ins Jugendzentrum, aber notfalls konnte man sich da auf die Treppen setzen. Irene traf sich am Eingang zum Park mit David. Sie brannte innerlich. Sie wollte ihm von dem Fremden erzählen. Sie hätte gesagt: »Hör mal, kann ich dir nicht alles sagen?« Sie war ihm dankbar. Wenn die Nachbarn von »dieser riesigen Waskiewicztochter« sprachen, zu groß, zu athletisch, zu verbohrt, dachte sie an ihn, und irgend etwas in ihrem Innern weichte auf. Sie glaubte, selbst Chloe hätte ihn gemocht. Sie leitete das Gespräch ein mit den Worten: »Weißt du, du siehst aus wie ...« und hielt dann inne. Natürlich — beide waren jüdisch. Die großen dunklen Augen, die Backenknochen, aber David war schön. Schüchtern sagte sie: »Ich war nicht sicher, ob ich weg konnte.«

Er sagte: »Das macht doch nichts«, und legte den Arm um sie. Sie dachte: Ich werde noch in diesen Augen ertrinken. Es war ein literarischer Gedanke, aber ein wahrer Gedanke. Sie konnte wirklich nicht sehen, wo sie hinging. Sie liefen wortlos durch den Park zu einer Stelle, die sie einige Wochen zuvor entdeckt hatten, und da sie sauber und trocken war, zog er sie auf die weichen Blätter herunter, und sie machten sich gegenseitig an ihren Kleidern zu schaffen. David kam wie immer eine Weile in sie hinein, nur diesmal dachte sie, sie würde kommen. Aber er ging zu früh wieder aus ihr raus und mußte es ihr mit der Hand machen. Während dieser letzten Phase versuchte sich Irene immer vorzustellen, er wäre stärker, älter, größer und gebieterischer, daß er sie mit Gewalt niederdrückte und sie schwängern wollte, daß es ihr aber nichts ausmachte, weil es so unglaublich schön war. Sie wußte, daß diese Phantasie masochistisch war, und das beunruhigte sie. Was sie noch mehr beunruhigte, war ihr Wunsch, sich zu wehren, der in dieser Phantasie mitschwang: zu lachen und zu fluchen, ihn zu beißen, ihn niederzuwerfen und sich auf ihn zu setzen. Sie kam zu dem Schluß, daß sie nicht normal war, daß das, was ihr passierte, nicht wirklich war, weil es sich am falschen Ort abspielte und sie immer mehr zu wollen schien. Sie hatte einmal im Flüsterton zu ihm gesagt: »Ich wünschte, du könntest in mir drin bleiben«, und er hatte (errötend) erklärt, daß das Echte für nach der Hochzeit aufgehoben werden müsse. Irene hatte sein Gesicht gestreichelt und geschwiegen. Irene-getrennt-von-David riß darüber Witze, die ihn bis auf die Knochen blamiert hätten.

Sie sagte: »Ich mag dich unheimlich.« Sie schlang ihre Arme um ihn. Der schöne David — seine Schönheit stach ihr ins Herz — führte ihre Hand nach unten. Sie wußte, das war für Jungen das einzig Wahre, obwohl es das für Mädchen nicht war. Er stöhnte an ihrer Schulter, und ihr Herz schmolz dahin; sie liebte ihn, es war alles so, wie es sein sollte, sie wollte für immer bei ihm bleiben.

Etwas später sagte er: »Irene, willst du mich heiraten?«

»Was?« Sie rauchte gerade eine Zigarette, was ihr immer ein Gefühl von Kühnheit und Vornehmheit vermittelte. Sie war mit den Gedanken woanders.

Er richtete seine großen dunklen Augen auf sie. »Wollen wir uns nicht verloben?«

Schweigen. Schließlich sagte sie: »Ich bin wohl heute nicht ganz bei mir.«

»Aber willst du? Du weißt, wie mein Vater über Nichtjuden denkt, aber ich werde ihn schon rumkriegen.«

Es schien ihr nicht besonders taktvoll zu sagen: »Laß mich darüber nachdenken.« Sie wandte das Gesicht ab. Er fing an, ihr zu erzählen, wie schön sie sei — das war etwas, was sie immer störte, aber heute abend sagte sie schroff: »Um Himmels willen, hör auf!« Er verstummte. Dann sagte er:

»Was ist denn? Bist du über irgendwas sauer?«

Sie machte sich daran, ihre Kleider wieder zu richten. Sie hatte keine Lust zu hören: Schmink dich, trag Schmuck, geh zum Friseur.

Sie sagte: »Ich weiß nicht, wie du darauf kommst, daß ich heiraten werde. Jemals.«

Er lachte. »Aber das ist doch albern.«

»Ich nicht.« Er reizte sie schockierenderweise, ihn ein bißchen mit der Zigarettenspitze zu verbrennen, und deshalb drückte sie die Zigarette auf der Erde aus.

Er setzte sich abrupt auf. »Weil ich Jude bin!« Sie schüttelte den Kopf. Er wurde sanfter. Er legte eine Hand auf die ihre und sagte: »Du bist nicht häßlich, weißt du.«

»Ach, laß den Quatsch«, sagte Irene.

»Aber sieh mal«, sagte David eindringlich, »warum dann? Ich bitte dich doch nicht, einfach so zu heiraten. Ich bitte dich, *mich* zu heiraten. Ich meine, willst du denn zum Beispiel Kinder haben?«

»Nein«, sagte sie.

»Aber das ist neurotisch!«

Fast hätte sie gesagt: Welch jüdisches Wort. Sie spürte das nagende Gefühl, wieder ficken zu wollen, diesmal ganz wild. Sie hätte ihm am liebsten den Mund zugeklebt und ihn auf den Boden geworfen.

Sie sagt: »Hör mal, David, ich hab's dir schon mal gesagt. Ich will keine Kinder. Ich will nicht angebunden sein. Ich will doch aufs College gehen.«

Er sagte schulmeisterhaft: »Eine Mutter, die arbeitet, vernachlässigt ihre Kinder, das weiß doch jeder.«

Sie starrte ihn an.

Sie sagte: »Also *wirklich* ...!«

Dann: »Hör mal, wir *haben* darüber gesprochen. Du hast gesagt, du hättest nichts dagegen, wenn ich berufstätig bin. Ich hab' dir gesagt, daß das sehr wichtig für mich ist. Ich habe dich nicht angelogen.«

Er sagte: »Aber du mußt zu Hause bleiben, solang die Kinder klein sind.«

»Zum Teufel! Bleib *du* doch zu Hause!«

Er lachte. »Ehrlich, Irene ...«

»Bist du nicht in der Lage, auf deine eigenen Kinder aufzupassen? Kannst du nicht auch eine Schürze tragen und putzen? Würde dich das umbringen?«

Ruhig erwiderte er: »Ich wußte nicht, daß du mich kastrieren willst, Irene. Ich hätte nicht gedacht, daß du mich so sehr haßt.«

Etwas versöhnlicher fügte er hinzu: »Natürlich habe ich nichts dagegen, wenn meine Frau einen Beruf ausübt, aber die Kinder gehen vor. Ich könnte doch nie etwas anderes zulassen, oder? Und Frauen, die keine Kinder wollen, tun mir sehr leid. Sie sind einfach nicht normal. Ich meine, es ist völlig in Ordnung, wenn eine Frau Interessen außerhalb der Familie hat, aber in allen Büchern steht ...«

Sie schlug zu. Es war ein dicker, aufrichtiger Kinnhaken, ohne irgendwelche Überlegungen ausgeführt, und sie hätte fast daneben getroffen. Er rollte ins Laub zurück. Beide waren überrascht. Sie rieb ihre Faust und dachte: Was würde Irenee Adler tun? Und ihr war klar, daß sich Irenee nie und nimmer in eine solche Situation hineinmanövrieren würde, nicht um alle schönen jüdischen Augen der Welt. Sie bemerkte, daß David sich nicht aufrichtete. Er lag da wie unter Schock, seine Hose noch immer offen und über die Hüfte heruntergestreift.

Sie sagte: »Du bist ein gottverdammter Trottel. Von nun an kannst du jemand anderem in die Hose kriechen.«

Er zog hastig seine Hose hoch und stand auf. »Du bist keine Frau. Du bist überhaupt keine richtige Frau.«

Sie sagte plötzlich: »So Männer wie du waren es, die meine Mutter getötet haben.«

Er war dabei, seinen Reißverschluß hochzuziehen und seine Hose zuzuknöpfen. Sie sah, wie er kreideweiß wurde. Er wich von ihr zurück und sagte: »Irene, das ist verrückt. Ich glaube, dir ist gar nicht klar, wie verrückt das ist. Weißt du, es mag dir vielleicht nicht bewußt sein, aber du hast einen Vaterkomplex. Deiner Mutter fehlt gar nichts, und sie ist alles andere als tot — ich meine, das ist Wahnsinn, sie ist doch ganz lebendig, und sie hatte die normale Erfüllung im Leben einer Frau, oder? Deine Eltern sind nicht viel anders als meine oder sonst jemandes, und was ich nicht verstehe, ist, wie sie an dich gekommen sind. Irene, du bist *verrückt!*«

Angriffslustig sagte sie: »Ach ja? Jedenfalls werde ich Städteplanerin, und du kannst mich am Arsch lecken, David!«

»Hör mal, Irene«, sagte er nervös, »niemand hat was gegen deinen Beruf, aber du mußt doch einsehen ...«

Sie holte probeweise aus und schwang an ihm vorbei. Er sah immer noch eher verblüfft als ängstlich aus. Irenee Adler hatte sie verlassen. Ihr war nicht nur klar, daß Irenee Adler niemals jemanden hätte schlagen müssen, sondern auch, daß man sie nie hätte reinlegen können — und schon gar nicht so plump —, weil niemand Irenee Adler je mit einer gewöhnlichen Frau verwechselt hätte.

Sie sagte, ohne zu merken, daß sie stammelte: »Ich? Ich? Du erwartest, daß ich ...«

»Ja, warum denn nicht?« sagte er völlig verwirrt. »Du bist doch ein Mädchen, oder?« Und dann schien er doch Angst zu haben. Irene Waskiewicz stand mit energisch zusammengepreßten Lippen da, eine Hand fest ans Herz gedrückt (das war ihr nicht bewußt), und hatte mit der anderen Hand theatralisch einen Stein aufgehoben. Sie pirschte sich drohend an David heran.

Sie sagte bedächtig: »Du dreckiger, stinkender kleiner Jude. Dir werd' ich's zeigen, du schmieriger kleiner Jude.«

Er drehte sich um und rannte.

Sie ließ den Stein fallen, nicht im mindesten überrascht, daß es geklappt hatte. Sie wußte, wie leicht es war, Leuten einen Schrecken einzujagen. Sie schritt mechanisch dahin, die Hände in ihrer Manteltasche vergraben, und dachte flüchtig, daß sie von jetzt ab Irenees Umgebung würde ändern müssen, stark verändern. Vor allen Dingen die beschissenen Mädchen in der Schule abschütteln. Hätten sie sich nur wie Menschen benommen, dann würden Jungen nicht versuchen, sie so zu behandeln, wie David sie behandelt hatte. Sie dachte kurz an Mütter, doch ihre starken Gefühle für ihre eigene Mutter hielten sie ab. Rose würde eine berühmte ehemalige Sopranistin sein, eine Königin, eine Forscherin von altenglischem Adel, jemand. David, der Scheißer, würde zweifellos alles ausplaudern und die ganze Schule mit ihrer Blödheit beglücken. Sie würde schnell eine andere Geschichte in Umlauf setzen müssen. Sie dachte schon darüber nach, wer sie am zuverlässigsten verbreiten könnte. Zu allem Überfluß spürte sie in ihrem Innern noch immer *jenen* Schauer, was in ihr ein Gefühl der Wut und gleichzeitig der Verwundbarkeit hervorrief. Irene setzte sich hin. Sie spielte mit dem Gedanken, sich im Laub auszustrecken und sich selbst zu befriedigen, doch das machte sie nur noch wütender.

Sie konnte weder an Sex noch an David denken, ohne zu würgen. Sie tröstete sich mit dem Gedanken, zu Hause in ihrem Zimmer onanieren zu können, wußte aber, daß ihr das in einer solchen Verfassung nicht gelingen würde. Jede Phantasie würde den gleichen aufgeregten, krampfhaften Brechreiz mit sich bringen. Sie wiegte sich mit geschlossenen Augen auf den Absätzen hin und her; zwecklos. Konnte sich weder darauf konzentrieren noch davon befreien. Niemand zum Ficken. Niemand, um sich gegen die Nachbarn zu wappnen, dachte sie.

Sie malte sich aus, halbprahlend zu Rose über den Fremden zu sagen: »Ich mag ihn nicht besonders; ich will ihn nur ficken. Ich glaube, ich werde ihn vergewaltigen«, und wußte schon, was ihre erdverbundene Mutter darauf antworten würde: O Schätzchen, sag das nicht einmal im Spaß, das ist schrecklich. Rose würde ernsthaft erklären (wie schon öfter zuvor), daß eine Frau Liebe oder irgendeine Art von Sicherheit brauche, ehe sie mit einem Mann sexuell glücklich sein könne, daß das bei Männer jedoch anders sei.

Aber es gab Wege. Bei Gott, sie würde einen Weg finden.

Sie stand auf; Zeit, nach Hause zu gehen. Cas würde nicht einmal ein Erdbeben bemerken, und sie konnte vermeiden, Rose zu begegnen. So tun, als wäre nichts geschehen. Sie dachte, daß es nicht David war, daß es nicht einmal Sex war, es war irgend etwas Tieferes, nicht nur etwas Schmerzhaftes, sondern etwas unerträglich bitter Langweiliges, etwas, das viel besser gewesen wäre, wäre es tragisch gewesen, und leichter, wäre es traurig gewesen.

Etwas, das unerträglich desillusionierend war.

Und alt. Sehr, sehr alt.

In den drei folgenden Monaten gab Irene fast alle ihre Freundschaften auf. Sie nahm ab. Sie arbeitete viel für die Schule, was Rose zu der besorgten Bemerkung veranlaßte: »Irene wird allmählich ernst« und Cas dazu brachte, sie in Ruhe zu lassen, in der Annahme, daß sie sich endlich so benahm, wie es sich gehörte. Sie führte sogar einen freiwilligen Lektürekurs fort, lange nachdem die Schule aus war, bis weit in den Sommer hinein, und wenn Rose sagte: »Schätzchen, willst du dich denn gar nicht amüsieren?« pflegte sie trocken zu antworten: »Man lernt eine bessere Kategorie von Jungen auf dem College kennen, meinst du nicht auch?« Sie blickte dann immer so von ihrem Buch auf, als schaute sie über eine Brille hinweg, ganz streng. Roses Depressionen machten keinerlei Eindruck mehr auf sie. Sie erzählte Rose kein Wort von David.

Rose sagte: »Schätzchen, mußt du denn deine Zeit in so muffigen alten Museen vertrödeln?«

Ernst Neumann kehrte gegen Ende Juli auf seinem Weg ins Ausland zurück und kam für einen Abend vorbei. Irene war mit Chloe im Kino gewesen, die einzige Freundschaft, die sie noch aufrechterhielt, und die beiden saßen in der Eßecke. Irene ging Casimir jetzt immer unbewußt und ungewohnterweise aus dem Weg. Die zwei Mädchen waren damit beschäftigt, Szenen in einer Filmkunstzeitschrift nachzublättern, und tranken Cola. Irene blickte zuerst auf, als sie die Tür aufgehen hörte, in der Annahme, es sei ihre Mutter, und sah ihn. Sie lächelte, ohne es zu wollen. Sie stand auf und blickte herum, um zu sehen, ob ihre Mutter nicht bei ihm war. Dann sagte sie zu Chloe:

»Es ist ein Freund meines Vaters, Herr Neumann.« Mütter hatten schließlich keine männlichen Freunde einfach so für sich.

Sie fügte hinzu: »Mein Vater ist hinten auf der Veranda, Herr Neumann. Ich glaube, er liest gerade die Zeitung.«

Aber Herr Neumann machte keine Anstalten, durchs Wohnzimmer zur Veranda zu gehen.

Irene daraufhin: »Chloe, das ist Herr Neumann. Herr Neumann, das ist meine verrückte Freundin Chloe.«

Der Fremde streckte die Hand aus. Er trug (wie sie bemerkte) ein kurzärmeliges, bedrucktes Sporthemd, die Art, die man in der Stadt selten sah — Flamingos, glaubte sie. Sie belustigten sie. Chloe stand auf und hinkte um den Tisch herum, sich mit beiden Händen an der Kante festhaltend, und sagte förmlich: »Sehr erfreut. Wir waren im Kino und haben uns einen künstlerisch wertvollen Film angesehen.«

»Sie wissen schon, erdverbundene und ehebrecherische Bauern«, sagte Irene, auf die Zeitschrift klopfend. »Hier steht was darüber. Wollen Sie meinen Vater sehen?«

Neumann sagte: »In ein paar Minuten, danke«, und setzte sich zu ihnen. Chloe ging auf ihren Platz zurück und blickte ihre Freundin ratsuchend an, doch Irene hatte sich wieder ihrer Zeitschrift zugewandt. Aus ihrer Tiefe tönte es: »Sie sind früh weggegangen, als Sie das letzte Mal hier waren. Ich hatte erwartet, Sie noch anzutreffen, als ich zurückkam. Bleiben Sie zum Abendessen?«

»O ja, wenn es keine Umstände bereitet. Wissen Sie, es ist wahrscheinlich ein Brief für mich da.«

»Von meiner Mutter?« fragte Irene aufblickend.

Er sah verlegen aus. »Nein, nein, Ihre Mutter ... hat mich sozusagen geerbt. Von einem Verwandten.«

Irene erklärte Chloe ruhig: »Herr Neumann ist ein Vetter meiner Mutter.« Sie stand auf. »Ich sage meinem Vater Bescheid, daß Sie da sind«, erklärte sie und überließ dem Fremden die Konversation mit Chloe, die sofort ihren Stuhl zurückschob, als wollte sie sich abstützen oder zur Flucht vorbereiten. Chloe fühlte sich mit Menschen unwohl.

Es war noch hell, der Himmel verdunkelte sich erst

langsam über den Nachbardächern, und die Luft hinten im Garten war feucht und duftete. Je nachdem, ob er es für hell genug hielt, konnte Casimir im Garten oder in der Garage sein, wo er sich eine Hobbyreparaturwerkstatt eingerichtet hatte. Irene fand ihn in der Garage, mit der Uhr eines Nachbarn beschäftigt. Alle möglichen Teile waren vor ihm ausgebreitet, und er schien (wie sie ihn nur selten sah) völlig vertieft und glücklich. Ab und zu bewegten sich seine Lippen. Sie beobachtete ihn eine Weile mit einer gewissen Freude und sagte dann:

»Paps, dieser Typ ist wieder da.« Irene hatte sich in letzter Zeit einen schnodderigen, ironischen Unterhaltungsstil mit ihrem Vater angewöhnt, der ihn sowohl zu irritieren als auch zu amüsieren schien, vielleicht weil er ihnen einen gewissen Abstand voneinander garantierte.

Er sagte: »Schau mal, Irene, siehst du das hier? Das ist das Uhrwerk.«

Sie sagte: »Ich kann jetzt nicht. Da ist jemand, der dich sehen will. Du weißt doch, der große Mann, der im Januar hier war. Der wie ein Gorilla aussieht.«

Er tauchte enttäuscht aus seiner Arbeit hervor. »Ach so«, sagte er. Dann fügte er unbestimmt hinzu: »Der Freund deiner Mutter.«

Irene sagte verlegen: »Genau, äh ... Mutters Freund. Hör mal, Paps, ich kann ein paar Minuten mit ihm plaudern. Bleib du ruhig bei deiner Arbeit.« Sie hätte am liebsten hinzugefügt: »Du weißt doch, daß Mutter verrückt nach dir ist.«

Er sagte: »Ich habe eine Verantwortung, Irene.«

Sie sagte: »Hör mal, ich kann ohne weiteres die Rolle des Haushaltsvorstandes für ein paar Minuten übernehmen.« Dann fügte sie, ohne genau zu wissen warum, hinzu: »Von Mann zu Mann, okay?«

Ihr Vater blickte über die Brillengläser und sagte kühl: »Ich hoffe, du vergißt nicht, dich höflich und wie eine Dame zu benehmen, Irene.«

Sie erwiderte nichts. Dann sagte sie, während sie mit

den Fingern auf die Werktischplatte trommelte: »Na klar, ich bin doch immer alles, was ich sein soll. Ist dir das noch nicht aufgefallen?«

Er zog sich sofort hinter seine Brille zurück und nahm die Arbeit wieder auf.

Als sie zur Eßecke zurückkam, zeigte Ernst Neumann Chloe gerade ein paar Kartentricks. Es waren Miniaturkarten, und sie waren nicht leicht zu handhaben. Der Anblick dieser Karten in seinen riesigen Händen berührte sie unangenehm, und als er mehrere Tricks hintereinander ungeschickt vorführte — Chloe freute sich über die Tricks ebenso wie über ihr Gelingen —, sagte Irene, nicht ohne böse Absicht: »Sie geben sie besser mir, Herr Neumann. Mein Vater würde es bestimmt nicht gerne sehen, daß Sie damit spielen.«

Er tat, wie ihm geheißen, und sie legte sie in ihre Schachtel auf der Wohnzimmerkommode zurück.

Sie dachte: *Und ich dachte, du wärst ein Supermann!*

Chloe sagte: »Herr Neumann erzählte mir gerade, was man mit den Assen machen muß.«

Irene fragte: »Kann ich Ihnen noch etwas Cola anbieten, Herr Neumann?«

Er lehnte ab. Chloe fing an, wieder über die Kartentricks zu reden, schweifte aber nach einem Blick auf Irene ab. Irene entschuldigte sich und nahm die Zeitschrift auf. Ernst Neumann saß schweigend da. Als ihn Irene über den Rand der Zeitschrift scharf anblickte (über ein Foto von der schönen, unergründlichen Michèle Morgan, die nicht nur ein Star, sondern eine Künstlerin war), begegneten sich ihre Augen. Er hatte sie angesehen, ohne Scheu, weder gelassen noch verlegen, soweit sie beurteilen konnte, nur abwartend. Fast hätte sie gesagt: »Kennen Sie noch andere Tricks?«

Aber dann kam Rose nach Hause.

Chloe, deren panische Angst vor dem Hinfallen sich gewöhnlich in Roses Nähe verflüchtigte, half Rose beim Hereintragen der Einkaufstüten. Irene sagte, sie würde auch in der Küche helfen. Ernst Neumann nahm den Brief, den Rose ihm gab, und setzte sich zum Lesen ins Wohnzimmer.

Chloe mußte zum Abendessen nach Hause gehen.

Casimir sah das Küchenlicht angehen und kam von hinten durch den Garten ins Haus. Es war noch nicht ganz dunkel.

Rose bat Ernst Neumann, zum Essen zu bleiben.

Casimir, distanziert unneugierig, unterhielt sich mit dem Gast über Belanglosigkeiten, fragte dann Irene nach ihrer Lektüre und gab ihr, fast liebenswürdig, eine Liste von Büchern, die sie lesen müßte: *Der Untergang des Westens, Kollision der Welten, Die Macht der katholischen Kirche.* Ihm schien das Flamingohemd des Besuchers nicht sonderlich zu gefallen.

Irene sagte: »Paps ist kein Freund von Freizeitkleidung.« Sie dachte: *Also, ich bin wirklich ein Satansbraten!* Sie ging dazu über, ausgiebig Konversation zu machen; sie plauderte über Bücher, über das Wetter, sie sprach über die Filme, die in der Nachbarschaft liefen, und was sie davon hielt. Sie sagte vorlaut:

»Ich fand, *Die Piratenkönigin* war ein künstlerisch sehr wertvoller Film. Die Gestalt der Heldin ist lebensnah, und die Schauspielerin hat ihre Rolle hinreißend gespielt. Sie tut alles aus Liebe. Es ist wunderschön und bestechend zu verfolgen, wie sie allmählich zur Frau heranreift, und die endgültige Verwandlung Annes von der unglücklichen, knabenhaften Piratin in der ersten Szene zur schönen, gereiften Frau am Ende ist äußerst ergreifend. Es ist tragisch, daß sie sterben muß, um das Leben des Mannes, den sie liebt, und seine Frau zu retten.«

Sie bemerkte entzückt, daß der Gast sich fast an seiner Limo verschluckt hätte. Casimir seinerseits hatte so etwas schon zu oft mitgemacht, um zu antworten. Außerdem fand er es in Ordnung. Sie fuhr in einem wahren Lügenrausch fort: »Und an allem ist ihr Vater schuld, Herr Neumann. Sie als Piratin aufzuziehen und einfach außer acht zu lassen, was eine Frau wirklich braucht, was sie zu einer normalen ...«, aber Rose würde es hören, Rose würde es glauben, Rose würde sagen: »Wie wahr das doch ist! Hat sie nicht recht, Herr Neumann?«

Irene hielt inne. Sie sagte: »Pardon, ich sollte meiner Mutter helfen.«

»Was?« sagte Cas, den aufkommenden Sarkasmus ahnend und dadurch unangenehm berührt.

Irene sagte: »Ich war in Gedanken verloren. Ich helfe Mutter.«

Beim Essen gab Herr Neumann Rose die Telefonnummer des Hotels, wo er die Nacht verbringen würde. Rose schrieb sie in der Küche auf, auf den Notizblock unter dem Telefon, und kurz darauf entschuldigte sich Irene feierlich, ging in die Küche, um noch etwas Götterspeise zu holen, und schrieb sie ab. Als sie zurückkam, sagte sie:

»Willst du die Nummer nicht, Paps?«

Er sagte, sie solle nicht mit der Serviette im Rockbund herumlaufen, wenn sie nicht am Tisch sitze.

— die letzten Worte eines Gesprächs zwischen Herrn Neumann und ihrer Mutter: »... wenn es irgendwelche Nachrichten gibt.«

Sie sagte: »Tja, Paps, wenn ich aufs College gehe, werden wir uns nicht mehr so oft sehen, was?«

Rose schaltete sich ein: »Denk nur daran, wie viele neue Leute du kennenlernen wirst, nicht wahr, Herr Neumann?«

Cas sagte: »Ich glaube, das, was du gelesen hast, wird dir da weiterhelfen, und du wirst sicher entdecken ...«

»Noch etwas Götterspeise, Herr Neumann?« Das war Irene. Dann sagte sie zu Cas: »Ich werde euch beide in der Zeit, die verbleibt, sehr genau ansehen müssen, damit ich euch nicht vergesse.« Zu ihrem Gast gewandt, fügte sie hinzu: »Ich bin an unserem hiesigen College aufgenommen worden, aber da gehe ich nicht hin. Es hat keine Zukunft. Und die Staatliche Fachhochschule für Hauswirtschaft ist noch eine Möglichkeit. Mutter wollte, daß ich mich da bewerbe.«

»Aber Schätzchen«, sagte Rose nervös, »ich hab' doch nur vorgeschlagen ...«

Irene sagte: »Stimmt, Mutter. Sehen Sie, Herr Neumann, der Unterricht ist kostenlos. Aber ich gehe nicht hin.«

Schließlich schob er seinen Stuhl zurück, bedankte sich bei ihnen, entschuldigte sich, und Cas und Rose begleiteten ihn gemeinsam zur Haustür. Irene stand im Türbogen zum Wohnzimmer und nickte zurückhaltend. Ohne auf ihre Eltern zu warten, ging sie nach oben in ihr Zimmer: billige Bücher, eine Ahornschlafzimmereinrichtung, kein Plattenspieler, kein Telefon, zwei Reproduktionen desselben Bildes von Van Gogh in verschiedenen Farbtönen. Sie setzte sich aufs Bett und starrte ins Leere. Dann streifte sie sich eine doppelte Lage von Kleidern und einen Pullover über, zog neue Schuhe an, steckte ihr Sparbuch in ihre Umhängetasche und ging mit einem Armvoll Bücher nach unten. Rose war in der Küche. Irene lehnte sich um den Türrahmen herum, um sich zu verabschieden. Sie sagte:

»Mutter, ich gehe eine Weile zu Chloe rüber.« Sie fügte hinzu: »Sagst du Paps Bescheid?« Casimir war bestimmt in der Garage oder las oder wusch den Wagen hinterm Haus. Er wehrte sich gegen die Anschaffung eines Fernsehers, würde aber früher oder später (vermutete sie) doch einen kaufen. Er nahm Abendkurse im Winter, meistens etwas, das mit Botanik zu tun hatte. Sie erinnerte sich an ein Gespräch mit ihm. Er hatte gesagt, aufs College zu gehen sei aus finanziellen Gründen wichtig, und hatte hinzugefügt: »Als ich geheiratet habe ...« und dann gemerkt, daß er nicht mit einem Sohn sprach. Er hatte umgeschaltet auf: »Der Mann, den du mal heiratest.« Sie ging hinaus, und sobald sie auf der Straße war, warf sie ihre Bücher in die nächste Mülltonne, suchte in ihrer Tasche nach dem Zettel mit Ernst Neumanns Telefonnummer, fand ihn nicht, kramte, ohne die Ruhe zu verlieren, in ihren Taschen, bis sie ihn fand, und steckte ihn in ihr Portemonnaie. Das Drugstore an der Ecke war geöffnet, und Irene blätterte dort eine ganze Weile eilig durchs Telefonbuch. Die Nummer selbst konnte sie nicht finden. Vielleicht war es ein Hausanschluß. Doch sie fand eine Nummer, deren Ortsanschlußkennzahl und erste Ziffer mit dieser übereinstimmten. Sie schrieb Name und Adresse des betreffenden Hotels auf und versuchte, ihn dort anzurufen.

Man hatte nie von ihm gehört.

Sie hatte genug Geld für ein Taxi, fuhr aber vorsichtshalber mit dem Bus, auf dem Schoß die Handtasche, die sie mit beiden Händen festhielt. Es konnte keine Nebenanschlußnummer wie die in Bürohäusern sein, weil die ersten zwei Ziffern Vier-Null waren und es kein Hotel mit vierzig Stockwerken in der Stadt gab. Vielleicht war es Null-nochwas-nochwas, also der erste Stock. Sie hatte nicht den Eindruck, eine Verzweiflungstat zu begehen, sie nutzte nur eine Gelegenheit, die sich vielleicht erst in wer weiß wie vielen Jahren wieder bieten würde. Nicht, daß man unbedingt jemanden zum Wegrennen braucht, aber hier war jemand, der offensichtlich wußte, wohin es sich wegzurennen lohnte. Sie würde sich mit ein paar Tips begnügen. Sie stellte sich vor, er würde ihr sagen, sie solle aufs College gehen, und lachte. Es war die Adresse eines gewöhnlichen Durchgangshotels, nicht in der Innenstadt, sondern am Rand eines anderen Vororts. Sie ging in die Empfangshalle und erzählte dem Mann an der Rezeption, sie suche ihren Vater, aber es blieb dabei, daß ihn keiner kannte, und sie hatten keinen Zimmeranschluß, der mit vierzig anfing.

Sie rief ihn von einem Hausapparat an.

»Hallo? Herr Neumann? Hier ist Irene Waskiewicz.

Sie wissen doch, Roses Tochter. Nein, meine Mutter hat keine Nachricht für Sie, aber es hat jemand ein Paket für Sie abgegeben, und sie will wissen, wo sie es hinschikken soll.«

Pause.

Irene sagte: »Aber das geht nicht. Sie ist ausgegangen.«

Sie sagte: »Hören Sie, Herr Neumann, ich hab' das Paket bei mir. Nein, ich rufe nicht von zu Hause an. Ich bin in der Empfangshalle des Bradford. Nur sagt man mir, Sie seien nicht hier. Sagen Sie mir, wo Sie sind, und ich bringe es Ihnen vorbei.«

Sie hörte ihm zu. Dann sagte sie, und es klang ehrlich gekränkt: »Ja, wie soll ich denn wissen, von wem es ist? Rose hat mir nichts gesagt. Ja, offengestanden, ich würde gerne nach Hause gehen.«

Sie sagte: »Aber wie kann ich es denn hier an der Rezeption lassen, wenn es nicht das richtige Hotel ist?«

Zornig sagte sie: »Man wird es Ihnen *nachschicken?* Mein Gott!« und schließlich, in einem anderen Ton: »Ernst, ich werde dich finden, und wenn ich die ganze Nacht lang das Telefonbuch durchgehen muß. Ja, natürlich weiß ich, zu welchen Stadtteilen die einzelnen Ortsanschlußnummern gehören. Ich beobachte sehr genau. Außerdem mußt du hier im Hotel sein, weil ich von einem Hausapparat aus anrufe. Und wenn es sein muß, werde ich Zimmer für Zimmer in diesem verdammten Laden durchkämmen, und wenn ich dich nicht finde, wirst du meine Mutter nie wieder als Briefkasten benutzen, verlaß dich drauf! Natürlich weiß ich, was Briefkästen sind. Glaubst du, ich bin blind?«

Sie sagte: »Nein, es gibt kein Paket! Und es ist am besten, du bringst die Sache so schnell wie möglich hinter dich.«

Sie fügte hinzu: »Ich bring' dich schon nicht um.«

Pfeifend fuhr sie mit dem Fahrstuhl in den Keller und zwängte die Fahrstuhltür mit einem Standaschenbecher auf. Der Keller war voller Aschenbecher. Sie dachte, daß sie vielleicht Sand ins Fahrstuhlgetriebe gebracht hatte, aber das machte nichts; sie konnten es ihm ja auf die Rechnung setzen. Dann ging sie zu Fuß die entsprechenden Stockwerke zu seinem Zimmer hinauf, klingelte und stellte sich in Positur: ein einfacher Teenager in zu engen Kleidern, die Daumen großspurig in den Bund ihres schlecht sitzenden Rocks gehakt. Er kam barfuß und nur mit Hose und Unterhemd bekleidet zur Tür; das war nett. Es fand ihre Zustimmung.

Atemlos sagte sie: »Meine Eltern wissen nicht, daß ich hier bin.«

Zum ersten Mal in ihrem Leben folgten jemandes Augen den ihren, während sie das Zimmer rasch mit ihren Blicken überprüfte; das gefiel ihr. Sie kam zu dem Schluß, daß er ein scharfsinniger Mann war. Doch als er sich umdrehte und sich mühsam zu dem Sessel auf der anderen Seite des Hotelzimmers schleppte (ein schlichter, zu hart gepolsterter grüner Sessel, ein mieses Hotelzimmer, sie konnte nicht verstehen, warum er nicht mehr Geld ausgab), überlegte sie es sich anders. Sie nahm die Gelegenheit wahr, um ins Bad hinein und wieder hinaus zu flitzen und sich dabei nicht nur seinen Rasierer vom Waschbecken zu schnappen, sondern auch noch den Zimmerschlüssel vom Schreibtisch zu nehmen.

Aus dem Sessel sagte er: »Du hast also vor, mit mir wegzurennen, Irenee?«

Sie lächelte strahlend und dachte an den Rasierer und den Schlüssel. So klug, wie sie anfangs geglaubt hatte, war er gar nicht. Sie behielt die Hände hinter dem Rükken, während sie mit ungeheurer Energie sagte: »Mach dir nichts vor, Ernst! Ich renne weg, das ist alles. Mit dir oder ohne dich, wen juckt's? Ich brauche dich nicht.«

Er kratzte sich an der Brust. Er sah müde aus. Höflich sagte er: »Na ja!« Und dann: »Ja, natürlich, die Kleider, du bist zum Abhauen angezogen. Alleine, wie du sagst ... Und du willst Geld, ja? Einen Rat?«

»Du bist beim CIA!«

Er schüttelte den Kopf.

Sie sagte hitzig: »Doch! Oder jedenfalls so was Ähnliches. Ich bin nicht blind. Hör mal, du kannst mich ficken, wenn du willst« (sie dachte: Das macht mir Spaß) und fügte großkotzig hinzu: »Ich kenne den Preis.«

Er sagte: »Was willst du wirklich von mir, Irene?«

Sie zuckte mit den Achseln. Sie wandte den Blick ab. Die ganze Sache wurde doch deprimierend. Sie dachte: Wenn ich dir nun sagte, daß meine Mutter verrückt ist, mein Vater kalt ist und niemanden liebt, und meine beste Freundin glatt auf den Boden fällt, wenn man sie für das Leben außerhalb von Büchern und Filmen zu interessieren versucht?

Sie sagte: »Vergiß nicht, ich setze Gerüchte in Umlauf. Ich verprügele Leute. Ich kann das sehr gut.« Und fügte hinzu: »Und ich habe gerade deinen Rasierapparat geklaut!«

Sie zog ihn von hinter dem Rücken hervor.

Mit strahlendem Lächeln sagte sie: »Stimmt! Keiner beobachtet einen andauernd. Sie glauben zwar, es zu tun, aber es stimmt nicht. So arbeiten Zauberkünstler. Und du hast mir den Rücken zugewandt. *Ich* finde, du bist leichtsinnig.«

Sie fuhr fort: »Ich könnte runterrennen und denen erzählen, du hättest mich vergewaltigt, und sie würden mir garantiert glauben. Aber ich erzähle nie, was ich wirklich vorhabe, es sei denn, die andere Person ist eingeweiht. Das ist witzlos. Soll ich den Rasierapparat ins Bad zurücklegen?«

Er sagte: »Sei mal einen Augenblick still«, und das entmutigte sie. Sie hatte angenommen, daß er nett wäre, gedrillt, nett zu sein. Das waren die meisten Leute, und die meisten Leute bemühten sich ständig darum, nett zu sein. Dadurch konnte man ihr Verhalten beeinflussen.

Er sagte unvermittelt: »Willst du was essen?«

»Was?« Sie war entgeistert.

Er sagte: »Du mußt was essen, Irene, wenn du nicht mehr nach Hause gehst.«

Benommen. Sie sagte vergnügt: »Oh, nein danke.« Setzte sich ohne Schuhe aufs Bett und legte die Füße hoch. Sie sagte: »Ich hab' Geld, weißt du. Ich kann es morgen abholen. Dreihundert Dollar.« Sie lächelte frech. »Ernst, du siehst aus wie ein Gorilla aus dem Zoo. Ich finde, du siehst toll aus.«

Er sagte: »Zieh deine Schuhe an. Ich bestell' dir ein anderes Zimmer.

Sie fuhr erschreckt hoch. »Du willst türmen!«

»Verdammt noch mal!« (Und sie sah, wie er wutentbrannt nach Luft schnappte.) »Wenn du dich quer über den Boden legst, könnte ich immer noch rauskommen! Zieh deine Schuhe an!«

Sie hielt den Zimmerschlüssel in die Höhe. »Ich werde ihn runterschlucken.«

Er sagte: »Du lieber Himmel, ich werde bis ins Grab von Jugendlichen verfolgt werden, die alle schwören, ich hätte sie narkotisiert oder hypnotisiert oder magnetisiert! Also gut, schlaf in deinen Kleidern. Tu, was du willst. Wir werden die ganze Nacht Hinterbacke an Hinterbacke schlafen, damit du beruhigt bist, daß ich nicht abhaue. Ich würde ja noch eine Liege kommen lassen, aber mir graut davor, was du dem Pagen alles erzählen könntest. Leg den Schlüssel auf die Kommode!«

Sie sagte verblüfft: »Warum bist du denn so sauer?«

Er gab keine Antwort, sondern zeigte auf den Schrank. Sie streifte also ihre Extrakleider ab und hängte sie darin auf, zwei auf einen Bügel. Sie zog sich summend im Bad aus, schoß im Slip zum Schrank zurück und dann wieder ins Bad. Sie war entzückt und aufgeschreckt. Sie hatte das Gefühl, sich in jemand anderes verwandelt zu haben. Als sie sich endlich wieder ins Zimmer traute, hatte er sich mit Hose und allem in seinen Mantel eingerollt und lag verkehrt herum auf der einen Seite des Bettes; sie legte sich also richtig herum neben ihn. Im Dunkeln beschloß sie, ihm von Irenee Adler, *der* Frau, zu erzählen, und sie tat es mit einer trockenen, selbstironischen Erwachsenenstimme, die sie erschreckte und ihr in den Knochen weh tat. Hier ist das kleine Mädchen (sagte die Stimme), hier ist die Falle, hier ist das kleine Mädchen in der Falle.

»He, wer bist du?« flüsterte sie, plötzlich aufgerüttelt. »Wer bist du eigentlich?«

Sie hörte sich in die Stille hineinflüstern: »Wenn du schon nicht mit mir reden willst, dann laß mich wenigstens ein bißchen Spaß haben, du Scheißkerl.« Sie richtete sich im Bett auf und versuchte, ihm den Mantel auszuziehen, was nicht leicht war, da er wie ein Brett dalag.

Ernst versuchte, sie zu würgen. Dann ergriff er sie und warf sie gegen die Wand. Zu Tode erschrocken, ließ sie sich vom Bett auf den Fußboden rollen. Plötzlich ging die Nachttischlampe an, offensichtlich ein Wackelkontakt, den ihr Gewicht versehentlich ausgelöst hatte. Ernst saß blinzelnd aufrecht im Bett.

Sie rieb sich die Kehle und sagte: »Bist du verrückt?« Sein Mantel und die Decken waren auf dem Boden verstreut. Er starrte sie stumpfsinnig an, mehr denn je dem Gorilla im Zoo ähnelnd, und ihr wurde klar, daß er immer noch schlief, daß er all das im Schlaf getan hatte. Er sah nicht sehr anziehend aus. Mit klopfendem Herzen sagte sie schroff: »Leg dich unter die Decke und hör auf, so albern zu sein.« Und fügte hinzu: »Ich rühr' dich nicht an, wenn es dir solche Angst macht.«

Er murmelte trunken: »Ich sammele sie.«

»Häh?«

»Kleine Mädchen und kleine Jungen.« Seine Stimme war etwas klarer; wahrscheinlich war er im Begriff aufzuwachen.

Sie sagte: »Weißt du, daß du eben tatsächlich versucht hast, mich umzubringen? Das ist wohl dein Training — wie der plötzlich geweckte Samurai. Es hat mich jedoch ganz schön überrascht.«

Sie legte sich wieder ins Bett und musterte ihn im Licht der Nachttischlampe, das ihm hätte schmeicheln müssen, aber er sah trotzdem alt aus. Alt und langweilig, obwohl er alle möglichen aufregenden Dinge kennen mußte, wie Selbsthypnose und Ju-Jutsu und woran man Agenten sonst noch so erkannte. War alles so langweilig? Er schien fast augenblicklich einzuschlafen, und Irene fühlte sich vor den Kopf gestoßen, fühlte, daß sie sich nicht an diesen Typ ketten wollte, der nicht schön war, daß sie nach Hause gehen wollte zu David. Das Gefühl war sehr stark. Eine merkwürdige Regung entstand im Bett, und Irene merkte, daß sie selbst, die verzweifelte Gestalt, es war, die sich da hin und her wiegte, total aufgewühlt und dem Weinen nahe. Und noch ehe sie es wußte, warf sie ihre Arme um ihn, um seinen wunderbaren Geruch und seinen Trost in der Dunkelheit. Sie war schrecklich geil. Sie rief aus: »Ernst, Ernst, bitte!«

»Ach, *komm* schon, ich *bitte* dich!«

Es war mit Goliath gar nicht viel anders, als es mit David gewesen war. Obwohl Rose das nicht geglaubt hätte. Sie hatte das eigentlich alles schon mitgemacht, wenn auch nicht in derselben Reihenfolge oder in derselben Art. Ernst war netter, und es hatte bei ihm länger angehalten als bei David, er schien besser zu wissen, was ihr gefiel (und er sprach darüber, während er es tat, was ihr sehr peinlich war), und es seitlich zu tun, war ihrer Ansicht nach unendlich viel schöner, als unten zu liegen. Sie sagte zu ihrem Liebhaber:

»Meine Mutter würde darauf bestehen, daß ich dich heirate. Ich habe mir die Geschichte von ihrer Romanze weiß Gott wie oft angehört, aber sie scheint immer auf die gleiche Art und Weise zu enden; irgend etwas stimmt damit nicht. Ich liebe sie trotzdem. Aber mit siebzehn hat man keine Chance, als Mädchen hat man keine Chance. Ich bin von zwei schlechten Colleges angenommen worden, und die Marine nimmt mich nicht auf, und ich hab' schon immer auf Bildung gepfiffen, wirklich. Ich bin nicht wie Chloe. Ich hab' Glück. Ich bin froh, daß ich dich gefunden habe. Ich muß also wohl oder übel sagen: ›Nimm mich mit dir‹, obwohl ich mir lieber die Zunge abbeißen würde. Aber was mir wirklich guttäte, wäre, ganz aus dieser Welt abzuhauen.«

Sie fragte sich, warum er so lauthals lachte. Sie konnte seine riesige Brust auf und nieder beben fühlen, wie eine Dampfmaschine. Sie wäre gern in ihn hineingekrochen oder hätte ihn gern wieder in sich drin gehabt, nicht erotisch, sondern irgendwie anders. Sie schlang den Arm um ihn. Sie mochte ihn ziemlich gern, war aber froh, daß der sexuelle Akt vorbei war. Es hatte sie zu sehr aufgewühlt und war ihr nicht rege genug gewesen. Wenn sie eines nicht leiden konnte, dann Ernst Neumanns Art, sie überall anzufassen, als liebte er ihren Hintern, ihre Waden und ihre Armbeugen. Dennoch war sie froh, daß ihre Gedanken wieder klarer und ihre Sinne besänftigt waren. Einige Dinge, die er getan hatte, entzückten sie beim bloßen Gedanken an ihre Frivolität, und sie versuchte, sie sich ins Gedächtnis zurückzurufen. Sie würde sie … nein, Chloe würde sie sie nicht erzählen.

»Warum ich?« sagte seine langsame, tiefe Stimme in der Dunkelheit (und irgendwie war die Stimme aufregender als er selbst, weniger sachlich, dafür sinnlicher, wie die Verkörperung eines Penis, mit etwas Übermenschlichem dabei) »warum traust du nach allem, was geschehen ist, ausgerechnet mir?«

Sie sagte: »Weil du ein guter Mann bist«, und zu ihrem eigenen Entsetzen — denn was würde sie tun, was könnte sie tun, wenn sich je das Gegenteil herausstellen sollte? Was ist, wenn David und Goliath am Ende gleich sind? — legte sie den Kopf auf seine Brust und begann, krampfhaft und hoffnungslos zu schluchzen.

Gräfin Lovelace (mit ihrer Mathematik), Maria Sklodowska und Nikolaus Kopernikus sind alle in 'Alihs aus den Felsen gehauenen Gängen losgelassen. Während der männliche Besucher mit dem Gastgeber bei einem Scherbett sitzt, führt Irene Waskiewicz einen Teil ihrer Arbeit aus, nämlich beobachten, und befriedigt außerdem eine persönliche Neugier, vielleicht einen gewissen Groll hegend. Irene läßt ihre Tel-o-trolle sanft und sauber aufs Bett fallen und folgt aufatmend dem Plan für die spezielle Art von Mittelschichtsunterkünften, zu denen die Wohnung des Sohns von Bakkar gehören. Er und seine Familie leben in einer ka'abischen Version von Reihenhäusern — und das belustigt sie, aber sie bemerkt auch, daß die Felsenwände, außer bei Leitungskanälen, fast schalldicht sind, und das läßt nur allzu stark ahnen, was hinter diesen Wänden, in die keine andere Familie je eindringt, begangen und verborgen werden kann. Es ist eine verbrecherische Intimität. An Irene haftet etwas von einer Glas-und-Keramik-Bauweise, und sie geht an dem Wachboter vorbei, bereit, ihn zu bedienen, doch der 'Boter (ein großer, rechteckiger Massivkörper mit einer verschlossenen Platte in Bauchhöhe) ist offensichtlich programmiert worden, sie nicht zu behelligen. Es passiert nichts. Auf dem Familienkontrollschirm sind vier einzelne Lämpchen zu sehen. Sie kann zwar die Personencodes nicht lesen, nimmt aber an, daß eine — in einem etwa fünf Quadratmeter großen Raum — das Dienstmädchen sein muß, da 'Alih als Berechtigter für eine Hausangestellte registriert ist. Ein Familienmitglied befindet sich im Hof — es bewegt sich ziemlich schnell —, und zwei sind zusammen in dem großen zentralen Raum. Hinter dem Vorhang ertönt Musik, die ebenso geschmack- und gehaltlos ist wie 'Alihs Einrichtung, und während sie geräuschlos durch den Vorhang tritt, bereitet sie sich auf Und-seine-Familie in ihrem Heim vor.

Ihr erster Eindruck ist, in ein Weihnachtsschaufenster

hineingetreten zu sein. Der Raum besteht aus einer Unmenge von tanzenden, flimmernden Lichtflecken. Um den Rand einer eingezogenen Decke herum fällt künstliches Sonnenlicht herein wie durch einen Lichtgaden. Irgendwer in der Mitte des Zimmers (Irene überprüft immer erst Aus- und Eingänge, ehe sie sich um die Identifizierung oder Unterscheidung von Personen kümmert) wirft gerade etliche Handvoll Glitzerzeug in die Luft, und der Raum selbst ist bündelweise mit glitzernder weißer Gaze behangen. Durch eine Tür hinter den beiden Personen hindurch kann Irene den Anfang eines weiteren Raumes ausmachen, und zu ihrer Linken (rechts von ihnen, da sie ihr zugewandt sind) befindet sich ein breiter Türbogen, durch den dichter Sonnenschein fällt — mehr künstliches Licht. Man hat das Gefühl, als dränge Licht aus kilometerweiter Entfernung in eine Höhle. Irgendwo im Hof plätschert Wasser, und das Eichhörnchen ist auch da draußen; Irene hat dieses charakteristische Klingelgeräusch schon mal vernommen. Sie weiß, daß die Tür hinter den zwei Frauen zu einer Reihe von Wohnräumen führt, die wie Satelliten um die beiden größeren Räume gruppiert sind und ineinander übergehen wie Eisenbahnwaggons. Das Durcheinander von Licht und Dunkel tut dem Auge weh, doch jetzt hört die stehende Frau auf, Glitzerstaub in die Luft zu werfen, und fängt statt dessen an, ein merkwürdiges Spielzeug, so etwas wie ein Schmetterling an einer Leine, auf und ab zu schwenken.

Die stehende Frau ist das Dienstmädchen. Ihre Herrin — zwar ohne Gesichtsschleier, aber unter einer Kleiderlast wie Elisabeth I. — wirkt nicht majestätisch, sondern mitgenommen oder krank. Sie liegt zurückgelehnt auf einer gepolsterten Bank. In *Tausendundeiner Nacht* ist die Herrin Zubeida, die Frau Harun al-Raschids (nach der 'Alihs Tochter benannt wurde) so schwer mit Schmuck und Kleidern beladen, daß sie nicht aufstehen kann. Das alte Buch ergötzt sich an dieser Szene und schwelgt darin in mittelalterlichem Stolz. In Irenes Augen sind diese Menschen alle so bizarr schmalknochig wie manieristische Zeichnungen, aber es ist nicht zu übersehen, daß das Mädchen nicht nur jünger ist als die Dame des Hauses, sondern auch wesentlich gesünder und attraktiver.

Es ist ebenfalls nicht zu übersehen, daß das Dienstmädchen nüchtern ist und die Hausherrin entweder betrunken ist oder so tut.

Als sie Irene erblicken, ist es das Dienstmädchen, das, theatralisch zusammenbrechend, sich mit einem gellenden Schrei auf den Boden fallen läßt: »Herrin! Herrin! Verschleiere dich!« Die Vezieree sagt nur: »Ach, halt den Mund«, und fügt mit schwerer Zunge hinzu: »Schau, ich zerreiße meinen Schleier«, was sie dann auch tut, zumindest symbolisch, indem sie mit beiden Händen nachlässig an ihrem *Izar* zerrt. Die andere Frau scheint nach ihrer Darbietung von angemessenem Rollenspiel eher verärgert als verängstigt, und da ihr etwas sehr Bissiges auf der Zunge liegt — ihre schönen schwarzen Brauen ziehen sich in dieser Absicht zusammen —, fährt Zumurrud laut dazwischen: »El-Ward fil-Akmam! Kümmere dich um den Gast!«

Irene tritt ins Licht.

»Oh, ja«, sagt die Vezieree, »sieh mal, El-Ward fil-Akmam, es ist die Fremdlingsdame. Die, die mit unverschleiertem Gesicht umhergeht. Los!«

El-Ward fil-Akmam tritt vor, kniet sich hin, verbeugt sich und schlägt den Kopf auf den Fußboden. 'Alih wäre sehr erzürnt, wenn er das sähe; er will nicht, daß sein Kind unterwürfigem Benehmen ausgesetzt wird. Das Dienstmädchen sagt schmollend: »Seiet willkommen, o Mond der Sterne, o erwachender Tag ...«

»Ja ja, setzen Sie sich«, sagt Zumurrud. »Mach keine Staatsaktion daraus, El-Ward fil-Akmam!«

Die Umgangsformen im *Harîm* sind anscheinend weniger steif als anderswo. El-Wad fil-Akmam zieht sich hinter den Diwan ihrer Herrin zurück, und Zumurrud wartet einfach auf Neuigkeiten von draußen. Irene wartet ebenfalls. Sie verharrt in einer nichteinschüchternden Pose, soweit das möglich ist, wenn man doppelt soviel wiegt wie seine beiden Gegenüber und das Dienstmädchen, das größere von ihnen, um zwei Köpfe überragt.

Zumurrud kichert. »Oh, Sie sind eine so große Person. Diese kleine Person muß die große Person bedienen.« (Sie versucht sich von ihrem Diwan zu erheben, verliert das Gleichgewicht, greift haltsuchend nach einem vergoldeten Ornament und läßt sich wieder in ihre Kraftlosigkeit zurücksinken, keuchend und lachend.) »Sagen Sie, liebe Besucherin, sind alle Menschen in Ihrem Land so groß«

El-Ward fil-Akmam murmelt etwas Giftiges.

»Halt den Mund«, versetzt Zumurrud. »Nein. *Ich* werde es *Ihnen* sagen. Nur die Frauen sind so groß. Die Frauen dienen in der Armee und halten die Männer in *Harîms.* El-Ward fil-Akmam, bring unserem Gast *Nebidh.*«

Das Mädchen huscht in einer unterwürfigen, vornübergebeugten Haltung davon, die in keiner Weise mit ihrem übrigen Verhalten in Einklang steht. Irene entgeht nicht El-Ward fil-Akmams durchbohrender Blick und ihre widerspenstige Miene. Irene bringt daher der Vezieree Zumurrud nicht das Händeschütteln bei. Sie erwidert die schlampige Verbeugung der Gastgeberin mit einer Verbeugung, wie sie der Sohn von Bakkar macht: die Handflächen gegeneinander und zurückgebogen.

Die Vezieree kreischt vor Lachen.

Dann sagt sie vertraulich: »Haben Sie irgend etwas gekauft?« und läßt sich ausführlich über ihre neueste Errungenschaft aus: Ein Gerät, mit dem man funkelnden Staub im Zimmer herumsprühen kann. Hier und da liegen Überreste von Glitzerzeug auf dem Boden verstreut. Zumurrud möchte es ihrem Gast zur Unterhaltung vorführen, doch Irene winkt ab. Die Hausherrin besteht darauf, ihre Stimme wird schriller und unbeherrschter, und Irene wird — für einen Augenblick — etwas unwirsch.

Die Vezieree Zumurrud hält inne, mit der Hand auf dem Herzen. Sie sieht aus, als würde sie gleich weinen. Rasch läßt sie sich auf den Boden gleiten, verneigt sich vor der fremden Riesin und schleppt sich dann auf ihre Bank zurück. Sie hält die Hände fest gegeneinander gedrückt vor der Brust und starrt ins Leere. Tränen kullern über ihre Wangen. Hinter Irene tönt es abfällig: »Achten Sie nicht auf sie.« Es ist El-Ward fil-Akmam. Das Dienstmädchen gibt seiner Herrin einen leichten Klaps auf die Wangen, ruft aus: »Denk an deine Kinder, Vezieree! Denk an die Ehre deines Hauses!« Und dann: »Willst du dein Stickzeug, Vezieree?« Zumurrud nickt. Hinter einer der künstlichen Kaskaden aus silberdurchsetzten weißen Seidenfäden holt El-Ward fil-Akmam eine phantastische Stickerei und eine Lesebrille hervor. Während ihr der Stoff in die Hand gedrückt und die Brille auf die Nase gesetzt wird, schluchzt Zumurrud kraft- und ausdruckslos weiter vor sich hin. Dann nimmt sie wahr, was geschehen ist, und hört allmählich auf zu weinen. Sie nimmt die Nadel aus einer unvollendeten Stelle und beginnt zu sticken.

El-Ward fil-Akmam entfernt sich von dem Diwan und bedeutet Irene mit einer Kopfbewegung, ihr zu folgen. Sie sagt laut: »Wenn die Vezieree die Stickerei vollendet hat, wird sie sie für eine große Summe verkaufen.« Selbstbewußt fügt sie hinzu: »Nein, nein! Mein Arbeitgeber vertraut mir. Mein Arbeitgeber weiß, ich würde nie etwas Unehrliches tun.« Dann greift sie, wobei sie sich den Zeigefinger auf den Mund legt, in die Vorhangwand und macht etwas Unsichtbares mit etwas Unsichtbarem. Eine Hand hält sie geöffnet Irene hin.

El-Ward fil-Akmann wirkt ängstlich, doch sie scheint

zu wissen, daß es nur einen Weg gibt, um in dieser Welt weiterzukommen.

Irene nimmt ein paar der rosafarbenen und grünen Münzen, die die Währung auf Ka'abah sind, aus ihrem Gürtel und legt sie in die ausgestreckte Hand. Nachdem die Frau das Geld irgendwo in ihr Gewand gestopft hat, kehrt die Farbe in ihr Gesicht zurück. Ja, sie lächelt sogar. Sie wirft den Kopf keck zurück und blickt zu Irene auf, was sich in einer Höhe halbwegs zwischen Irenes unterster Rippe und ihrem Schlüsselbein abspielt.

Irene sagt: »Ich möchte mehr über dich erfahren, weißt du, wie auch über alle anderen Menschen auf Ka'abah.«

El-Ward fil-Akmam sieht verdutzt aus. »Sie kommen nicht von der Ärztin?«

Irene sagt: »O nein, wir kommen aus einem anderen Land, um zu erfahren, wie die Menschen hier leben. Der Vezier weiß über uns Bescheid. Mein Partner spricht gerade mit dem Vezier, und ich bin gekommen, um mit der Familie zu reden. Nein, nein, behalte das Geld. Ich habe nichts mit irgendeiner Ärztin zu tun. Und ich würde wirklich lieber mehr über dich wissen als über die Vezieree, wenn du mir etwas erzählen willst.«

El-Ward fil-Akmam sagt: »Nicht über die Vezieree? Aber sie ist doch die wichtige Person. Sehen Sie doch, was sie alles hat!« Schüchtern, mit einem kleinen Lachen, fügt sie hinzu: »Über mich?«

Irene zuckt mit den Achseln. »Warum nicht? Du lebst auf Ka'abah. Ich will wissen, wie die Menschen hier leben.«

Das Dienstmädchen zögert zunächst und sagt dann eifrig und schnell, mit viel Nachdruck: »Wenn Sie wissen wollen, wie wir hier leben ... Also, ich kann es Ihnen sagen. *Ich* weiß Bescheid. *Die da* hat eine Abtreibung hinter sich — stellen Sie sich vor! — und versucht, mich zu überreden, eine Ärztin zu holen, um sie zu sterilisieren. Stellen Sie sich nur diese Bosheit vor! Aber diese reichen Frauen sind alle gleich, sie würden alles tun. Sie kennen keine Tugend. Ich will Ihnen sagen, wenn ich mit einem erfolgreichen Mann verheiratet wäre«, (hier wird sie gefaßter und ernster) »wäre ich bestimmt nicht müßig und boshaft. Ich wäre Gott und dem guten Mann dankbar!« (Hier richtet sie sich auf und spuckt Irene fast ins Gesicht.) »*Mich* brauchte man nicht mit Medikamenten zu behandeln.«

»Mit Medikamenten behandeln?« fragt Irene schroff.

Doch El-Ward fil-Akmam ist es entweder entgangen oder egal. Sie fährt fort: »Sie können zurück in Ihr Land gehen und denen dort erzählen, daß die Armen auf Ka'abah mit Füßen getreten werden und die Reichen mit jedem Tag dazugewinnen. Es ist wie überall. Wenn ich an ihrer Stelle wäre, würde ich Geld ausgeben, um meine Töchter verschönern zu lassen, und wenn ich mir von Zeit zu Zeit was Schönes kaufen würde — ich würde mein Geld nicht glatt zum Fenster rauswerfen, wie sie es tut, o nein! Wissen Sie, daß sie mich einmal eine Pfundmünze vor ihren Augen anzünden ließ? Und sie wollte nicht brennen, und da mußte ich sie mit einer Pfanne zerschlagen — also, wenn ich ein Spielzeug kaufen würde, würde ich es nicht kaputtmachen und hinwerfen, sobald ich damit fertig bin. O nein!«

»Du glaubst also, die Vezieree ...« Irene versucht ihr auf die Sprünge zu helfen.

»Sie ist *krank*«, bekräftigt El-Ward fil-Akmann. »Ihre Persönlichkeit ist gestört. Deshalb hat der Vezier mich eingestellt, weil er weiß, daß ich vertrauenswürdig bin. Er ist ein sehr guter Mann. Er läßt sich nicht von ihr scheiden, er schickt sie nicht zu ihren Eltern zurück, und er schlägt sie nicht. Er hat ein Gewissen. Alles, was der Mann will, ist Respekt und Rücksicht in seinem eigenen Haus, was wohl jeder Mann verdient. Ich bin ihm gegenüber respektvoll, und er weiß das zu schätzen. Alles, was er kriegt, ist Ärger. Von einer Frau, die nicht im Armenviertel aufgewachsen ist. *Sie* war nicht mit zehn Leuten in ein Zimmer gepfercht, mit ihren Cousins und weiblichen Verwandten, die dauernd an ihr rumgemekkert und sie geohrfeigt haben, wenn sie sich nicht richtig benommen oder Krach gemacht hat! Diese reichen Mädchen haben soviel Platz zum Rumrennen, wie sie nur wollen, und *die da*« (sie weist mit dem Daumen in Richtung Hof) »hat sogar ein lebendes Spieltier, mit dem sie reden und an das sie Essen verschwenden kann. Und nächstes Jahr werden sie ihr auch die unteren Rippen rausnehmen, damit sie schlank wird.«

El-Ward fil-Akmam erzählt dies alles mit sehr viel Nachdruck, nicht aus bösem Willen, sondern um einen Fremdling über die Vorteile der Reichen und über die Geduld und die edle Gesinnung aufzuklären, mit welcher die Armen Ungerechtigkeit erdulden. Sie wirft einen Blick zu ihrer Herrin hinüber, als hätte sie Angst, und sagt dann scheu, mit leiser Stimme: »Wollen Sie etwas über mich wissen?«

Irene nickt.

»Tja«, sagt El-Ward fil-Akmam und spielt dabei mit der Quaste an ihrer Schärpe, »Auch die, die im Armenviertel aufwachsen, können eines Tages Seide tragen.« Sie wird leicht rosa. »Ich habe meine Pläne«, sagt sie. Irene, die eine Erklärung für diesen Wortschwall zu finden versucht, fragt sie, ob sie oft Gesprächspartner habe. El-Ward fil-Akmam starrt sie nur an, lacht und sagt: »Was, *hier?*« und fährt mit ihren »Plänen« fort. Der Vezier 'Alih, Sohn von Bakkar, werde die Ergebenheit seiner Dienerin anerkennen und belohnen. Treue Dienste würden immer belohnt. El-Ward fil-Akmam, am Ende ihrer Kraft, weil sie ihre kleinen Schwestern und Brüder versorgen mußte, als sie selbst noch als Kind hätte herumtoben müssen, werde Geld sparen, welches ihr der dankbare Sohn von Bakkar geben werde, und sich eine angemessene chirurgische Behandlung erkaufen. In absehbarer Zeit werde sie heiraten — gut heiraten — und viele Kinder haben. Kinder seien die Freude im Leben einer Frau. Sie werde Bedienstete haben, um sie zu beaufsichtigen, und sie selbst werde einmal am Tag nach ihnen sehen zwecks Überwachung ihrer Erziehung. Sie werde ein prächtiges Haus haben (»wie dieses« sagt sie errötend). Sie werde nichts zu tun haben außer sich zu vergnügen und ihre Persönlichkeit zu formen. Sie werde fernsehen können, ohne ständig durch die Ansprüche einer Wahnsinnigen unterbrochen zu werden. Sie beeilt sich hinzuzufügen, daß sie natürlich die Vezieree meine, obwohl die Bezeichnung »wahnsinnig« wahrscheinlich zu stark sei. Aber sie werde so reich sein wie die Vezieree und ebenso viele schöne Sachen haben wie die Vezieree, und sie werde glücklich sein, was man von der Vezieree nicht behaupten könne. Sie werde nie ausgehen; rohe Männer würden sie daher nicht am Gewand zupfen, wenn sie die gefährliche Straße hinuntereile. Sie werde nie arbeiten; sie werde sich daher ununterbrochen amüsieren können. Sie werde ihre Verwandten unterstützen, sie aber nicht sehen, damit deren Gewöhnlichkeit nicht die Kinder verderbe; folglich werde sie Frieden haben. Ihr Ehemann werde von ihrer Schönheit hingerissen sein und sie nie schlagen. Sie sagt:

»O ja, ich habe meine Pläne.«

Irene sagt (noch mal): »Du hast wohl kaum jemanden, mit dem du reden kannst«, aber in diesem Augenblick ertönt ein Geklingel am Türbogen zum Hof, und herein stolpert eine phantastische kleine Gestalt, unglaublich klein und schlank und kerzengerade. Ihr Gewand ist so prächtig wie das ihrer Mutter. Es ist Zubeida, mit schielendem Blick und einem törichten Lächeln auf den Lippen. Sie sagt: »Ich hab' alles gehört«, und taumelt zur Mitte des Zimmers, wo sie umfällt.

Sie sagt: »Ich hab' Mamas alte Medizin genommen.«

Was für eine Aufregung! Zumurrud, die weint und sie ein ungezogenes Kind schimpft, El-Ward fil-Akmam, die sie systematisch schüttelt, als wäre sie eine Uhr, die wieder in Gang gebracht werden muß, Zumurrud, die ihre Stickerei auf den Boden wirft, Zumurrud, die schreit, El-Ward fil-Akmam, die entsetzt die Hände hebt und den Himmel als Zeugen anruft für die jetzt schon erkennbare Verworfenheit dieses ruchlosen kleinen Mädchens, und Zubeida, die auf dem Boden kauert und den Schluckauf hat, während El-Ward fil-Akmam sie von neuem schüttelt.

Das Dienstmädchen herrscht sie grimmig an: »Wie oft habe ich dir gesagt, daß du nicht so sein sollst wie deine Mutter?« und Zumurrud schreit: »Nein, sei nicht so wie ich!« und beginnt abermals zu schluchzen.

Irene schnappt das kleine Mädchen — sie wiegt soviel wie eine irdische Siebenjährige — und setzt sie auf dem Fliesenboden ab, wo sie keuchend dahockt und den Mund wie ein Fisch öffnet und schließt.

Dann stimmt sie unter dem Einfluß der Droge einen lauten, rhythmischen Singsang an und ruft dabei: »Hört mir mal zu! Hört mir mal zu!« El-Ward fil-Akmam ist wütend und verängstigt, und Zumurrud ist schreckensbleich geworden. Die Mutter hält sich die Ohren zu und wiederholt ständig etwas vor sich hin. Für Irene klingt es wie: »Oje, bitte nicht« und dann irgend etwas über eine Person namens Dunja.

Zubeida, kleiner und weniger drogenfest als ihre Mutter, kreischt: *»Ich werde eine Dichterin!«*, was El-Ward fil-Akmam aus ihrer Versteinerung reißt. Sie stürzt sich auf das kleine Mädchen, packt sie mit einer Hand und steckt ihr den Finger der anderen Hand in den Hals. 'Alihs Tochter würgt und erbricht eine kleine, gelbliche Masse. Dann trägt das Dienstmädchen sie geschwind in den hinteren Raum, aus dem ähnliche Geräusche dringen. Die kleine Zubeida übergibt sich.

Zumurrud wirkt fast nüchtern, als sie sagt: »Das ist meine Tochter. Sie hat einen eigenartigen Hang, Dichterin zu werden wie ihre Tante Dunja. Kleine Mädchen haben oft solche Einfälle. Letztes Jahr wollte sich Zubeida als Junge verkleiden und außer Welt fliegen, um Bergarbeiter zu werden. Meine Schwester hatte in ihrer Jugend die gleichen Hirngespinste. Wir haben ihr Schreibzeug weggenommen, und sie hat das Dienstmädchen bestochen, es wieder reinzuschmuggeln. Wir haben es ihr oft weggenommen, und meine Schwester hat es schließlich aufgegeben. Jetzt ist sie tot. Man kann Kinder nicht immer tun lassen, was sie wollen; es ist nicht gut für sie.«

El-Ward fil-Akmam kommt mit der ausgelaugten Zubeida zurück. Das zierliche Mädchen wirkt jetzt noch kleiner, wie eine Katze, die gebadet wurde. Das Dienstmädchen schimpft mit ihr: »Was würde dein Bruder Djafar sagen!«

»Mein Bruder hilft mir«, flüstert Zubeida kaum hörbar. Sie wird mitten auf dem Fußboden abgeladen, und das Dienstmädchen geht mit blitzenden Augen etwas holen, um die Fliesen zu reinigen. El-Ward fil-Akmam ist außer sich vor Wut. Beim Hinausgehen schreit sie ihre Herrin an: »Muß ich Roboterarbeit leisten? Bin ich ein Schattenleben? Herrin, zügele deine Tochter!«

»Djafar übt mit mir«, sagt Zubeida. Sie ist immer noch ziemlich benommen. Zumurrud sieht sonderbar aus. In Irenes geübten Augen hat es den Anschein, als fürchte sie sich vor ihrer Tochter. Leise und hastig, als hätte sie Angst, er könnte jemand hören, sagt Zumurrud:

»Zubeida, alle Mädchen-Kinder machen diese Phase durch, das weißt du doch. Es ist der Aufruhr, den die keimende, neue weibliche Identität in einem hervorruft. Ohne ein männliches Gegengewicht wuchert diese neue Weiblichkeit aus und schlägt in ihr Gegenteil um. Daher gerät das kleine Mädchen in Versuchung, vom richtigen Weg abzukommen. Sie verspürt den Wunsch, wunderliche und alberne Dinge zu tun, wie zum Beispiel mit dem Schwert zu kämpfen oder Verse zu dichten. Ihre Heirat ordnet und gleicht das alles aus. Wenn sie erst mal verheiratet ist, wird sie zu der Frau, die sie sein sollte, das vollkommene Gegenstück zu ihrem Ehemann, und ihre Weiblichkeit findet ihren wahren Ausdruck darin, eigene Kinder zu haben, nicht in der trügerischen Nachahmung eines Lebens, das sie niemals haben kann. Du willst doch nicht wirklich ein Junge sein, Zubeida, oder?«

»Doch«, sagt Zubeida halbtot vom Fußboden.

»Aber willst du denn keinen schönen jungen Ehemann?« fragt Zumurrud schüchtern. »Willst du denn nicht einen gutaussehenden jungen Mann ganz für dich haben?«

»Ich will Papa heiraten«, sagt Zubeida. Zumurrud preßt die Lippen zusammen, lächelt Irene furchtsam an und nimmt ihre Stickerei auf.

Zubeida sagt quengelnd: »Mama?«

Zumurrud sieht ihre Tochter zitternd an.

»Mama«, sagt Zubeida, »wenn du das fertig hast, wofür wirst du das Geld ausgeben? Wofür *kannst* du das Geld ausgeben, Mama?«

»Wenn ich das hier fertig habe«, erwidert Zumurrud vorsichtig, »werde ich es für eine große Summe verkaufen, und mit dem Geld kaufe ich etwas Schönes zu unserer Unterhaltung.«

»Ich weiß, was du kaufst«, sagt Zubeida mit kindlichem Zynismus. »Du kaufst … eine neue Stickerei!«

»Wenn ich nur das kaufte, was ich verkaufe«, sagt Zumurrud etwas spitz, »dann wäre das sehr töricht. Dann gäbe es keinen Grund zu sticken. Ich werde dir eine Verschönerung kaufen. Ich kaufe dir ein Paar Ohrringe.«

»Um mich zu verschönern«, sagt Zubeida. »Damit ich heiraten kann. Damit ich es mir leisten kann, kunstvolle Stickereien zu machen, um Geld dafür zu kriegen. Um *meine* Tochter schön zu machen. Damit sie heiraten kann. Damit sie es sich leisten kann, kunstvolle Stickereien zu machen. Um *ihre* Tochter schön zu machen, damit sie heiraten kann, um zu sticken, um zu heiraten ...«

Zubeida beginnt zu wimmern. Zumurrud, die jetzt ganz nüchtern aussieht, springt vom Diwan, rennt zu ihrer Tochter und schließt das Kind ihres Herzens in die Arme. Sie klammern sich aneinander.

Zubeida sagt: »Mama, ich will Dichterin werden.«

»Nein, nein, nein!« schreit Zumurrud. Sie versucht, das kleine Mädchen mit ihrem Körper abzuschirmen, so daß Irene sie nicht mehr sehen kann. El-Ward fil-Akmam kommt mit Eimer und Putztuch herein. Es gehört sich nicht, daß Maschinen sich um Persönliches kümmern, und wenn immer es möglich ist, wird dies Menschen zugeteilt, aber der Fleck, den Zubeida auf dem Boden zurückgelassen hat, ist ein Zwischending, so daß es gerade noch möglich ist, ihn von einem Schattendiener reinigen zu lassen. El-Ward fil-Akmam klatscht laut nach dem Universalhaushälter und sagt in gebieterischem Ton zu ihrer Herrin:

»Herrin, dir geht es nicht gut. Deine Arznei verliert ihre Wirkung. Du mußt dich sofort hinlegen und noch eine Spritze bekommen.«

»Mir geht es gut, mir geht es gut!« schreit Zumurrud und richtet sich auf.

»Deine Medizin läßt nach«, sagt El-Ward fil-Akmam mit geballten Fäusten.

»Das weiß ich«, faucht die Dame des Hauses, »und ich weiß auch, daß mein Mann, der Vezier, Übereifer im Dienst nicht belohnen wird.«

Einen Moment lang hat es den Anschein, als sei El-Ward fil-Akmam drauf und dran, ihren Willen gewaltsam durchzusetzen. Doch dann beherrscht sie sich und weicht verärgert zurück, gerade in dem Moment, da der Universalhaushälter hereinwirbelt, geschickt nicht nur den Menschen im Raum ausweichend, sondern jedem Gegenstand, der auf seiner Route beschädigt werden könnte. Er kann sein Suchschema nicht ändern, doch einen Augenblick verharrt er kreisend über dem Fleck auf dem Boden und sucht dann weiter, den Fußboden sauber zurücklassend. Zumurrud klatscht in die Hände, und die Maschine wirbelt hinaus. Arrogant und vernehmlich sagt Zumurrud: »Ich brauche keine Dienste mehr. Du kannst das Bandgerät anstellen, wenn du hinausgehst. Du bist eine dumme, schlecht erzogene Frau, El-Ward fil-Akmam, und ich bitte dich, nicht zu vergessen, daß die mir verschriebenen Medikamente zwar meine Empfindungen, nicht aber mein Wahrnehmungsvermögen oder mein Gedächtnis beeinflussen. Es ist nicht die Absicht des Veziers, dich hier zur Herrin zu machen.«

Das Dienstmädchen weicht in die Wand zurück, leise vor sich hin fluchend, und macht wieder etwas Unsichtbares hinter den Vorhängen. Dann zieht sie sich in eines der hinteren Zimmer zurück. Zumurrud kniet sich (um Zubeida zu umarmen, die sich einfach hingesetzt hat, sobald sie losgelassen wurde) und flüstert: »Kleines, Kleines, sieh mal. Sieh dir diese fremde Dame an!«

»Das ist eine häßliche Frau«, sagt Zumurrud. »Siehst du, wie häßlich? Ihre Brüste sind nicht groß und schön wie die deiner Mutter. Sie hat keinen Schmuck, und ihre Kleider sind häßlich. Sie kommt aus einem Land, wo Frauen ständig arbeiten müssen und weder Schönheit noch Freude in ihrem Leben kennen. Sie dürfen keine hübschen Kleider und Schönheitsflecke haben wie wir. Sie hat kein Mal, schau. Diese Frau ruiniert sich, indem sie den ganzen Tag lang schwer und hart arbeitet, wie ein Mann. Sie ist immer krank. Kein Mann findet sie anziehend. Sie ist einsam und wird nie heiraten. Die Frauen dort sehnen sich nach weiblicher Entwicklung, aber sie ist ihnen nicht gestattet. Sie leben in tristen grauen Räumen, wo sie ganz allein gelassen werden. Keiner liebt sie. Wenn du weiterhin versuchst, eine Dichterin zu werden, wirst du auch so, wie diese Frau. Du wirst alles Schöne im Leben versäumen.«

Zumurrud blickt, über ihre Tochter gebeugt, zu Irene auf, mit einem verzweifelten Flehen um Bestätigung in den Augen. Sie sagt: »Ist es nicht so? Sagen Sie es ihr. Ist Ihr Leben nicht so?«

»Nein«, sagt Irene erbarmungslos.

»Aber es ist wahr, es ist wahr!« schreit Zumurrud hysterisch. »Es ist alles wahr! Keine Frau kann in Ihrer Welt eine Dichterin werden! Ihr nehmt den Schleier vom Gesicht, nur um Böden zu putzen! Eure Männer hassen euch und finden euch häßlich! Sie schlafen nur miteinander! Nur Männer sind in eurer Welt Dichter, und keine Frau wird je Dichterin!«

Zubeida, nüchterner als zuvor, fragt mit der Vernunft eines Kindes:

»Könnte ich in deiner Welt Dichterin werden?«

»Ja«, sagt Irene.

Irene wird nie Zumurruds Gesicht in diesem Augenblick vergessen — weniger den Ausdruck selbst als den Schock, den es versetzt —, und wie Zumurrud, die Angst vor ihr hat, sie dann aus dem *Harîm* hinausschiebt, zusammenhanglos weinend, wie sie schreit, daß alles gelogen sei, und verzweifelt versucht, das kleine Mädchen an sich zu drücken, während ihr ganzer Körper unter ihren Schluchzern bebt. Am Eingang zum *Harîm* steht eine verschleierte Gestalt. Als sie spricht, stellt sich heraus, daß es El-Ward fil-Akmam ist, die ihren *Izar* und ihren Gesichtsschleier mit einem Seufzer wieder ablegt.

Traurig sagt das Dienstmädchen: »Es geht wieder los mit ihr. Jetzt kann ich nicht ausgehen.«

Irene will gerade etwas Gereiztes tun, doch El-Ward fil-Akmam verhindert es, indem sie seufzt und den Kopf schüttelt.

»Die arme Frau«, sagt sie, und es klingt aufrichtig. »Gott prüft die Reichen ebenso wie die Armen.«

Dann sagt sie: »Danke, fremde Frau, daß Sie die Krankheit der Vezieree gelindert haben. Es tut mir nur leid, daß Sie das miterleben mußten.« Es fällt Irene plötzlich ein, daß das vielleicht alles wegen der Abhöranlage ist, aber das Bedauern des Dienstmädchens scheint echt zu sein. El-Ward fil-Akmam fährt fort: »Ich bitte Sie, jetzt zu gehen.«

Auf Ka'abah heiraten nur die Gebrechlichen, die unheilbar Kranken und die Allerärmsten nicht. Das Dienstmädchen scheint zu keiner dieser Kategorien zu gehören. Irene sagt daher: »Ich gehe, aber eines möchte ich noch wissen. Es ist unhöflich, und du brauchst nicht zu antworten, wenn du nicht willst. Wenn du nicht willst, sag es, und ich gehe. Aber warum hast du nie geheiratet?«

Das Dienstmädchen lächelt. Es ist ein ungläubiges Lächeln. El-Ward fil-Akmam macht eine merkwürdige Handbewegung. Sie versucht, den Kopf einzuziehen. Ihr hübsches, gesundes Gesicht wird rot. Immer noch lächelnd, antwortet sie:

»Oh, Vezieree«, sagt sie leise, hilflos. »Siehst du das nicht?«

»Ich bin so häßlich.«

Öffentliche Umzüge auf Ka'abah sind oft nur Windungen durch enge Felsengassen. Das sind die Straßen. Wärme- und Sauerstoffzufuhr sind wie im Innern eines Hotels geregelt. Die Kosten für Grabungsarbeiten sind erheblich, und es gibt eine Große Gasse für öffentliche Ereignisse, in der die Bannerträger auf der Seite sich nicht ducken müssen, um den Lüftungskanälen auszuweichen. Hier sammeln sich Mengen und können mehr als fünf Personen nebeneinander gehen. Um auf Ka'abah Krieg zu führen, würde man nicht nach Drinnen einfallen, sondern nur die Energiezentralen auf der Oberfläche angreifen, die einen Bruchteil der gewaltigen Sonnenstrahlen von Draußen abzweigen. Ka'abah ist ein glühender Felsen, in dessen Zentrum sich eine Höhle und ein Wasserbecken befinden, und im Zentrum der Höhle, aus dem Becken emporsteigend, ist die Frau, und im Zentrum der Frau ist der Himmel. Die Hölle ist Draußen. Eine der Mächte, die mit Ka'abah um das Vorrecht ringen, eine Flotte Draußen stationieren zu dürfen, ist Irene Waskiewiczs Auftraggeber.

Die hat den Morgen in GUM-Interpol mit Einkäufen verbracht. Die Geschäftspraxis dort ist halb Bestellung, halb Direktverkauf. Es ist nicht ein einziges Gebäude, wie auf den meisten Welten, sondern eine Ansammlung von Räumen und einer gewissen Anzahl von Gängen, denen man eine selbständige rechtliche Existenz einräumen kann. Die Waren sind unterteilt, um es Dienstboten wie El-Ward fil-Akmam leichter zu machen, und es gibt dort auf jeder Etage eine Ladengalerie mit Vorhängen, wo Frauen die Waren aus der Entfernung begutachten und sie sich bringen lassen können, wenn sie wollen. Aber Irene geht ohne zu überlegen durch den Hauptteil des Geschäfts. Sie wird oft gemustert (sie ist einen Kopf größer als alle anderen) und mehrmals höflich angesprochen (einmal in Versen), doch sie hat nichts anderes erwartet; Ka'abah ist heutzutage voller Ausländer.

Da sind Schleier, Kleider, Möbel, Schmuck, sexuelle Objekte, Lampen, Hausmaschinen, Spielzeug, Bücher, Kunst, Stoffe, Bäume, Teppiche, Chemiekästen, Haustiere, Bettwäsche, Fernsehkassetten, Universitätsfernkurse, Ersatzteile für Oberflächenfahrzeuge, Wandverkleidungen, Anstrichfarbe, Vorhänge, Medikamente, eine Cafeteria, künstliche Blumen und Pflanzen, künstliche Vögel, echte Pflanzen, ein Prostitutionsbüro, eine Kartenverkaufsstelle für Fernsehshows und Hologrammtafeln von berühmten Landschaften.

Die Lieferung von letzteren dauert sechs bis acht Monate, und der Vorrat ist knapp. Irene hegt den Verdacht, daß die Ka'abiten nicht gerne an Draußen erinnert werden wollen.

Im untersten Geschoß, ganz in einem Schlupfwinkel versteckt, gibt es Umweltausrüstung, einschließlich Schutzgeräte für Ausflüge nach Draußen.

In der Mitte der Cafeteria befindet sich ein elektrisch beleuchteter Brunnen, der aus dreitausend Einzelstükken importierten Kristalls zusammengesetzt ist; bis jetzt hat ihn noch keiner gekauft, weil kein Mensch auf Ka'abah ihn sich leisten kann.

Irene kauft einen künstlichen Kanarienvogel und zwei echte Pflanzen, eine breitblättrige und eine Kletterpflanze, alle drei Artikel auf Bestellung.

In der Cafeteria nimmt sie einen Scherbett zu sich und geht dabei den Ka'abiten, die dort frühstücken, aus dem Weg.

In der Bücherabteilung kauft sie sechs billige, sich selbst vernichtende Bücher über Fragen der Lebensbewältigung (für Männer stehen zwei zur Auswahl, für Frauen achtzehn).

Die Bande kauft keine Souvenirs.

Irene erwirbt, zusätzlich zu ihren Wie-man-Büchern, den neuesten Roman, ein weiteres Werk (das kurz vor der Zensur steht), welches für ein Nebeneinander von wirtschaftlichem Sozialismus und darstellender Kunst eintritt. Sie läßt auch diese liefern und geht mit leeren Händen raus. GUM-Interpol betreibt sowohl ein Luxuscafé als auch ein gewöhnliches Eßlokal. Sie fährt mit dem Aufzug zu ersterem und kommt im Zentralkiosk nahe der Großen Gasse raus. Von einem Wandschlitz — das Gesicht dieses »Schattenlebens« ist, abgesehen von dem Riesenmund, in Miniatur ausgeführt — kauft Irene eine zweisprachige Zeitung und sieht sich die politischen Karikaturen an: nichts Überraschendes, meist Eigenlob. Die Leserbriefe werden aufschlußreicher sein. Da ist eine schlechte Karikatur von der ka'abischen Opposition, die ein *Ud* mit zerrissenen Saiten hält. Auf dem *Ud* steht »Wirtschaftslage«. Pointe: »Ich wollte sie doch nur stimmen.« Die Große Gasse liegt etwa dreißig Meter weiter, in diffusen künstlichen Sonnenschein getaucht, ähnlich einer bedeckten Straße in einer unbedeckten Stadt. Man ist daher unbewußt der festen Überzeugung, an der nächsten Ecke ins Freie und unter einen echten Himmel zu treten. Es ist neun Uhr dreißig, und im Interpol-Cafe sitzen ein paar Frühaufsteher. Sie geht also auf einen Sprung hinein (es ist um die Ecke, in einem Seitengang), trinkt Kaffee und beobachtet die kleinen schmächtigen Gestalten vorübergehen — manche flott und geschäftig, andere linsen in die Große Gasse und besprechen, wo sie sich für die Prozession am besten hinstellen, zwei sitzen händchenhaltend in der Ekke des Cafés, eine rennt mit gerafftem Gewand, Reiche in bestickten Schlupfschuhen, Ärmere (oder Schlichtere) in Grau, Menschen mit Truhen auf dem Rücken oder von Trägern gefolgt wie von Haustieren, eine männliche Gestalt mit schiefem *Tarbûsch*, die sich schon zu so früher Stunde (oder gestern nacht) betrunken hat und plötzlich zu singen anfängt, als sie um die Ecke biegt. An einer entfernten Wand hängt eine halb in Filigranarbeit vergrabene Uhr. Sie bestellt Rosinenwein. Es ist eine Straße, denkt sie, die die zwölfjährige Zubeida nie gesehen hat, die ihre Mutter Zumurrud vielleicht einmal gesehen hat (an ihrem Hochzeitstag) und die El-Ward fil-Akmam vielleicht einmal im Monat überquert, mit Unbehagen und Entsetzen, begleitet von einem Universalhaushälter, der unwirksamen Wachdienst hinter ihr leistet.

Der Wein kommt — eine kardanische Aufhängung befördert ihn zu einer Vertiefung in der Mitte des Tisches. Die Mittelsäule versinkt sachte, und die Tischplatte schließt sich wieder. Diese zentrale Stadt auf Ka'abah beherbergt einige zigtausend Menschen.

Dann kommt aus einem Eingang auf der anderen Straßenseite furchtsam eine kleine, verschleierte Gestalt herausgeschlichen, in leuchtendem Weiß und Gold, und läuft in merkwürdig verkrampfter Haltung bis an die Ecke des Cafés. Sie wiegt sich wollüstig. Ihr *Izar* ist mit Schmuck behangen und klingelt, wenn sie sich bewegt, und sie hält sich eine Falte des kostbaren, goldbestickten Stoffes ihrer *Kinaa* vors Gesicht. Ka'abiten, die sie bemerken, drehen sich nach ihr um. Ein gutaussehender junger Mann, der sich in Irenes Nähe gesetzt hat, zieht seinen Stuhl heran, um diese Frau besser sehen zu können.

Der Frau folgt ein riesiger, unförmiger, abstoßender Kerl in blauem Pyjama und goldenem *Tarbûsch*, der Anstalten macht, sie am Gewand zu packen.

Die Straße hält den Atem an. Der junge Mann neben Irene erhebt sich halb, mit gerötetem Gesicht und offenem Mund.

Die Frau dreht sich um, und als sie ihren Verfolger sieht, schreit sie. Sie schlängelt sich wie im Rauschzustand zwischen den hintersten Tischen des Interpol-Cafés hindurch und schreit ab und an, entsetzt, aber harmonisch, graziös wie eine Weide von einer Seite zur anderen taumelnd. In dem Schleierkokon entsteht eine merkwürdige Bewegung, und man sieht, daß sie ihrem Verfolger einen goldenen Ring zuwirft.

Dann fällt sie in Ohnmacht. Der sehr junge Mann an Irenes Nachbartisch steht jetzt vollends auf und setzt an, um den Tisch zu gehen. Jemand in der Nähe flüstert: »Ist es eine Prostituierte?« und dann — plötzlich laut lachend — »Nein, nein, es ist der Schauspieler! Es ist 'Ala ed-Din!« während ein ganzes Kamerateam von Ka'abiten aus einer Tür in der gegenüberliegenden Wand das Café betritt. Sie haben die Szene mit versteckter Kamera mitgedreht.

Die Dame in Weiß und Gold steht auf, pflanzt sich auf einen Stuhl, entschleiert sich und brüllt nach einem Kaffee. Sein Schauspielerkollege (»der berühmte Suleiman ez-Zaini«, flüstert der junge Mann neben Irene) nimmt den goldenen *Tarbûsch* vom Kopf und tut dasselbe, allerdings etwas leiser. Das gesamte Produktionsteam — an die zwanzig Personen — war anscheinend so früh am Werk, um die Straßen leer vorzufinden. Jetzt strömen sie alle ins Café, um zu essen und zu trinken, und schwatzen laut miteinander. 'Ala ed-Din, der hervorragend als Frau zurechtgemacht ist, tauscht mit Passanten lebhaft Obszönitäten aus.

Der junge Mann, der der Dame beinahe zu Hilfe geeilt wäre, setzt sich jetzt neben Irene, vor Entzücken errötet, und bemerkt laut, ohne sich an jemand Bestimmten zu wenden, daß Schauspieler immer spät und dann nur widerstrebend heirateten und daß sie, wenn sie es täten, anatomisch Unmögliches von ihren Frauen verlangten. Der übersprudelnde 'Ala ed-Din ruft ihm als Antwort eine Einladung zu, es bei Gelegenheit doch mal auszuprobieren. Das Café johlt.

Der junge Mann sagt zu Irene: »Verzeihung, der Herr. Dieser junge Mann ist der Sohn des Sohnes von Bakkar. Ich freue mich, daß Sie Gelegenheit hatten, dieses Kunstwerk mitzuerleben.«

Irene verneigt sich und stellt sich vor. Der junge Mann verbeugt sich. Er sagt: »Dieser Sohn ist Djafar.« Er fügt hinzu: »Ich bin schrecklich dumm, doch ich bin erst sechzehn. Ich war drauf und dran, der Dame zu Hilfe zu eilen! Sie müssen zugeben, daß eine solche Überzeugungskraft Kunst höchsten Ranges ist.«

Irene nickt. Djafar, Sohn von 'Alih, Sohn von Bakkar, Enkelsohn von Bakkar (Sohn von Willkür Niederlassung in Wolkenkuckucksland, denkt Irene) dreht sich um, um die Schauspieler wieder ehrfürchtig, mit halboffenem Mund, anzuglotzen. Irene kennt diesen Typ: romantisch, begeistert, schuldlos voreingenommen, leicht kleinzukriegen und ungeheuer liebenswert, bis er sich plötzlich im Alter von fünfundzwanzig ganz unerwartet in eine Kohlekopie seines Vaters verwandelt. Sie nimmt an — sich wirklich unterschätzend —, daß auch sie einst so naiv war. Djafars Kopf wandert zu ihr zurück, dem Gebot der Etikette folgend. Er errötet, als er sie ansieht, und Irene wird klar, daß dieses Hundebaby sie attraktiv findet.

Unter falschen Voraussetzungen natürlich.

Trocken sagt sie: »Es ist unhöflich, jemanden anzustarren.«

Djafar macht den Mund zu und wird noch röter. Von einem Ausländer wegen schlechter Manieren getadelt zu werden, einem älteren Mann, jemandem, den man sympathisch finden könnte ... Er senkt den Blick.

Um sie herum haben sich die Gespräche der bevorstehenden Prozession zugewandt. Soweit sie aus den Gesprächsfetzen entnehmen kann, werden sich die Männer bald auf den Weg machen, um einen guten Platz zu finden, und die Frauen werden zu Hause vor dem Fernseher sitzen und zuschauen.

Djafar sagt artig: »Ach, Frauen haben's gut. Sie brauchen sich nicht durch Menschenmengen durchzuwühlen. Meine — äh, jemandes Schwester, angenommen, er hätte eine Schwester, wird viel besser sehen als wir beide.«

»Nicht besser als ich. Du vergißt, ich werde dabei sein.«

Djafar schielt wieder zu den Schauspielern hinüber. 'Ala ed-Din hat seinen Kaffee getrunken, und der Rest der Truppe ist dabei, die letzten Essensreste mit Brot aufzustippen (ka'abisches Zeichen dafür, daß das Essen beendet ist). Manche haben schon bezahlt und stehen auf. Djafar sagt zögernd: »Finden Sie ... finden Sie nicht, mein Herr, daß in der Rettung einer bedrängten Frau eine besondere Rührung liegt? Ich meine, in der Kunst, ästhetisch gesehen, sozusagen. Der Dichter sagt ›Schönheit lockt uns mit tausend Saiten der Hilflosigkeit‹. Ich versuche zur Zeit selbst, solche Verse zu schreiben, und dieses Musterbeispiel von Ästhetik, dem wir eben beigewohnt haben, wird mir eine große Hilfe sein. Ich glaube, ich werde es ›Wahrheit im Café‹ nennen. Finden Sie den Titel gut, mein Herr? Natürlich« (und an dieser Stelle zieht sich Djafar auf einmal in seine ängstliche Phase zurück) »habt ihr Ausländer Draußen gewiß sehr große Kunst. Ich weiß nichts darüber und sollte folglich schweigen, nicht wahr?«

Irene widersteht der Versuchung, ihn auf den Kopf zu stellen. Es ist unmöglich für sie, auf Ka'abah nicht aufzufallen, doch es gibt verschiedene Grade von Auffälligkeit, und ein Sechzehnjähriger, der mit dem Kopf nach unten an den Fußgelenken hochgehalten wird, rangiert ziemlich hoch auf der Skala. Statt dessen sagt sie — und fragt sich dabei, ob nicht auch dies etwas auffällig ist für einen Ausländer: »Der Dichter sagt ›Das Auge sieht, doch spricht das Herz‹.«

Djafar fühlt sich bestätigt und nickt. Es mutet ihn nicht seltsam an, daß ein riesiger, uniformierter Mann aus dem Ausland die Dichter Ka'abahs kennt. Tut das schließlich nicht jeder? Er strahlt und hebt aufgeplustert zu einer langen Berieselung mit weiteren Versen an, aber Irene kommt ihm zuvor:

»Möchtest du den Schauspieler kennenlernen?«

Djafar schrumpft zusammen wie ein Ballon. Er versucht zu sprechen und bringt schließlich, fast quiekend, »*Kennen* Sie ihn?« hervor. Irene sagt nein, aber sie könne es trotzdem arrangieren. Djafar zottelt benommen vor Glück hinter ihr her bis ans Ende des Cafés und wartet, während sie ein paar Gemeinplätze von sich gibt und dann ihr Anliegen vorbringt — im Namen der interplanetaren Freundschaft. 'Ala ed-Din legt, mit der magnetischen Anziehungskraft eines Stars, die gleiche vielgeprobte Aufrichtigkeit an den Tag. Von nahem wirkt sein Gesicht hübsch, aber überbemalt, zu markant, zu brillant. Er ist sehr klein. Während sie sich unterhalten — Djafar gequält, der Schauspieler geduldig und offensichtlich ziemlich müde —, zieht sich Irene zurück. Sie wird der Truppe natürlich in Erinnerung bleiben, aber nur als irgendein Ausländer. Djafar wird sie als groß und blaß im Gedächtnis behalten, aber letzten Endes sind alle Außenweltler auf Ka'abah groß und blaß.

Als sie in die Große Gasse einbiegt, sieht sie, daß 'Ala ed-Din sich für die nächste Drehszene verschleiert hat und ein bißchen Unfug mit dem Jungen treibt (möglicherweise um einem weiteren Zitatenschwall vorzubeugen). Eingehüllt und juwelenbehangen, läßt die geheimnisvolle Gestalt der bedrängten Frau ihre Hüften gegen den Dichterjungen schwingen, und Djafar, rot wie eine Bete, klappt beide Hände über seinen Hosenlatz. Das Kamerateam brüllt. Sie fragt sich, ob der Schauspieler so etwas wohl für den Fall, daß ihm das Publikum zu nahe tritt, angedroht haben mag. Auf jeden Fall wird die Erinnerung der Truppe an sie etwas verschwommen, etwas durcheinander gerüttelt sein durch die Ereignisse des Tages.

Und Djafar, das ist klar, wird sich überhaupt nicht mehr an sie erinnern.

Es gibt eine Menge Ein-Personen-Aufzüge auf Ka'abah, und sie werden meistens von Frauen benutzt. Es gibt auch Lüftungskanäle. Die Aufzüge registrieren genau, wo sie überall anhalten, aber das Lüftungssystem registriert gar nichts. Irene fährt mit einem Ein-Frauen-Aufzug zu einem schmalen Gang außerhalb der Großen Gasse und drückt Knöpfe für eine andere Richtung, wobei sie den Aufzug anweist, an jeder möglichen Zwischenstation anzuhalten. Dann steigt sie aus, und während der Aufzug den Schacht hochfährt, schwingt sie sich in das Lüftungssystem über ihr, wozu sie das Gitter heraushebt und hinter sich wieder einrasten läßt. Sie kennt die Pläne. Im Kanal sind Handgriffe, doch sie sind für kleinere Leute gedacht. Sie kommt nur mühsam voran, bis sie in den breiteren Abluftkanal gelangt, wo sie sich rasch Hand um Hand vorwärtsschwingen kann. Sie wiederholt den Vorgang am anderen Ende, bricht das Gitter heraus und tritt in einen schmalen, nichtssagenden Korridor. Zur Rechten befindet sich eine Tür. Das Schloß ist magnetisch und muß mit einer Induktionsspule aufgefummelt werden. Dahinter ist eine weitere Tür und hinter dieser ein Wachtposten mit einem roten *Tarbûsch*, den sie mit einem Spray einschläfert. Ka'abah ist zu arm, um sich echte Experten leisten zu können. Außerdem sind heute sowieso alle unterwegs, um den Magier zu sehen. Hinter dem Wachtposten liegt eine weitere Tür, die etwas schwerer zu öffnen ist, und dahinter eine Computeranlage, die keine Schriller braucht, weil sie all ihre Transaktionen registriert. Diese hier (glaubt sie, weiß es aber nicht genau, braucht es auch nicht zu wissen) ist mit dem Bankverkehrssystem verbunden. Sie setzt sich davor, streift Handschuhe über, spielt auf der Tastatur Klavier. Es ist unwahrscheinlich, daß irgend jemand an diesem Ende sie in den nächsten Stunden benutzen wird. Sie weist den Computer daher an, alles, was hereinkommt, zu speichern und zu verarbeiten, aber nichts von dem zu speichern, was von den Terminals ausgeht.

Irenes eigentliche Arbeit ist damit beendet. Sie wartet ungeduldig eine Weile, bis die Anzeigetafel ihre Tätigkeit eingestellt hat — sie erlischt —, vergewissert sich, daß sie keine Spuren hinterlassen hat, fragt sich, was für Informationen wohl die anderen der Bande den Datenbeständen über die Zentralterminals entlockt haben — löscht ihre früheren Anweisungen an die Maschine, schließt die Tür ab (ein leichtes, sie verriegeln sich von selbst, aber sie kontrolliert, daß Öffnungs- und Schließaktionen nicht aufgezeichnet werden), weicht dem Wachtposten aus, schließt die nächste Tür wieder ab und die nächste, und verschwindet dann im Lüftungssystem. Ka'abah ist einfach; unter der Erde gibt es keinen Staub. Sie verfolgt ihren Weg zurück und kommt nicht da heraus, wo sie eingestiegen ist, sondern dort, wohin sie den Aufzug geschickt hat (es werden heute keine Frauen mit den Frauenaufzügen unterwegs sein), und von da aus spaziert sie sichtbar durch Hauptstraßen zum Justizsaal.

Der ganze Ausflug hat siebzehn Minuten gedauert.

Die Ka'abiten hinter dem Justizsaal haben gerade die Formierung einer Parade erlebt, mit der unvermeidlichen Konfusion, die sich einstellt, wenn Menschen ziellos umherstreifen und Banner nicht aufrecht bleiben und Gruppen sich als zu groß erweisen und unharmonisch bewegen, und allgemein mit dem größtmöglichen Chaos, das erzeugt werden kann, wenn Menschenmassen auf engstem Raum nicht stillhalten. Viele verirren sich und kommen zu spät. Irene plaziert sich geschickt neben Ernst, der die Augenbrauen hebt.

Sie sagt: »Ich bin im Aufzug hängengeblieben. Ich hab' irgendwas falsch gemacht. Das verdammte Ding hat überall haltgemacht.«

Jetzt weiß er also Bescheid.

Sie sagt: »Es ist so langweilig.«

Er sagt: »Es ist mittelalterlich. Wir laufen stundenlang durch diese Ameisenhaufen und lassen uns von den kleinen Leuten mit Glitzerstaub bewerfen. Alle brüllen sich heiser, und wenn alles vorbei ist, fangen die Konferenzen an, und wir haben nichts zu tun. Public Relations!«

Irene fragt sich, wo die wirklichen Spezialisten bis jetzt auf Ka'abah versteckt waren, die, die die Informationen gesammelt haben, die die Bande haben will — die Informationen, wovon sie nur einen Teil geliefert hat und worüber sie nichts weiß, denn die Bande sammelt, zusätzlich zu ihren erklärten Zielen (an die sie nicht glaubt) immer alle Informationen, derer sie habhaft werden kann. Sie fragt sich, ob sie jemals die tatsächlichen Ziele der Bande erfahren wird. Sie hofft, ihr Tampon reicht für den Tag, aber es müßte. Sie hat zwei reingesteckt. Die Vorstellung, in der Großen Gasse eine

Spur von Menstruationsblut zu hinterlassen, macht ihr Spaß.

Abwesend sagt sie zu Ernst: »Verdammt noch mal, du meinst nicht Leute. Du meinst nicht ›alle‹. Du meinst Männer.«

Djullnar, die Tochter des Veziers, soll mit dem schönen jungen Neffen des Kadihs vermählt werden. Sein Gesicht ist wie der volle Mond, sein schlanker Wuchs gleicht dem Buchstaben Aleph, und über den Brauen trägt er ein Mal von der Farbe des Bernstein. Dieser erstklassige Dichter heißt Nur ed-Din. Als Djullanar von der Vermählung erfährt (im ersten Akt), weint sie vor Freude. Sie versucht, originelle Liebesverse zu dichten, doch ihre Bemühungen verblassen neben denen Nur ed-Dins und der Klassiker. Daher begnügt sie sich damit, klassische Verse in ihr Album einzutragen und sie im üblichen Versmaß am Gitter ihres Fensters zu singen. (Die verliebte Frau der Arbeiterklasse ist ein Element der Komödie, wie zum Beispiel im Spiel der Bäckerstochter, in dem der Heldin eine versehentliche Heirat mit zwei Männern gleichzeitig blüht, einem alten und einem jungen. Wenn die proletarische junge Verliebte aristokratisches Versmaß benutzt, bedeutet das, daß ihre wahre Abstammung verheimlicht wurde und in den letzten zehn Minuten des Stückes enthüllt werden wird. Irene, die mit hochgelegten Füßen allein vor dem Fernseher sitzt, fragt sich, was Zubeida sich aus Geschichten, in denen Frauen Verse zu schreiben versuchen, zusammengereimt haben mag.) Draußen zwischen den Jasminbüschen geht der Mond auf, und mit dem Mondlicht, das sich mit dem Schein der rosa Lampenschirme vermischt, mit dem Duft des Jasmins und der Stimme Nur ed-Dins (die Djullanar unirdisch süß aus dem Dunkel der Nacht zu vernehmen träumt) geht der erste Akt zu Ende.

Der zweite Akt beginnt mit einem Ballett der Bediensteten, in welchem die Nachricht von der bevorstehenden Hochzeit Djullanars eingeholt wird von der Schrecksekunde, daß ihr Freier bereits verliebt sei — dazu noch in einen Mann —, und hiervon in den Schatten gestellt wird. (Alles in Pantomime.) Nur ed-Dins Geliebter ist ein Dichterkollege, und Nur ed-Din hat erklärt, weder er noch sein Freund würden je heiraten. Djullanar singt gerade wieder an ihrem Fenster, sich durch das verzierte Gitterwerk hindurch an den Mond wendend, als sie die Nachricht erreicht. Sie fällt in Ohnmacht und ruft damit einen Chor von Zofen, Schwestern, Brüdern und Großeltern auf den Plan, die in strengem Kontrapunkt um sie trauern. Den Rest des Akts verbringt sie mit Wehklagen über ihr elendes Los — die Vermählung mit einem Männerliebhaber. (Wir blenden hier einige Szenen mit Nur ed-Din ein, wie er für seinen Freund keusche, aber hingebungsvolle Verse dichtet und laut singend seine Gleichgültigkeit gegenüber weiblicher Schönheit bekundet. Wir erfahren, in einem Rückblick, daß sein Charakter geprägt wurde durch seine Verwaisung im Kindesalter und das völlige Fehlen der Muttergestalt zum Ausbalancieren seiner jugendlichen Männlichkeit. Schwere Schuld wird seinem Vater, dem Bruder des Kadihs, aufgeladen, weil er sich aus übertriebener Trauer um die lange verstorbene Mutter einer Wiederheirat verschlossen hatte.)

Im dritten Akt sehen wir, daß Nur ed-Din als pflichtbewußter Sohn in die Heirat einwilligt, jedoch beschlossen hat, sofort danach zu fliehen. Die unglückliche Djullanar kehrt von der öffentlichen Hochzeitsprozession zurück — bei der sie, wie sie sagt, die Straßen und die jubelnde Menge durch ihren Schleier kaum sehen konnte, so sehr war sie abgelenkt durch Nur ed-Dins Schönheit —, und nach einer berühmten klassischen Arie, in der sich die Braut (»ihre« Stimme rasch von Falsetto zu Tenor verlagernd) die sie erwartende Ablehnung, ihr unglückliches und einsames Dasein als verheiratete Jungfer und ihren kinderlosen Tod im Alter ausmalt, wird Nur ed-Din widerstrebend hereingeführt und mit seiner Angetrauten allein gelassen. An dieser Stelle werden alle Mittel des Fernsehstudios zu einem Lobgesang auf die Liebe eingesetzt (einschließlich des Geistes von Nur ed-Dins Mutter), in den die Mutter, der Mond, die Braut, ein Familienchor draußen vor der Tür, kurzum alle einstimmen, außer dem Bräutigam selbst. Schließlich überredet Djullanar auf Knien ihren Mann, wenigstens den einen Blick auf ihr Antlitz zu werfen, den die Etikette vorschreibt. Er tut es und verliebt sich auf der Stelle. Djullanar singt ein Dankeslied an ihre Mutter, die ihr so viel Verschönerungen gekauft hat, und fügt hinzu, daß sie fürderhin nicht mehr dichten, sondern ihr Leben nur noch damit verbringen wolle, »die Verse der Liebe in seinem Antlitz zu lesen«. Nur ed-Din beschließt, umgehend eine Frau für seinen Freund zu finden. Seine Wahl fällt auf Djullanars Cousine (die wir vorher kurz zu Gesicht bekommen haben), die Liebenden ziehen sich zurück, und das Stück wird in den Erwachsenenprogrammen fortgesetzt, teils als pornographisches Ballett, teils als Gesang und teils als Montage von abstrakten Effekten. (Pornographie nimmt auf Ka'abah an Beliebtheit ab, während Abstraktion an Bode gewinnt.) An dieser Stelle vernimmt Irene ein Gepolter in der Ecke des Zimmers, eine Art Torkeln, und um den Rand des Quecksilberbettes schiebt sich eine kleine Gestalt, die sich an den Pompons und Gardinen festklammert. Es ist Zubeida. Sie gibt ein komisches Geräusch von sich, wie ein schluchzender Schluckauf. Das übermäßig geschmückte kleine Mädchen lehnt sich an den Fernseher und starrt Irene ausdruckslos an. Wer weiß, wie sie das Zimmer gefunden hat, wo doch außerhalb des *Harîms* für Frauen tabu ist. Ob Zubeida wieder die Tabletten ihrer Mutter geschluckt hat? Irene drückt auf den Fernsehknopf in der Armlehne, das Bild schrumpft zusammen und verschwindet. Zubeida — die inzwischen bis zu Irenes Knien vorgedrungen ist — greift nach dem Zipfel von Irenes Tunika und stammelt etwas Unverständliches. Ihr Gesicht ist grau. Irene nimmt das Kind auf den Schoß. Tränen kullern lautlos über Zubeidas Wangen, und das komische Geräusch ertönt weiterhin, während Irene sie schaukelt. Dann läßt sie sich auf den Boden gleiten und zerrt ruckartig an Irene.

»Folgen?« fragt Irene. »Gut, zeig's mir«, in der Annahme, daß Zumurrud etwas zugestoßen sein muß — sie hofft, keine Überdosis — und läßt sich mit Zubeida an der Hand — wie kalt ihre kleinen Finger sind! — von ihr aus dem Zimmer führen. Zubeidas Gesichtsschleier hat sich gelöst und hängt schief von einem Ohr herab. Es überrascht Irene, wie mühelos sich das kleine Mädchen außerhalb des *Harîms* zurechtfindet, doch wahrscheinlich kommen sie heraus, wenn keiner da ist, wie Mäuse hinter der Wandverkleidung oder wie die Möbel, von denen Kinder glauben, daß sie nachts tanzen, wenn keiner sie sehen kann. Am Eingang zum *Harîm* zögert Zubeida einen Augenblick — Irene wundert sich, daß sie die Fototafel neben dem Wachboter nicht zu Rate zieht — und schlägt dann wiederholt mit dem Handballen gegen die Wand.

Die Flurwand öffnet sich einen Spalt. Ein Schiebepaneel. Die Farbe strömt Zubeida ins Gesicht zurück, als sie schreit: »Da! Da!« und Irene durch die Öffnung zieht, wobei sie sich bückt, denn die Decke ist selbst für Ka'abiten niedrig. Zubeida schleift sie hinter sich her, weint: »Es ist Tante Dunja!« und hämmert gegen einen anderen Teil der Wand. Am Ende des schmalen Gangs ist ein kleines verriegeltes Fenster wie anstatt einer Tür eingelassen. Es öffnet sich auf Zubeidas wildes Pochen, und Irene beugt sich vor, um hineinzublicken. Das kleine Mädchen ruft aus: »Papa hat das getan! Papa hat das getan!«

Irene kann zuerst gar nichts erkennen. Die Wände innen sind aus nacktem Gestein. Eine schmucklose, kahle Birne hängt von der Decke herab, und irgendwer hat ein paar zerknüllte Papierfetzen und etwas, das wie Essensreste aussieht, auf dem Boden zurückgelassen. Ein eigenartiger Fleck zieht sich an der Wand entlang, etwa vierzig Zentimeter über dem Boden, als wären dort über Jahre hinweg wiederholt Möbel verschoben worden und hätten den Felsen geschrammt oder ihn irgendwie teilweise geglättet. An der Hinterseite des Raumes erkennt Irene eine Art primitive Sanitäreinrichtung: eine gekachelte Mulde mit einem Wasserhahn, ein Ventilator und ein Brausekopf in der Wand. In einer Ecke liegt eine Matratze. Außer einem Stapel alter Kleider ist sonst nichts zu sehen, und Irene fragt sich, ob sie auf einen der früheren Räume auf Ka'abah gestoßen ist, die vorübergehend als Quartier benutzt wurden, ehe geliehenes Geld aus dem nackten Felsen Gänge und Behausungen gemeißelt hat.

Dann beginnt sich der Kleiderstapel zu regen. Er paßt sich in den Fleck an der Wand ein — also daher, denkt Irene — und bewegt sich langsam über den Boden. Von Zeit zu Zeit hält die Frau, die man unter den Lumpen nicht einmal sehen kann, inne, nicht auf eine Weise, die an irgendein menschliches Verhalten erinnert, sondern wie es etwa eine Schnecke tun würde, wenn sie auf ein Hindernis trifft. Dann geht ein Zittern durch den Stapel, und er wiegt sich eine Weile hin und her, eine Bewegung, in der Irene einen schwachen Widerschein von Zubeidas fassungslosem Schmerz zu erkennen glaubt. Und wieder das langsame Kriechen an der Wand entlang.

Die kleine Zubeida hat sich den Schleier ums Gesicht gewickelt und wiegt sich ebenfalls hin und her. Sie schnappt nach Luft. »Sie hat's mir gesagt!« Irene dreht sich um, als sie Fußtritte vernimmt, und erblickt die Vezieree — El-Ward fil-Akmam ist anscheinend ausgegangen —, die stumpf und mechanisch durch den Tunnel stelzt, wie jemand, die sich sogar schon jenseits der euphorischen Wirkung der Medikamente befindet. Zubeida stürzt auf sie zu und schlägt mit den Fäusten auf sie ein. »Du warst es! Du hast es getan!«

Zumurrud sagt: »Ich habe alles gehört.« Irene entdeckt zu ihrer eigenen Überraschung, daß sie eine Waffe gezückt hat, ein Glas-Kermaik-Glühgerät, das Wände auflöst, und sie auf die Vezieree gerichtet hält, als würde sich die Vezieree jeden Moment in eine gefährliche Person verwandeln.

Ausdruckslos sagt Zumurrud: »Dieses Kind will Dichterin werden. Sie ist verrückt. Sie ist so verrückt wie meine Schwester Dunja. Als Dunja dreißig war, rannte sie auf die Straße hinaus und fing an, ihre Kleider auszuziehen. Sie sagte, Gott habe ihr ein verschlüsseltes Geheimnis gegeben, und sie müsse es allen auf Ka'abah zeigen. Meine Schwester wurde mit Medikamenten behandelt. Sie bekam auch Elektroschocks. Wir haben alles versucht, aber nichts half. Mein Mann, der Vezier, hat keine Kosten für Dunja gescheut, aber wir mußten sie einsperren. Sie beschmutzt sich und zerfetzt alles, was man ihr gibt. Ich komme jeden Tag, um Dunja zu beobachten, und wenn sie sich eine Krankheit zuzieht, tun wir Betäubungsmittel in den Lüftungskanal und lassen sie behandeln. Es riecht schlecht da drin. Ich habe meine Tochter hierhergeführt, damit sie sieht, was in unserer Familie mit Frauen geschieht, die den Verstand verlieren.«

Zubeida kreischt: »Du hast es getan! Du warst eifersüchtig auf sie! Du hast sie einsperren lassen!«

»Rede keinen Unsinn«, sagt die Vezieree, leicht schwankend. »Dein Vater hat es getan.«

Zubeida greift ihre Mutter an und schlägt mit ihren kleinen Fäusten auf sie ein. »Du lügst!«

»Dein Vater war es«, sagt Zumurrud.

Irene blickt wieder in das Fenster. Das Bündel alter Kleider krabbelt langsam im Raum herum. »Warum hast du ihn nicht gehindert?« schreit die Tochter. »Warum, warum?« Sie stürzt sich wieder auf ihre Mutter. Irene streckt einen langen Arm dazwischen. Zubeida weint jetzt etwas natürlicher, und Zumurrud legt mit glühendem Gesicht die Arme um das Kind. Ihr Schmuck klirrt, ihre Schleier bauschen sich, ihre Ketten verhaken sich ineinander. Die Vezieree sagt schwermütig:

»Deine Tante Dunja wollte Dichterin werden.«

Sie fügt hinzu: »Wir haben ihr immer wieder ihr Schreibzeug weggenommen; es war nicht gut für sie. Und dann wußten wir, daß wir das Richtige getan hatten, denn sie wurde wahnsinnig.«

Mit einem hohen, schrillen, mit iiii endenden Ton reißt sich Zubeida los und rast den Gang hinunter, zwischen geschlossenen Zähnen brüllend. Irene setzt ihr nach, darauf bedacht, sich den Kopf nicht anzustoßen. Hinter ihr (sie blickt zurück) verharrt die Vezieree stumpfsinnig und ausdrucksleer. In dem Mittelzimmer des *Harîms* zerrt sich Zubeida entschlossen die Kleider vom Leib, reißt Schmuck von ihrem Gewand und trampelt darauf herum, schreit wild, wirft Ziergegenstände von Tischen auf den Boden und zieht sich blindwütig an den Haaren. Im Nebenzimmer ist ein Klingelton zu vernehmen. Irene sagt leise:

»Du erschreckst Jasemin.«

Zubeida schreit laut und anhaltend, in verzweifelter Raserei.

Irene sagt: »Du erschreckst auch mich«, und setzt sich auf die Knie, um mit dem Kind auf gleicher Höhe zu sein.

Zubeida hält inne. Ihr Schluchzen klingt ab. Sie sagt:

»Ich hasse meine Kleider! Ich hasse meinen Schmuck! Ich hasse Jasemin!«

Irene sagt: »Ich hasse sie auch. Aber ich mag dich.«

Zubeida sagt: »Ich werde Dichterin! Ich gebe nicht nach!«

Mit dem Zeigefinger wischt Irene die Tränen von den Wangen des Kindes. Ernst sagt sie: »Zeigst du mir deine Gedichte? Und erklärst sie mir? Ich kenne die Dichtung meines eigenen Landes, nicht aber deines.«

Zubeida beeilt sich zu sagen: »Ich will nicht für mich selbst Dichterin werden. Ich will es, um den Ruhm unseres Landes zu vergrößern.«

Irene nickt. Zubeida macht sich langsam daran, ihre zerbrochenen Ornamente aufzulesen, ihr Kleid zu glätten und sich wieder in Ordnung zu bringen. Immer noch ein wenig weinerlich sagt sie: »Papa will nicht, daß ich Dichterin werde, aber das ist nur, weil er Angst hat, ich könnte versagen. Er versteht es nicht. Aber ich werde ihn überzeugen. Ich weiß, es ist nicht gut für Frauen, Dichterinnen zu werden, aber ich bin anders.«

Verstört fügt sie hinzu: »Dein Gesicht sieht komisch aus.«

»Tatsächlich?« fragt Irene. »Na ja, das ist gut möglich. Ich dachte gerade an eine große Dichterin in meinem Land, die mit dem Tod und mit Gott sprach. Sie ritt mit dem Tod an ihrer Seite in die Ewigkeit und kam nie zurück. Ich könnte versuchen, mir einige ihrer Gedichte für dich ins Gedächtnis zurückzurufen, aber im Moment fällt mir keins ein. Sie hieß Laura Dickinson.«

Dann sagt sie: »Zubeida, du mußt mir eines versprechen. Wenn du mit deinem Vater über Tante Dunja sprechen willst, tu es nur, wenn ich dabei bin. Versprichst du's? Dafür verspreche ich dir, daß ich mit ihm über deine Gedichte reden werde. Sobald ich kann.«

Zubeida sieht verwirrt aus, nickt aber. Leise sagt sie: »Ich wette, er weiß nichts davon. Nicht wirklich. Er denkt bestimmt, Tante Dunja war keine richtige Dichterin. Wahrscheinlich war sie auch keine, aber ich verspreche es.«

Sie rennt hinaus in den Hof und ruft: »Ich hole meine

Gedichte!« und dann, wobei sie um den Bogenpfeiler lugt: »Ich werde Papa zwingen zu verstehen!« und dann, mit ungläubigem Strahlen: »Willst du *wirklich* meine Gedichte sehen?«

Irene sagt zu Ernst: »Erstklassige Dichter werden nicht in Käfige gesteckt, zweitklassige schon. Sie stellt das System nicht in Frage, beharrt nur darauf, daß sie außerhalb steht. Papa ›versteht‹ nicht. Ich habe die Gedichte gelesen.«

Ernst fragt: »Taugen sie etwas?«

Irene starrt ihn an.

»Irenee«, sagt er, »Irenee, ich bitte dich, glaubst du etwa, ich stecke sie in einen Käfig! Ich bin nur neugierig. Kann ich sie einmal sehen?«

Sie reicht sie ihm und sagt endlich. »Soweit ich beurteilen kann, sind es die üblichen Jugendwerke, das, was man von jedem aufgeweckten, sprachgewandten zwölfjährigen Kind bekommen würde. Du kennst die Art.«

Abwesend sagt er, während er sie durchblättert: »Nachtigallen. Rosen. Heldinnen. Patriotismus.«

Sie sagt: »Es tut mir leid. Ich weiß, du steckst sie nicht in einen Käfig, aber du verstehst ...«

Sie hält inne, hält überall inne, und während er Zubeidas Lebenswerk weiter studiert, fügt sie vorsichtig hinzu: »Ich weiß, ich habe mein Soll erfüllt. Aber ich möchte gerne ... Ich fühle sehr stark. Und diese Frau, dieses schizophrene Wrack ...«

»Es ist deine Entscheidung«, sagt er trocken. Und mit einem plötzlichen humoristischen Aufwind fügt er hinzu: »Na ja! *Sehr* gut für eine Zwölfjährige. Aber wie kann sie durch den Schleier hindurch an ihrem Federhalter lutschen?«

Irene hört sich sagen: »Verdammt noch mal, Ernst, die *Kinaa* ist ihnen nicht *angewachsen!*« Und nach einem kurzen Schweigen: »Also, ich nehme sie jedenfalls mit uns zurück, und wenn ich sie in einer Kiste rausschmuggeln muß. Und die Tante. Und wenn ich dem widerspenstigen kleinen Sohn von Bakkar die Pistole um die Ohren schlagen muß, wogegen ich übrigens gar nichts hätte.«

»Ja, natürlich«, sagt er und klopft mit der Hand gegen den Blätterstapel, um ihn zu ebnen. Zubeidas Handschrift — oder besser ihre Schönschrift, welche auf Ka'abah ein wesentlicher Bestandteil des Verseschreibens ist — ist immer noch kindlich rund. Irene kennt Ernsts Einstellung zu den Armen, den Irren und den Gefolterten seit Jahren; sie läßt nichts zu wünschen übrig. Sie kommt sich ungerecht vor. Vielleicht schläft sie heute abend auf dem Fußboden; Irene kann jetzt überall und jederzeit schlafen. Es gibt Momente, in denen sie Ernst nicht ertragen kann, Momente, die aus dem Nichts zu kommen scheinen und ins Nichts führen. Es ist eine Temperamentsfrage. Sie wird ihm morgen die Irre zeigen. Das Quecksilberbett ist vielleicht leck, und was für bizarre Luxusgegenstände mag es sonst noch in den Ecken der Steinräume Ka'abahs geben, deren unermeßliches Gewicht von massiven Felsen getragen wird? Es sei denn, 'Alihs Haus befindet sich auf der untersten Ebene.

Ernst sagt: »Es ist schockierend und abstoßend. Es gibt soviel, was man tun möchte. Na ja. Nimm die Gedichte. Sag ihr, ich sei beeindruckt. Ich bin es wirklich, weißt du.«

Sie denkt: *Nicht nachgeben. Vergeben.* Sie sagt: »Ja.«

Sie ringt sich ein »Ja, Liebling, ich sag's ihr« ab.

In ihren besten Kleidern, mit einer Auswahl ihrer Gedichte im Ärmel, trottelt Zubeida an Zumurruds Hand durch den Flur. Zumurrud hat Zubeida das Gesicht geschrubbt, bis es weh tat, und es dann mit dem Schleier verhüllt. El-Ward fil-Akmam hat sie beurlaubt. Sie hat Zubeida goldene Schmetterlinge (auf Federn, so daß sie zu fliegen scheinen) ins Haar gesteckt, bis Zubeida vor Schmerz aufgeschrien hat, und erzählt ihr jetzt, wie sie sich in Gegenwart der fremden Dame zu benehmen habe: graziös auf die Kissen sinken, den Rock ihres Gewandes mit einer Hand festhalten und niemals, niemals den fremden Mann direkt ansehen.

Zubeida sagt: »Das weiß ich alles«, und zerrt motzig an der Hand ihrer Mutter, damit sie langsamer geht. Sie denkt, daß es manchmal wirklich einfacher ist, mit Mutter auszukommen, wenn Mutter unter Medikamenten steht. Sie wünscht, sie könnte allein mit ihrem Vater leben. Am Vorhang zum Besuchszimmer hält Zumurrud an, hebt den rechten Arm hoch und schüttelt ihn sachte, was die Glöckchen an ihrem Besuchsarmband erklingen läßt. Papa wird sie drinnen hören und sagen: »Möge sie hereinkommen.« Das Besuchszimmer ist wunderschön. Zubeida hat es bisher erst zweimal gesehen, doch sie weiß, es ist der schönste Raum im Haus. Zumurrud war natürlich schon viele Male darin, um seine Reinigung zu überwachen. Zubeida, die von ihrer Mutter mit einem Ruck durch den Vorhang gezerrt wird, versucht, einen Blick auf das Wandrelief zu erhaschen, das eine Unterwasserszene darstellt — abstrakte rote und blaue Kurven, die das Überschlagen der Wellen nachahmen —, aber es geht alles zu schnell. Es gelingt ihr jedoch, einen Blick auf die Bänke und Kissen zu werfen, auf die kleinen Tischchen, die Hocker, auf den mosaikartig ausgelegten Fußboden, und vor allen Dingen kann sie sich endlich den fremden Mann ganz genau ansehen, während sie sich graziös verneigt und dabei auf ein Kissen auf dem Boden sinken läßt. Ihre Mutter sagt, Neugier sei die schlimmste weibliche Sünde. Zubeida findet, sie hat es wunderbar geschafft, ihren Hintern genau in der Mitte des Kissens zu plazieren, ohne jegliches Gewackel beim Herablassen oder Hin- und Herrutschen in letzter Minute. Sie hofft, Zumurrud wird es nicht für nötig befinden, sie vor allen zu ohrfeigen; Mutter kann sehr garstig sein. Eigentlich ist sie von dem fremden Mann eher enttäuscht, da er der fremden Dame so sehr ähnelt. Diese Entdeckung beleidigt Zubeidas Sinn dafür, was richtig ist, und sie stellt mit aufrichtiger Verachtung fest, daß der fremde Mann keinen Bart hat. Ein Mann ohne Bart sieht aus wie ein Eunuch oder ein Jugendlicher (Djafar zum Beispiel), und man würde erwarten, daß er mit einer Jugendlichen verheiratet ist und nicht mit einer Dame. Sie weiß ganz genau, daß der fremde Mann und die fremde Dame verheiratet sind, auch wenn Zumurrud darauf besteht, daß sie es nicht seien. Sie fühlt verstohlen nach den Papieren in ihrem Ärmel. Die beiden Fremden sitzen mit Papa auf der anderen Seite des Zimmers, und alle geben Geräusche von sich, wie sie in Gesellschaft üblich sind. Dann teilt sich der Vorhang, und Djafar tritt ein. Alle sagen von neuem: »Sei willkommen.« Die fremde Dame scheint erfreut, Djafar zu sehen, so, als würde sie gleich lachen, und Zubeida fragt sich, warum wohl. Aber andererseits ist es verständlich, daß sich jeder über Djafars Erscheinen freut, weil er so ein Schatz ist. Wenn dies nicht so ein förmlicher Anlaß wäre, würde er sie hochheben und herumwirbeln, wie er es sonst immer tut. Er würde sie »Kleine Schwester«, »Krümel« oder sogar — wie er es gelegentlich tut — »Klingelkritzel« nennen. Sie schiebt ihre Gedichte jetzt näher zur Hand hin, weil das etwas ganz Wichtiges sein wird, und sie mahnt sich selbst, nicht zu vergessen, Djafar das eine Gedicht zu zeigen, das sie ihm noch nie gezeigt hat, ein schlechtes, in freiem Versmaß, über ein albernes Thema. Es geht so:

Schlaf ist ein teurer Segen.
Wenn ich schlafe, wird das Nachtlicht der Mond,
Und dann stelle ich mir vor, ich bin
Draußen.

Eines Tages (denkt sie) wird sie es in den Anfang eines Gedichts abändern, welches von Badr el-Budur gesprochen wird, während sie von ihrem Mann im fernen Bagdad träumt. Es geht Zubeida durch den Sinn, daß sie, wenn sie je Fernseh-Stückeschreiberin werden will (eine ihrer Ambitionen), schon einmal üben müßte, indem sie im Gedächtnis festhält, was Leute so sagen. Sie stellt sich vor, wie ihr Stück in einem Fernsehstudio aufgeführt wird, angekündigt als das Werk von Djafar, Sohn von Bakkar, Enkelsohn von Bakkar, Urenkelsohn von Bakkar. Insgeheim wird natürlich jeder wissen, daß es von ihr stammt. Pflichtbewußt spitzt Zubeida die Ohren und lauscht den Gesprächen der Erwachsenen — sie nimmt an, daß alle einen Schalter im Kopf haben, mit dem sie ihre Umgebung abschalten können. Außerdem beobachtet sie Djafar und versucht, beschreibende Worte für den abwechselnd aufmerksamen und beflissenen Gesichtsausdruck ihres Bruders zu finden, während er Papa zuhört.

Papa sagt gerade: »... wenn unsere Gäste morgen abreisen.«

Zubeidas Gedichte fallen in das Ende ihres Ärmels.

Zumurrud versetzt ihr einen heftigen Rippenstoß. »Schscht!«

»Aber ...« piepst Zubeida perplex und erhält als Antwort einen weiteren (kräftigeren) Stoß. Djafar schmachtet gerade den fremden Mann an. Morgen! Sie überlegt, was sie am besten sagen könnte. Sie weiß, daß es im Grunde eine Frage der richtigen Worte ist, wie im Spiel von El-Barmeki, in dem die Milchmagd die zornige Menge durch eindringliche Worte besänftigt. Sie hat das Gefühl, als würde ihr Herz vor Angst und Aufregung durch die Rippen brechen. Sie erinnert sich an das Versprechen, das sie der fremden Dame gegeben hat, und so zappelt sie, die Gedichte griffbereit, auf ihrem Kissen herum und wartet auf einen passenden Moment in der Konversation (Djafar wird mit dem fremden Mann über Dichtung diskutieren; Djafar ist klug). Jeder in der Familie weiß von den Gedichten, aber keiner soll wissen, daß der andere es weiß. Das sieht sie ganz klar. Plötzlich hört sich Zubeida mitten in ein klassisches Zitat von Djafar laut hineinplatzen:

»Ich will etwas sagen!«

Sofort wird sie von Zumurrud geschüttelt. Zubeida kann kaum an ihrer Mutter vorbei sehen, schon wegen des Schleiers nicht, und noch weniger, da sie wie ein Mixbecher geschüttelt wird. Aber sie sieht doch eine große, blasse Hand nahen, um Zumurrud festzuhalten, eine ohne Schmuck oder Farbe auf den Nägeln, die Hand der fremden Dame. Es müßte eigentlich Papas Hand sein. Zubeida begreift zum ersten Mal, daß eine »Frau« nicht immer eine »Dame« ist. Und daß die Fremde vielleicht wirklich entsetzliche Dinge — wie Fußbodenschrubben — bei sich zu Hause tut. Zubeida denkt (mit einem gewissen literarischen Schauer), daß diese Person eine *Djinnia* oder gar eine *Guhlia* sein könnte. Die fremde Stimme, grob, tief und eigenartig, sagt:

»Bitte, Vezieree, bitte, es ist sinnlos. Wir kennen alle das Geheimnis Ihrer Tochter.«

»Was? Was? Was?« sagt 'Alih, wie er es zu tun pflegt, wenn ihn irgend etwas aus der Fassung bringt (Zubeida findet ihren Papa oft zum Lachen komisch; sie hat ihn schon genauso nach erfolglosen Versuchen, Jasemin zu fangen, erlebt).

»Aber das ist kein Geheimnis«, sagt Zumurrud hastig. »Nein, nein! Das hier ist albern. Es ist gar nichts. Sie möchte Ihnen nur ihr Eichhörnchen zeigen. Sie ist ein ungezogenes Mädchen.«

Es gibt Augenblicke, in denen Zubeida ihre Mutter nicht ausstehen kann. Sie hat Zumurrud sorgfältig und ausführlich von dem Versprechen der fremden Frau erzählt. Aber anstatt beruhigt zu sein, wie es jeder vernünftige Mensch wäre, ist Zumurrud offenbar noch ängstlicher als vorher. Zubeida denkt mit Bitterkeit, daß ihre Mutter von Angst zerfressen ist, wie eine Kranke. Sie weiß, es besteht kein echter Grund dafür. Zubeida greift daher, mit einer unbewußt flehentlichen Geste, nach dem Kleid der Fremden und schreit:

»Ich werde eine Dichterin! *Sie* hat gesagt, ich könnte

es!« — und als Papa (der aus Rücksicht auf die Gäste auf einer Bank gesessen hat) sich erhebt, mit der Hand auf dem Herzen, als sollte er eine Festrede beginnen, wirft sie sich ungestüm vor den Füßen der Fremden zu Boden, in der Hoffnung, es könnte etwas nützen.

Es entsteht ein kurzes Schweigen, währenddessen sie Papa schwer atmen hören kann. Aber er sagt nichts. Dann hört sie Djafar in dem Ton, den sie so sehr haßt, dem öligen, entschuldigenden Ton, sagen: »Es ist meine Schuld, ich habe sie dazu ermuntert. Bestrafe mich. O Vater, sie hat sich nichts dabei gedacht. Es ist nur ein Spiel ...«

Irgendwo über ihrem Kopf ist ein Klatschen zu hören und ein Aufschluchzen. Dann ertönt Vaters Stimme, etwas schrill: »Ich werde Herr in meinem eigenen Haus sein!« und Djafars tränenerstickte Stimme: »Jawohl, Vater«, und Vater brüllt: »Du wirst nie wieder mit deiner Schwester reden!« und Djafar antwortet: »Jawohl, Vater«, und Vater erklärt: »Alle haben sich gegen mich verschworen«, und Djafar winselt: »Vergib mir, Vater, vergib mir«, und als Zubeida aufsteht, sieht sie, daß Djafar mit abgewandtem Gesicht aufrichtig heult. Zubeida nimmt keine Rücksicht auf ihre Mutter oder ihren Vater. Wutentbrannt schreit sie:

»Was ist mit Tante Dunja!«

'Alih erblaßt.

»Du hast Tante Dunja ermordet!« brüllt sie und hofft, er wird es abstreiten.

'Alih grapscht in die Luft, als könnte er dieses wild tänzelnde Töchterchen festhalten und bändigen. Er poltert: »Zubeida! Hör auf! Du beschämst mich!«

In besänftigendem Ton und mit einem Seitenblick auf die Gäste fügt er hinzu: »Ich werde mich zu deiner Verwirrung äußern. Ich verstehe, daß es ein erschreckender Anblick ist. Ich habe es selbst einmal gesehen. Aber du mußt verstehen, daß niemand deine Tante Dunja in den Wahnsinn getrieben hat. In der Familie deiner Mutter ist verseuchtes Blut, und deshalb habe ich soviel Angst um dich. Deine Tante Dunja ist durch ihr Gekritzel wahnsinnig geworden, und wir mußten sie einsperren. Willst du, daß dir das auch passiert? Willst du mir das Herz brechen? Willst du deiner Mutter das Herz brechen? Willst du, daß sie für dich bettelt und fleht, wie sie es einst für ihre Schwester tun mußte? Willst du, daß ich dich trotzdem mit meinen eigenen Händen einsperre, wie ich es mit deiner Tante tun mußte? Willst du Schande über deine armen Brüder bringen ...«

Zubeida hat ihre Gedichte aus dem Ärmel genommen und schwenkt sie vor ihrem Vater. »Papa, es sind wirklich Gedichte! *Echte* Gedichte!« Sie hält sie ihm hin und sieht, wie sich sein Gesicht verwandelt. 'Alih wirft wieder einen Blick zu den Fremden hinüber (die die ganze Zeit mit dem distanzierten, wachen Auge von Djinnis zugesehen haben, *Djinnis*, die schon alle Höhen und Tiefen menschlichen Lebens geschaut haben) und sagt mit beherrschter Stimme:

»Gut, ich werde deine Gedichte lesen«, und nimmt den Stapel Blätter entgegen. Sie wartet, triumphierend und bang. Sie fragt sich, ob irgendeinem kleinen Mädchen, irgendeinem Dichter, irgendeinem Menschen je eine solch glorreiche Ehrung zuteil geworden ist. Wie im Spiel der Maimuna, in dem der an einen Kerkerboden gekettete junge Mann mit dem Finger große Dichtung in den Staub kritzelt und der Gouverneur des Palastes sie liest und ihn auf freien Fuß setzt.

'Alih hebt die Augen. Er sagt: »Tochter, glaubst du, daß ich deine Gedichte gelesen habe?«

Sie nickt.

»Glaubst du mir«, fährt er fort, »wenn ich dir sage, daß ich sie sorgfältig gelesen habe? Hältst du mich für einen guten Richter? Vergiß nicht, daß mir der Poesiepreis Achten Grades verliehen wurde, als ich ins öffentliche Leben eintrat.«

»Natürlich bist du ein guter Richter«, sagt sie sichtlich verwirrt. »Deswegen habe ich sie dir doch gegeben.«

'Alih zittert vor irgendeiner feierlichen, aber tiefen Rührung; sie fragt sich, welches der Gedichte ihm dies angetan haben mag.

»Vertraust du auf mein Urteil?« fragt er wieder.

Zubeida, unruhig, sagt nichts. Schließlich nickt sie. Er sieht die Blätter noch einmal sorgfältig prüfend durch, und, mit entschlossener Miene, reißt er den Stapel dann entzwei.

Feierlich sagt er: »Leider, meine Tochter, hast du kein Talent. Deine Gedichte sind wertlos. Sie taugen überhaupt nichts.«

»Lügner!« schreit Zubeida. Sie erwägt gar nicht erst, ihren Vater mit ihren kleinen Fäusten auf die Brust zu schlagen. Sie nimmt Anlauf und rennt mit dem Kopf, der sich als äußerst wirksamer Rammbock erweist, in den Bauch ihres Vaters. Er fällt überraschend leicht um. Ehe sie sich versieht, hat ihre Mutter sie geschnappt und eilt mit ihr aus dem Besuchszimmer, obwohl Zubaida ihr so geduldig wie möglich zu erklären versucht, daß die fremde Dame wolle, daß sie bleiben, daß ihre Gedichte da hinten zerrissen lägen und daß sie sie haben wolle. Sie könne sie mit Gazestreifen und etwas Leim wieder zusammenkleben. Es gelingt ihr, Zumurrud auf den Fuß zu treten und gerade genug Zeit zu gewinnen, um die fremde *Djinnia* am Eingang zum Besuchszimmer zu erspähen, die dort mit verschränkten Armen und mit dem Rücken zu ihnen gewandt steht. Es scheint, als wollte sie 'Alih am Verlassen des Raumes hindern. Zubaida ruft ihrem Vater wieder: »Lügner! Lügner!« zu, denn sie weiß, daß er einer ist, ein schlechter dazu, und Zumurrud läßt eine Lawine von Ohrfeigen auf sie niederprasseln. Sie fängt an zu weinen. Alle sind gegen sie. Keiner, weder Mutter noch Vater, will die Wahrheit zugeben. Da fängt sie an hysterisch zu heulen, denn ihr ist, als würde sie morgen in der Zelle mit Dunja aufwachen, besudelt mit dem Kot der Wahnsinnigen, bekleckert mit ihrem Essen, und mit einer irren Stimme in den Ohren, die ihr grauenvolle Verse zuflüstert, bis Zubaidas Gehirn sich zu drehen beginnt, bis ihr schwindelig wird, bis auch sie wahnsinnig wird, und dann wird es keine Verse geben, keine Hochzeit, keine Freunde, kein Glück, keine Vernunft, nur noch Wahnsinn in alle Ewigkeit.

Im *Harîm*, während El-Ward fil-Akmam sie niederhält und Zumurrud die Peitsche holt, weint Zubeida hysterisch und umklammert El-Ward fil-Akmams Hände. »Schlagt mich!« brüllt sie. »Prügelt mich! Prügelt es aus mir raus, das wird mir guttun! Ich bin wahnsinnig, ich bin wahnsinnig, ich bin wahnsinnig ...«

Irene steht mit dem Rücken zum Vorhang, die Arme verschränkt. Sie bedroht niemanden. Wenn 'Alih das so sieht, ist das seine Sache. Über die Schulter sagt sie zu Djafar: »Geh weg, Kind. Das ist nichts für Kinder.«

Djafar beeilt sich zu sagen: »Erstens bin ich kein Kind. Zweitens bin ich nicht verantwortlich. Drittens wußte ich nicht, daß sie das tun würde. Viertens ist sie verrückt. Fünftens ...«

Der Vater hebt seine Hand. Djafar zuckt zurück. Mit widerwillig abgewandtem Gesicht murmelt er etwas, das sich für Irene anhört wie: »Wenn ich heirate, bin *ich* der Herr.«

Sie sagt: »Schönheit bewegt uns durch tausend Fäden der Hilflosigkeit.«

Entzückt und ermutigt sagt der Junge: »Kennen Sie das? Sind Sie eine ...«, doch ein Blick seines Vaters läßt ihn schleunigst die Flucht ergreifen.

'Alih steht vor Irene und sagt: »Gestatten Sie.«

Sie rührt sich nicht. Ernst sitzt gelangweilt auf einer Bank auf der gegenüberliegenden Seite des Zimmers und bewacht den anderen Ausgang.

Matt sagt sie: »Sohn von Bakkar, ich kann Sie nicht

aus dem Zimmer lassen. Wir müssen erst Ihre Tochter wegnehmen.«

'Alih starrt sie an.

»Sie wird hier schlecht behandelt«, sagt Irene, »und ich will sie.«

'Alih lacht ungläubig. In Irenes Hand taucht ein schwarzer Gegenstand auf, den er nicht zu erkennen braucht. Sie wirbelt ihn herum. Er sagt: »Unsinn! Sie können mich nicht erschießen.« Gegenüber meditiert der andere *Djinni,* die Ellbogen auf den Knien, sein riesiger Barbarenkopf auf die Hände gestützt.

»Ernst, er will mir die Visa nicht ausstellen.«

'Alih, der jetzt ernsthaft besorgt ist, tritt ein paar Schritte zurück, weg von dieser Frau. Wieder sagt er: »Unsinn!«

»Welchen Arm soll ich ihm brechen?« fragt der weibliche *Djinni.*

»Wenn Sie meinen Arm brechen, kann ich die Visa nicht ausstellen!«

Der weibliche *Djinni* sagt: »Ich werde nicht Ihren Schreibarm brechen.«

Unwillkürlich legt er die Hände auf den Rücken; er weiß wohl um die Zerbrechlichkeit seiner Knochen. Er stammelt: »Sie möchten sie verkaufen!«

»Ernst, dein Gewehr«, und das weibliche Monstrum kommt auf ihn zu, in beiden Händen einen schwarzen Gegenstand: schwere Metallstücke, die mit zermarternder Gewalt auf sein Fleisch einhämmern werden. 'Alih ist beschämt, doch nichts in seinem Leben hat ihn darauf vorbereitet, mit dieser Situation fertig zu werden.

Er ruft aus: »Ich bin ein Mann des Friedens!«

Sie lächelt. Sie sagt: »Ich bin eine Frau des Krieges«, hebt beide Fäuste drohend über den Kopf und wirft die beiden Gegenstände von sich, als behinderten sie ihre Kraft. Als 'Alih zurückzuweichen versucht, landen die Hände der gewaltigen Ausländerin auf seinen Schultern, und ihre Seilarme umklammern ihn. Sie drückt ihn scherzhaft, mit einem breiten Lächeln auf den Lippen, wie der schwarzgesichtige Dämon aus *Tausendundeiner Nacht.* Während seine Rippen knacken, hört er, wie sie mit ihm spricht, wie sie ihm freundlich erklärt, er sei ein vernünftiger Mann, er werde seine Tochter hergeben, er werde ihr selbstverständlich geben, was sie will. Halbzerquetscht, riecht er ihren Körpergeruch und fühlt ihre Brüste gegen sein Gesicht. Er ist entsetzt vor Ekel. Ohne daß er etwas dafür kann, stellt er sich vor, wie sein zartes Kind Zubeida mit dieser raubtierhaften Frau auf irgendeine qualvoll sexuelle Weise verstrickt ist, die er nicht verstehen kann, und er erinnert sich mit Schrekken und Scham daran, daß er früher neugierig war auf die Körper ausländischer Frauen. Dieser hier hatte ihn sogar vor ein paar Tagen leicht erregt. Jetzt weiß er, daß sie seine Tochter vergewaltigen will, und obwohl er sich dagegen wehrt, malt ihm seine Phantasie mehrere Möglichkeiten aus, wie dies vonstatten gehen könnte. Als sie ihn losläßt, steht er atemlos und zerzaust da, zunächst ohne sich zu bewegen. Er denkt: *Jetzt gewinne ich Zeit.* Er spürt ein Lächeln auf seinem Gesicht, als wäre es ein Fremdkörper. Dann sagt er blinzelnd und mit schüchterner Stimme: »Aber Sie dürfen meine Tochter nicht gegen ihren Willen mitnehmen. Das würde einen diplomatischen Eklat heraufbeschwören.«

Heiser und außerstande, dieses gräßliche Lächeln zu unterdrücken, fügt er hinzu: »Ich bin aufgeschlossen. Ich würde Zubeida nie etwas verbieten. Aber Sie dürfen sie nicht entführen.«

Die Frau sagt: »Niemand wird sie gegen ihren Willen mitnehmen, Sohn von Bakkar. Schreiben Sie, daß sie wahnsinnig geworden ist und daß wir sie zur Heilung in ein Krankenhaus wegbringen. Sagen Sie, es sei eine Ehre. Ihre Nachbarn werden das glauben.«

'Alih probiert, ein bißchen zu lachen, doch seine Stimme versagt. Er bringt lediglich über die Lippen: »Sie wird nie mitgehen.«

»Schreiben Sie!«

Er geht zu einem Tisch an der Seite des Zimmers und setzt sich dahinter. Es ist sein Schreibtisch. Nervös hantiert er mit Feder und Papier und schreibt. Als er fertig ist, hält er das Blatt mit gezwungenem Lachen hoch und sagt: »Meine Schwägerin können Sie behalten!«

»Schreiben Sie!« sagt sie. »Die Visa für beide.«

Er schreibt. Er wirkt irgendwie außer Atem und kritzelt gequält. Er erwägt, seine Unterschrift zu entstellen, kann aber nicht. Er weiß, Zubeida wird nicht mitgehen. Vielleicht kann er an den Mann appellieren, der vielleicht selbst Vater ist, Vater eines *Djinni*babys. Männer sollten Männern so etwas nicht antun. Er stellt sich vor, wie der männliche *Djinni* dem weiblichen befiehlt, seine Tochter dazulassen. Er stellt sich vor, daß er Zubeida selbst rettet, indem er sich auf diese dämonische Ausländerin stürzt und ihr ihre Waffen entwindet.

Zitternd händigt er Irene die Visa aus. Sie hält sie ihrem Komplizen hin, damit er sie durchliest. Der riesige, klobige Arm nähert sich wieder, und er zuckt zusammen, aber diesmal faßt sie ihn nicht an, sondern sagt nur: »Jetzt werden Sie ein bißchen schlafen, Sohn von Bakkar, und wenn Sie aufwachen, werden Sie sich dank Ihres Einfallsreichtums eine schöne Geschichte ausdenken können, die Sie in den Augen Ihrer Nachbarn nicht entehren wird.«

'Alih sagt, sich verbeugend: »Ja, wir müssen das alles erst überschlafen, nicht wahr? Entscheidungen sollten nicht leichtfertig getroffen werden. Ja, das ist wahr. Wann werden Sie sie abholen?«

Die *Djinnia*, die sich währenddessen irgendwie wieder die schwarzen Gegenstände angeeignet hat, richtet jetzt eine davon auf ihn. Durch eine plötzliche Schwäche hindurch sieht er sie wie ein D-Zug auf sich zukommen, mit ausgestreckten Armen wie Schaufeln. Dann schwankt sie und weicht zurück. Die Welt kippt um und überschlägt sich. Sie werden seine Tochter jetzt gleich mitnehmen. Sie werden Unaussprechliches mit ihr machen. Sie wird eine öffentliche Person werden, ein Soldat, eine Kurtisane, sie wird all ihre Tugend verlieren. Aus dem Zentrum von Ka'abah ist die zarte Frau gestohlen worden. Etwas Zartes in seinem Körper ist gestohlen worden. Das Gesicht der Frau über ihm ist so groß wie der Mond. Er sieht Zubeida hilflos zwischen den Zähnen der fremden Dämonin baumeln, im Begriff, aufgefressen zu werden, und spürt im selben Augenblick, daß das Fleisch in seinem eigenen Mund ist, zwischen seinen eigenen Zähnen, daß er seine eigene Tochter tötet. Zubeida schreit auf: »Papa! Papa!« aber er kann sie nicht retten. Er kann nicht aufhören. Nur ein Vater. Nur ein Vater kann es. Er ist keiner mehr, denn sie haben es weggenommen. Kein Vater. Er kann nichts tun, außer nachgeben.

Er tut es.

Neugierig wendet Ernst Neumann mit dem Fuß den entspannten Körper des Sohns von Bakkar um, der in künstlichem Schlaf zusammengerollt auf dem mosaikartigen Fußboden liegt, und fragt: »Hättest du ihn geschlagen, Irene?«

Sie sagt: »Dieser kleine Mann reizt mich«, doch es ist nichts Sinnliches in ihrem Gesicht oder in ihrer Haltung. Sie sieht aus, als könnte ihre Kälte zehnmal Schlimmeres planen als der heißeste Haß.

Sie sagt: »Darauf kannst du Gift nehmen.«

Dann sagt sie: »Wir sollten lieber gehen.«

Im Halbdunkel der einzigen, kitschglänzenden Lampe hat Zumurrud unter dem Schleier Schlitzaugen geöffnet. Ihr Katzentraum verweilt auf ihrem Gesicht und schlägt sich in ihren Zügen nieder. Sie sieht, wie das fremde Ungeheuer im Schlafraum am Ende des *Harîms* Zubeida hochhebt. Das kleine Mädchen niest und schlingt die Arme um den Hals der fremden Frau. »Mama?« sagt sie. Sie legt den Kopf auf Irenes Schulter und vergräbt das Kinn darin. Die fremde Frau dreht sich um und begegnet Zumurruds starrem Blick. Dann schüttelt die fremde Person ihren Passagier sanft, und Zubeida wacht auf.

Zubeida blickt auf ihre Mama hinab.

Sie nuschelt: »Du hast mich geschlagen.«

Zumurrud sagt: »Ich träume.« Sie fügt hinzu: »Ich kenne dich nicht.«

»Vezieree, wir nehmen Ihre Tochter mit uns.« Das ist die fremde Frau, die jetzt Zubeida auf ihren Arm verlagert, mit Knitterschleier und allem Drum und Dran. Zubeidas Armbänder verfangen sich im Schleier.

Zubeida zappelt hin und her. »Wirklich?« und sie lehnt den Kopf zurück, um Irenes Gesicht zu sehen. »Gut!« sagt sie.

»Wir brauchen Ihre Einwilligung, Vezieree.« Die fremde Frau trägt ihren Liebling, als wäre das kleine Mädchen aus Stroh. Zumurrud entsinnt sich verdrießlich, wie schwer es war, das Kind herumzuschleppen, selbst als Zweijährige. Schließlich sagt sie: »Ich möchte beim Träumen nicht unterbrochen werden. Meine Träume sind gut für mich.«

Geduldig sagt Irene: »Wenn Ihre Tochter mit uns gehen will, lassen Sie sie gehen, Vezieree?«

»Nein«, sagt Zumurrud trotzig.

Zubeida platzt hinein: »Mama, sie lassen mich eine Dichterin werden!«

»Ach, fragen Sie *mich* doch nicht«, sagt Zumurrud mit düsterer Ironie. »Doch nicht *mich*«, und wendet sich auf dem Bett ab, wobei sie sich eine Ecke des bestickten Bettuchs in gespielter Bescheidenheit übers Gesicht zieht wie einen Schleier. In die Quecksilbermatratze hinein sagt sie: »Ich habe nichts zu sagen.«

»Mama!« ruft Zubeida zornig aus.

Jetzt richtet sich Zumurrud so schnell auf, daß das dekorative Tuch auf den Boden fällt, und flüstert: »Ja, nehmt sie mir weg! Soll sie mich ruhig verlassen! Soll sie nie eine Heirat eingehen, soll sie ruhig dem Vezier ungehorsam sein und dem Herzen ihrer Mutter Kummer bringen! Laßt mir *nichts!*« Und sie schlägt sich zur Veranschaulichung aufs Schlüsselbein.

»Wir möchten, daß Sie auch mit uns kommen«, sagt die Fremde.

Zumurrud schweigt. Sie kehrt zu ihrem Traum zurück: eine Katze in einem Katzengarten mit Katzendienern, eine freie Katze, die mit verbündeten Katzen im Müll herumwühlte, eine herzlose Katze, die Draußen auf einem echten Holzzaun entlanggelaufen war, in einer Art von Liebesdunst, und die mit ohrenzerreißendem Gekreische gesungen hatte.

»Nein«, sagt sie nach einer Weile.

Zubeida hat angefangen zu weinen. »Laß mich runter«, und drängt sich zu ihrer Mutter auf die Liege, ein Knie oben, ein Knie unten. Die Betten sind ohne Füße, direkt auf dem Boden. Es gibt unter der Erde keine Probleme mit Zugluft. Zubeida zerrt an ihrer Mutter, doch Zumurrud wendet hochnäsig, mit der Wildheit einer Katze, ihr erhabenes Gesicht ab.

Schließlich sagt sie: »Ich kann nicht weggehen. Meine Jungen brauchen mich.«

»Dummkopf!« murmelt Zubeida vor sich hin.

»Geh doch!« schreit Zumurrud, außer sich, ihre Tochter an. »Leide nur! Werde geschlechtslos! Schreib deine Verse! Werde ruhig Soldat oder Matrose, wenn du willst, aber erwarte nicht von mir, daß ich von meinem Lebensziel, eine weibliche Persönlichkeit zu entwickeln, abweiche! Ich werde meine Familie nicht im Stich lassen!«

»*Ich* bin deine Familie!« kreischt Zubeida.

Eine große fremde Hand legt sich auf beide herab. »Leise!« sagt die Fremdlingsfrau. »Mein Kollege steht draußen vor der Tür, da wir Ihre Sitten nicht verletzen wollen, aber wenn die Jungen aufwachen, wird er vielleicht hereinkommen müssen.«

»Und wenn schon«, flüstert Zubeida unmißverständlich. Aber Zumurrud hebt ihre *Kinaa* würdevoll vom Boden neben dem Bett auf und wickelt sie sich ums Gesicht.

»Sie steht unter Medikamenten«, seufzt Zubeida hoffnungslos und läßt sich wieder auf den Boden sinken. »Du wirst nichts Vernünftiges aus ihr herausbekommen.«

»Ich stehe nicht unter Medikamenten«, sagt Zumurrud ernsthaft, »und meine Vernunft sagt folgendes, kleine Tochter: Gehe nicht. Der Vezier wird mich schlagen. Dein Vater ist ein guter Mann, aber wen soll er sonst schlagen? Djafar wird einsam sein. Du wirst nie heiraten. Du weißt, was du hier hast, aber du weißt nicht, was du dort findest. Du sprichst nicht einmal ihre Sprache. Sie werden dir deine kostbaren Kleider wegnehmen und dich Geschirr spülen lassen wie ein Dienstmädchen. Es wird nie wieder Wert darauf gelegt werden, daß du wohlerzogen bist und aus einer bedeutenden Familie kommst. Du wirst nie Kinder haben, und dafür werden sie dich Gedichte schreiben lassen, in einer Sprache, die niemand dort lesen kann und die allen dort gleichgültig ist. Was nützen Gedichte, wenn sie keine Preise gewinnen? Wenn sie keine Leser haben? Du wirst die neue Sprache hassen und in ihr nicht schreiben können. Was mich betrifft, ich werde ohne dich an Einsamkeit sterben. El-Ward fil-Akmam wird meine Kleider und Verschönerungen nehmen und hier als Herrin regieren, ohne daß sie jemand überwacht. Ich werde keine Tochter-Enkel haben. Ich werde mit niemandem reden können außer meiner Schwester Dunja, und bald wirst du mich zusammen mit ihr in der Zelle sehen, eine Wahnsinnige, die ihrer Tochter beraubt wurde, eine arme kranke Frau, um die sich kein Mensch kümmert. Und ich kann meiner irren Schwester Dunja erzählen, daß ich einst glücklich war, weil ich einst geliebt wurde. Einst hatte ich eine Tochter.«

In piepsendem Flüsterton, den Kopf gebeugt, sagt Zubeida: »Ich bleibe, Mama.«

Zumurrud blickt starr. Die Katze spricht aus ihr: »Oh, bringen Sie sie fort, ehe sie's glaubt!« und sie kehrt ihnen den Rücken zu. »Närrin!« fügt sie hinzu, und dann: »Geht raus.«

»Und Sie?« fragt dieser lästige Fremdling.

»Nein, ich muß bleiben«, sagt Zumurrud mit veränderter Stimme. »Ich muß bleiben«, und während sie den Blick auf den goldbesprenkelten Wänden des *Harîms* umherschweifen läßt, die selbst in diesem schwachen Licht schwach glitzern, fügt sie fast laut hinzu: *»Meine Träume sind hier.«* Sie fragt sich, was Dunja wohl auf Dunjas Wände sehen mag. Sie sagt: »Meine Medikamente erleichtern mir das Leben. Ich werde wahrscheinlich bald gesund sein. Und wie Sie wissen, könnte meine Familie ohne mich nicht auskommen.«

»Mama, *komm!*« sagt Zubeida in äußerster Verzweiflung.

»Nein, du mußt ohne mich zurechtkommen«, sagt die Mutter, während sie sich wieder zurücklegt. »Du mußt jetzt selbst für dich sorgen.« Sie setzt hinzu: »Es ist, wie wenn man heiratet. Du mußt das Haus deiner Familie verlassen«, und zieht sich das bestickte Laken über die Schulter.

»Vezieree, wir haben zwei Visa«, sagt die Frau, »eins für Ihre Tochter und eins für Ihre Schwester Dunja. Wir können das zweite für Ihre Schwester benutzen, aber wir können es viel einfacher für Sie nehmen. Wir können Sie aus diesen Räumen rausholen und in eine andere Welt bringen, wo Sie nicht eingesperrt leben und mit Medikamenten behandelt werden müssen. Glauben Sie mir, sie ist, trotz all ihrer Fehler, eine bessere Welt.« Sie spricht ernsthaft, und für einen Augenblick gerät Zumurrud fast ins Wanken. Aber sie weiß es besser. Sie werden sie zur Arbeit zwingen. Sie wird alles verlieren. Mit erhabener Selbstlosigkeit sagt sie: »Nein, nehmen

Sie meine arme Schwester Dunja mit. Nehmen Sie sie«, und angenehm berührt ob ihres eigenen Mitgefühls für ihre Schwester, liegt sie da und wartet auf den Schlaf. Sie hört das Zögern der Ausländerin, hört den Riesenrumpf aufstehen (*Was für eine häßliche Kreatur!* denkt sie mit einem Hauch von Belustigung) und hört Zubeidas Schluchzen und Wimmern, während sich die beiden Schrittpaare entfernen.

Der Vezier würde sie natürlich nie mit jemand anderem in eine Zelle stecken, schon gar nicht mit ihrer eigenen Schwester. Sie denkt darüber nach. Aber sie weiß, wenn der Vezier in seinem Bett erwacht und seine Tochter tatsächlich nicht vorfindet (die Visa sind natürlich gefälscht), wird er großen Kummer leiden. In ihrer Vorstellung sieht sie sich, wie sie ihn tröstet, das Dienstmädchen herumkommandiert, ihm Essen bringt, es ihm so bequem wie möglich macht, bis er schließlich sagt: »Was für eine gute Ehefrau du doch bist, Vezieree!« Eine gute Ehefrau wird geschätzt. Vielleicht ist es möglich, dieses hinterhältige Dienstmädchen loszuwerden und eine andere Frau einzustellen, eine ältere, mütterlichere Frau, die Verständnis für die Vezieree aufbringt und die weiß, wie das Leben einer Frau ist. Gemeinsam können sie den Vezier dazu überreden, den Kontakt zu der Familie seiner Frau wiederaufzunehmen, und vielleicht können sie sich etwas anschaffen, was sie sich schon immer gewünscht hat, eine vorgetäuschte Hologrammansicht eines Berges oder einer Wüste Draußen; das würde das Zimmer vervollkommnen. Die Vezieree hat tausend Pläne. Im Augenblick grämt sie es zwar, keine Tochter zu haben. Aber Zubeida wird Briefe schreiben. Sie wird da draußen, in dieser anderen Welt, eine berühmte Frau werden, und in ein paar Jahren wird sie zurückkommen und ihre Mutter besuchen: älter, reicher, ihre Figur schwer und füllig wie die einer Frau, mit einem wunderschönen und bedeutenden Ehemann, mit vielen prächtigen Kleidern. Zumurrud schlüpft in ihren

Katzentraum zurück, wo Katzenfreunde ihr bewundernd sagen, sie sei eine ganz schön sture Katze, wo die Wände des Schlafraums zu unbegrenzbaren Ansichten von Draußen verschwimmen und wo sie — sie ist nämlich eine gefährliche Katze — zu Katzenabenteuern loszieht, berühmte Kätzchen zur Welt bringt und schmukke Kater verführt. Aber irgendwie ist das im Grunde alles nicht wichtig, irgendwie ist es nicht wirklich das, was zählt, denn sie ist auch allein, und worauf es ankommt, das sind die Bäume und die Steppen, die endlosen Wälder, die Flußläufe, denen sie meilenweit folgt, all das, vermischt mit einer Menge Erklärung und Selbstrechtfertigung, vermischt, genaugenommen mit endlosen Gesprächen und mit dem Gefühl zu laufen, ewig zu laufen, ohne je anzuhalten, und ein leichtes Zaumzeug mit Glöckchen daran zu tragen, wie die von Jasemin, wie eine Katze, die sie in ihrer Kindheit einmal auf einem Bild gesehen hat, eine Katze in einem Laden, die vor einen Drehspieß gespannt war, oder wie Dunja.

Zumurrud dreht sich im Schlaf um und seufzt, für immer in ihre zauberhaften, unliebsamen, unbefriedigenden Träume versunken.

Auf halbem Weg zur Haustür fällt Zubeida Jasemin ein. »Mein Eichhörnchen!« ruft sie. Sie steht mucksmäuschenstill, die Brauen zusammengezogen und die Hände vor der Brust ineinandergelegt. Dann sagt sie zaghaft: »Meine Brüder«, und zieht die Fremde an der Hand. »Bitte, meine Brüder.« Sie weiß nur zu gut, daß sie die Glöckchen von Jasemin nicht abbekommen wird (es war schwer genug, sie ihr anzuziehen), aber sie kann schweigend einen Blick auf ihre schlafenden Brüder werfen. Sie hat Angst, sie könnte ihren Vater wecken. Sie erklärt, daß der Älteste, Nur ed-Din, nicht da sei, daß er bald heiraten werde, daß er ziemlich streng, wenn auch gutmütig sei, was sich für den Ältesten ja auch gehöre, und daß er gut aussehe und äußerst gewissenhaft sei, mit einem Fünften Grad in Poesie.

Sie zieht die fremde Frau an der Hand durch den Flur und ruft dabei: »Hier, hier«, bis sie zu dem Raum gelangen, wo Djafar und sein Bruder Jahja schlafen. Jahja ist dreizehn und Djafar sechzehn, und sie will die Schlafenden nur anschauen. Sie werden sie vermissen; ihre Brüder haben in ihrem Leben nicht so viele schöne Dinge wie sie in ihrem. Zum Beispiel ist ihr Schlafraum nicht annähernd so schön oder so ausgeschmückt wie der *Harîm*. Zubeida sagt: »Jungen haben es viel schwerer im Leben als Mädchen. Sie müssen gehorchen und arbeiten«, und sie zupft am Hemd der fremden Frau. »Da, hier ist es.«

Djafar schläft. Sein Bruder auf der anderen Seite des Zimmers hat sich unter der Decke zu einer Kugel zusammengerollt, einen knubbeligen Fuß und eine feiste Faust an der Luft. An der Wand hängt eine Lampe.

Zubeida fängt leise zu weinen an. Sie versucht, sich ihre Züge einzuprägen. Jahja ist immer noch ein Pummel: ein langsamer, sturer, dickhalsiger kleiner Junge, den sie jetzt trotz allem liebt, trotz seiner Angewohnheit, alles, was ihm wichtig erscheint, laut herauszuposaunen, Jahja, wie er die Augen (vor Wut) zukneift und in seiner tiefen Kinderstimme nach Süßigkeiten schreit, Jahja, wie er pausbäckig im Hof herumpoltert, tölpelhaft wie ein Mädchen.

Der Tutor am Kopfende von Djafars Bett schwingt herüber, leuchtet auf und gibt einen tiefen, musikalischen Warnton von sich.

Djafar öffnet die Augen.

Sie flüstert: »Bruder, schalt ihn ab! Schalt ihn ab!«

Im Halbschlaf murmelt Djafar lieblich: »Hallo, Schwester«, und sie hechtet nach dem Tutor und hantiert an dem Gehäuse herum, ohne den leisesten Schimmer, was damit zu tun ist. Djafar langt hoch und drückt einen Knopf auf der Rückseite. Das Gerät schaltet sich ab, schwingt wieder zur Wand und wendet dem Raum sein ernstes, intellektuelles Schattenlebengesicht zu, in dem der Bildschirm die Form eines langen Bartes hat.

»Was ist los, Kritzel?« fragt Djafar. Dann erst erblickt er die Fremdlingsgestalt hinter seiner Schwester. »Schscht!« zischt Zubeida. Leise fügt sie hinzu: »Ich gehe mit ihnen weg. Ich werde eine Dichterin.«

Djafar setzt sich alarmiert auf. »Ist Papa ...«

»Nein«, sagt Zubeida. »Ich glaube jedenfalls nicht. Aber ich gehe trotzdem.«

»Oje«, sagt Djafar und hält sich dabei den Kopf clownhaft fest. »Wenn er dahinterkommt ... aber *du* hast es vielleicht gut, Kritzelchen!«

Sie sagt: »Diese Frau nimmt mich mit.«

Er fragt: »Kommst du zurück und besuchst uns?«

Sie nickt und fängt an zu weinen. Sie setzt sich auf die Bettkante. Djafar, der jetzt auch ganz weinerlich im Gesicht wird, legt den Arm um sie. Sie hört ihn mit gebrochener Stimme in den Schleier hinein sagen: »Du bist die beste Schwester, die ein Bruder je hatte.«

Er läßt sie los, reibt sich die Nase und sagt: »Kritzel, du verstehst doch, warum ich vor Papa nicht für dich eintreten konnte, oder?«

Heißer Zorn wallt in Zubeida auf, aber sie nickt widerwillig. Man sieht es ihr jedoch an, sie kann es an Djafars Gesicht ablesen. Sie weicht zurück und wendet den Blick von ihm ab.

Er sagt ungehalten: »Jetzt mach nicht so'n Weiberzirkus mit mir, Krümel. Du bist doch viel besser. Du stehst über so was. Du weißt genau, wenn ich verheiratet bin, hätte ich dich als unsere Haushälterin und Freundin geholt, und meine Braut wäre bestimmt froh darüber gewesen, nicht allein zu sein und dich zur Gesellschaft zu haben. Und du hättest ihr das Schreiben beibringen können, wenn sie intelligent wäre.«

Zubeida sagt: »Ich glaube nicht, daß du ...«

»Natürlich hatte ich das vor!« sagt er. »Aber bis dahin kann ich doch gar nichts unternehmen, oder? Wenn ich mich gegen Papa stelle, was würde das denn nützen? Aber ich hätte dich ganz sicher kommen lassen, das weißt du genau, egal, was er gesagt hätte.«

»Na ja, das spielt ja jetzt keine Rolle mehr«, sagt Djafar zu Recht. »Du gehst ja weg!« Mit plötzlichem Nachdruck sagt er noch einmal: »*Du* hast es gut!«

Zubeida schluchzt. Mühsam bringt sie hervor: »Du bist der beste Bruder, den es gibt.« Stürmisch wirft sie sich in seine Arme, und sie drücken sich noch einmal fest. Djafar schaukelt seine kleine Schwester dabei hin und her, wie er es zu tun pflegte, als sie noch ein Winzling war. Als er aufhört, sagt Zubeida:

»Oh, Djafar, du wirst ganz allein sein.« Sie denkt an Jahja, den außer Mutter niemand mag, und selbst sie ist in Jahjas Nähe immer gereizt und verärgert, und dann ist da noch Vaters Strenge und Mutters Krankheit und Nur ed-Dins Altklugheit. Sie tätschelt Djafars Gesicht.

Er druckst etwas herum, während er sagt: »Na ja, Krümel, ich kann ja viel rausgehen, weißt du. Und ich werde dir etwas Wunderbares erzählen: Ich habe mich verliebt.«

»Wer ist es?« sagt Zubeida entzückt und klatscht dabei — leise, um Jahja nicht aufzuwecken — in die Hände. »Oh, erzähl mir von ihm!«

Djafar lächelt. Er streichelt ihr über den Kopf und ist einen Augenblick still. Dann sagt er: »Ich werde dir ein Gedicht über ihn schreiben, Krümel. Er ist ein guter, wahrer Freund. Ich weiß nicht, wie wir zusammenkommen können, denn er soll bald heiraten und ist ganz außer sich deswegen, und ich bin zu jung, um allein zu leben, weißt du. Aber wir werden es schon schaffen. Ich will ihn nicht immer in Cafés treffen. Ich möchte für immer mit ihm zusammenleben, wie die beiden Brüder in der Geschichte von El-Barmeki. Er ist meine wahre, große Liebe.«

Ein tiefes Mitgefühl überkommt Zubeida. »Armer Djafar«, sagt sie sanft.

Nachdenklich sagt er: »Weißt du, Liebes, ich finde es immer wieder schade, daß ihr Mädchen nicht einen Teil des Landes für euch haben könnt, wo ihr miteinander lebt und Romanzen habt, wie wir es tun. Und wir könnten euch eine gute Stange Geld bezahlen, um die Kinder aufzuziehen, bis sie fünf sind, und dann könnten wir vielleicht die Jungen nehmen, ich weiß nicht. Und ein paarmal im Jahr Riesenfeste feiern, wo wir alle zusammenkommen, tanzen und Gedichte vortragen, oder vielleicht könnten wir alle einfach leben, wie es uns gefällt, ohne Väter und Mütter.«

»Romanzen?« fragt Zubeida entgeistert.

»Ja natürlich, Schwester«, sagt dieser alberne Bruder allen Ernstes. »Miteinander. Und du könntest ein Geschäft betreiben, wie Männer es tun, und in deinem eigenen Auto herumfahren und deine eigenen Bücher führen. Und eine schöne Geliebte haben, und ihr beide könntet zusammen arbeiten und vielleicht eure Gedichte gemeinsam vor einem Publikum vortragen.«

»Das ist totaler Unsinn«, sagt Zubeida unwirsch. »Frauen haben keine Frauen als Geliebte, und sie betreiben kein Geschäft.«

»Na ja, dann eben einen männlichen Geliebten«, schwenkt Djafar bereitwillig um. »Du mußt ihn ja nicht heiraten, Krümel. Schließlich ...«

»Das ist idiotisch!« versetzt Zubeida schroff.

Djafar ist schon dabei, aus dem Bett zu steigen. »Jetzt hör mal zu, Kritzel, was glaubst du eigentlich ...«

»Natürlich, jetzt sagst du gleich, du wärst *älter!*«

»Ich *bin* älter ...«

»Jetzt ist Schluß«, sagt die Stimme der fremden Frau. »Für jetzt reicht's. Verabschiede dich«, und Zubeida spürt, wie sich die große Hand um ihre schließt. Zubeida zieht sich den Schleier übers Gesicht, um ihre Tränen zu verbergen. Sie flüstert: »Sag Jahja von mir auf Wiedersehen«, und als Djafar über diesen speziellen Auftrag nicht sonderlich begeistert scheint: »Oh, Djafar, Djafar. Mama kann nicht mitkommen, und sie wird mir fehlen!«

Djafar sagt betreten: »Also komm schon, Krümel ...« und sie sagt: »Ich weiß, ich werde eine Dichterin«, und ihr Bruder: »Ganz bestimmt, Liebes«, und sie umarmen sich noch einmal, und dann ist Zubeida schon aus dem Zimmer heraus, schrecklich weinend, und wird in den *Harîm* zurückgeschleust.

Dort im Flur steht der faszinierende fremde Mann, groß wie ein Berg, mit einer langen Kiste lässig unter dem Arm.

»Was ist das?« fragt Zubeida durch ihren Tränenschleier. »Ist die für mich?«

»Nein, sie ist für deine Tante Dunja«, sagt der fremde Mann.

Die fremde Frau läßt Zubeidas Hand los, pflanzt sich vor dem Mann auf und sagt etwas, ernst und heftig. Zubeida kann die Worte nicht verstehen; das muß ihre Sprache sein. Der fremde Mann antwortet sanft, und die fremde Frau spricht jetzt mit größerem Nachdruck. Sie fletscht die Zähne, ihr Kopf schnellt nach vorne, und sie hackt mit einer Hand in der Luft herum. Sie sagt irgendwas irgendwas Zumurrud irgendwas. Zubeida denkt, die Frau wird das Wortgefecht verlieren, obwohl der Fremde wie ein netter, umgänglicher Mann aussieht. Aber wenn er richtig böse wird, wird die Frau natürlich nachgeben müssen. Sie nimmt an, daß die beiden schon lange verheiratet sind. Ob sie wohl Kinder haben? Sie fragt sich, wie sie Tante Dunja in die Kiste hineinbekommen, und ob Tante Dunja in der Kiste nicht vielleicht ersticken wird. Es schießt ihr durch den Kopf, daß der fremde Mann Tante Dunja erst mal waschen muß, damit sie nicht stinkt, und der Gedanke, Tante

Dunja zu betäuben, ihr die Lumpen auszuziehen und sie unter dem Brausekopf zu waschen, ist ihr so furchtbar widerlich, daß sie nicht daran zu denken versucht. Sie weiß, daß der fremde Mann allmählich sauer wird — sie sieht es seinem Gesicht an —, und die fremde Dame ist zwar muskulös, aber sie ist nicht so muskulös wie er. Und so fragt sich Zubeida vergeblich, wie die Frau es jemals schafft, irgend etwas von dem Mann zu bekommen — ohne Verschönerungen und hübscher Kleider.

Plötzlich wird Zubeida von einer riesigen, unsichtbaren Hand flach gegen die Flurwand gedrückt: ein betäubender, an- und abschwellender Heulton, der Alarm des *Harîms.* Sie schreit: »Es ist die Kiste! Die Kiste!«

Die fremde Dame hat sich heruntergebeugt, um sie zu hören.

Sie schreit: »Nein, es ist *er*!« und dann: »Die Polizei wird kommen!« denn sie weiß, daß der Alarm zwei Kilometer entfernt durch den Felsen hindurch im örtlichen Polizeirevier registriert wird, eine Vorsichtsmaßnahme, die sie sehr beruhigt hatte, als sie als kleines Kind davon erzählt bekam.

Der fremde Mann lächelt und sagt etwas Scherzhaftes.

Die fremde Dame zieht sie diesmal nicht an der Hand hinter sich her, sondern hebt sie einfach, mit erstaunlicher Leichtigkeit, auf den Arm. Sie wird mit enormer Geschwindigkeit durch Räume getragen. An der Eingangstür (die sie an dem verzierten Vorhang erkennt) ist es Zubeida, als könnte sie der Außenwelt nicht ins Auge sehen, und sie vergräbt ihr Gesicht in panischem Schrecken am Hals der Dame und ruft: »Mein Eichhörnchen! Mein Eichhörnchen! Ich will sie!« Keiner hört auf sie. Die fremden Herrschaften laufen dann viel schneller, weil die Decke höher ist (nimmt sie an) oder weil die Gänge länger sind. Mit zusammengekniffenen Augen klammert sich Zubeida krampfhaft an den Kleidern der Frau fest. Die Sirene verhallt allmählich hinter ihr.

Plötzlich spürt sie einen Schlag auf dem Rücken und hört einen Klingelton. Da ist das vertraute kitzelige Krabbelgefühl auf dem Rücken und ein leichter Aufprall auf der Brust. Irgend etwas Klingelndes hält sich verzweifelt an ihr fest, so wie sie sich mit ihren klingelnden Armbändern und Ketten verzweifelt an der fremden Dame festhält. Sie öffnet die Augen und blickt in ein graues Zwerggesicht mit braunen Glupschaugen und zuckenden, spitzen Ohren, das von einem roten Samtkäppchen gekrönt ist. Es ist Jasemin, die sich auf den fahrenden Zug geschwungen hat. Zubeida wird nicht ganz allein sein. Sie wagt nicht, auch nur einen Moment loszulassen, um das auf und ab wippende Eichhörnchen zu schnappen, doch Jasemin scheint eisern entschlossen mitzukommen. Zubeida denkt, daß sie und Mutter Jasemin in der neuen Welt mit Erdnüssen füttern können, wo immer sie sie auch hinbringen mögen. Und dann fällt es ihr wieder ein.

Und sie fängt an zu weinen.

Der Anlaufhafen von Ka'abah liegt direkt unter der Oberfläche, eine weitere Flucht von Räumen. Ein Labyrinth. Das Gefühl, 'Alihs Wohnzimmer nie verlassen zu haben. Von einem Filigrantor zu einer Reihe von Zellen, eine größer und kahler als die andere, durch Durchsuchungskabinen und Röntgenräume, schließlich mit einem Vielpersonenaufzug aufwärts in einen ausgedehnten leeren Raum so groß wie ein kleines Lagerhaus oder eine große Turnhalle, mit einem Lichtgaden, durch den von oben künstliches Licht hereinfällt, rings herum Orangenbäume in Töpfen, die unter staubigen Lichtstrahlen den Raum verzieren, Türen in gleichmäßigen Abständen an den Wänden entlang, Telefonkabinen, ein Café mit vergoldeten Tischen. Die Bodenfläche ist in der Mitte durch ein Netz von Bänken und dürftigen Absperrungen unterteilt. In einer von diesen Nischen sitzt Irene Waskiewicz bei der Gründung einer Familie, bestehend aus ihrem Kollegen, ihrem Anhängepassagier und dem Passagier ihres Passagiers. Ein Blick in die Runde, und Zubeida hat ihren *Izar* ausgewölbt und Jasemin auf geheimnisvolle Weise irgendwo in dem Kokon verschwinden lassen. Durch eine kleine Hand, die sich an ihre Kleider klammert, bleibt Irene mit dem Kind in Tuchfühlung.

Leise sagt sie in ihrer eigenen Sprache: »Gewissen, du hast deine Kompetenz überschritten.«

In gleichem Ton erwidert er: »Ich habe dir einen Rat gegeben, Irenee, sonst nichts.«

Sie sagt: »Ohne deinen Rat hätte es keine Verzögerung gegeben und wäre somit Zeit gewesen, die Mutter mitzunehmen.« Sie fügt hinzu: »Mein Gott, das ärgert mich!«

Es entsteht ein Schweigen. Dann sagt er langsam:

»Sie hatte nicht den Wunsch mitzukommen, Irene.«

»Wunsch!« sagt Irene Waskiewicz und reißt ihre Hand aus der Zubeidas. »Was kann diese Frau entscheiden oder diese Frau wünschen? Du hast keine Ahnung, Ernst. Du glaubst vielleicht, du verstehst etwas, aber glaub mir, du hast keine Ahnung.«

Sanft sagt er: »Ab und zu läuft mir allerdings so manches über den Weg.«

»Ich stoße unweigerlich darauf«, sagt Irene. Er nickt, ganz ihrer Meinung. Sie sagt: »Nein, es stößt auf mich. Oder vielmehr direkt in mich rein.«

Es entsteht wieder eine Pause.

Er sagt: »Schließlich konnte ich nicht wissen, daß wir so bald gestört würden.« Irene springt feindselig auf die Beine, halbstehend, mit erhobenen Fäusten, genauso, wie sie es in der Schule tat, wenn sie in Rage war. Ernst sieht so ruhig wie vorher aus, doch er hat sein Gewicht in die Füße verlagert, er scheint zu sitzen, sitzt aber nicht.

Sie reißt sich zusammen und läßt sich auf die Bank zurücksinken. »Na ja!« sagt sie, und dann: »Du hättest darauf eingehen müssen. Du hättest sofort darauf eingehen müssen. Was diese Frau entschieden hat, war keine Entscheidung. Das weißt du genau!«

Trocken sagt er: »Es gibt dazu schon eine geteilte Meinung.«

Sie erwidert nichts. Ihr Nacken und ihre Schultern sind steif vor Verlangen zuzuschlagen. Aus einer Sprechbox in ihrer Nähe ertönt eine rasche, eindringliche Folge von Summtönen. Die Sprechbox, ein weiteres Schattenleben, diesmal mit einem langgezogenen Kinn, einem senkrechten Mund und Schlitzaugen, alles auf einem Stiel, ruft ihre Namen und fügt eine Nummer hinzu. Die Information wird mehrmals wiederholt.

Die kleine Zubeida fährt erschreckt hoch und sagt: »Was? Was?«

»Man sagt uns, wo wir hingehen sollen«, erklärt Irene in so sanftem Ton wie möglich. »Mädchen-Kind Zubeida, Nicht-Sohn von 'Alih, Sohn von Bakkar, Sohn von Bakkar, das bist du mit deinem ganzen langen Namen. Wir müssen dort rüber«, und sie nimmt das kleine Mädchen an der Hand. In der Wand auf der anderen Seite befindet sich eine Reihe numerierter Türen. Irene schließt Zubeidas Hand noch fester in ihre, und die Nicht-Familie mit ihrer Nicht-Ehe und ihrem Nicht-Sohn (doch ohne ihren Nicht-Sarg) macht sich auf den Weg zu der angegebenen Tür, etwas gebremst durch Zubeidas kurze Beine.

An der Tür ist eine weitere Absperrung mit zwei Zollbeamten dahinter, einer mit rotem *Tarbûsch* und einer mit blauem. Irene schiebt Zubeida vor sich her und zeigt gleichzeitig die Papiere des Kindes vor.

Jasemin platzt aus ihrem Versteck heraus und klettert blitzschnell auf Zubeidas Kopf, wo sie den Schwanz in ein Schnörkel legt und sitzen bleibt. Der Zollbeamte mit der blauen Mütze (in Irenes Augen sehen beide wie 'Alih aus) beugt sich vor und betrachtet das Eichhörnchen mißbilligend.

Er sagt mit Genugtuung: »Damit können Sie nicht an Bord gehen.«

»Sehen Sie in Ihren Papieren nach«, sagt Irene ungeduldig. »Sie werden das Eichhörnchen darin eingetragen finden. Wir sind schon fünfmal kontrolliert worden.«

Der Beamte mit der blauen Mütze lächelt breit und schüttelt den Kopf. »Nein, das geht nicht«, sagt er. »Diese Person hat keine entsprechende Regelung getroffen. Nein, nein, nicht mit dem Eichhörnchen«, und er verschränkt die Arme vor der Brust. Irene juckt es in den Fingern. Sie sieht, wie der sitzende Beamte mit dem roten *Tarbûsch* zu seinem Kollegen hinüberschielt und vor sich hin grinst.

»Jetzt hören Sie mal zu«, sagt Irene, die langsam die Beherrschung verlor. »Wir sind schon fünfmal kontrolliert und zweimal durchleuchtet worden. Wir sind immer durchgekommen. Das Tier ist kontrolliert worden. Sie werden die ganze verdammte Prozedur in allen Einzelheiten auf den Papieren beschrieben finden. Ich darf hinzufügen, daß wir außerdem die übliche Bürgschaft geleistet haben, und ich muß Sie jetzt höflichst ersuchen, uns durchzulassen.«

Der Beamte in Blau nimmt die Papiere von Irene und sieht sie sorgfältig durch. Er hält sie sich dabei direkt vor die Nase, vorzugsweise unter das eine Auge. Ein Kurzsichtiger. Er betrachtet sie mißtrauisch und liest noch einmal die Papiere. Endlich legt er die Papiere auf die Absperrung und lächelt. »Nein«, sagt er, »kein Eichhörnchen.« Irene läßt Zubeidas Hand los. Sie hebt den rechten Arm und schlägt mit der Kante der rechten Hand gezielt auf die Absperrung, die sich sauber spaltet. Rote Mütze fährt zusammen, und Blaue Mütze tritt zurück. »Stempeln Sie dieses Papier«, sagt sie, und Blaue Mütze tut, nicht ohne einen Seitenblick, wie ihm geheißen. Blaue Mütze sieht verängstigt aus. Rote Mützes Mund ist offen. Irene schiebt Zubeida polizeigriffähnlich in den kahlen Flur hinter der Absperrung. Ernst, der hinter ihnen geht, sagt leise: »Du gehst ganz schön ran, Irene.«

Irene denkt: *Meine Wut wird mich noch mal ins Grab bringen.* Sie schreit ihn an und nennt ihn ein Schwein, einen *Nosferatu,* einen selbstgefälligen, beschränkten männlichen *Golem.* Sie sagt, sie werde zurückkommen, um die Mutter und die Tante zu holen, und wenn sie den Rest ihres Lebens dazu brauche.

Am Ende des Flurs treten sie in einen langen, biegsamen Schlauchgang, der zu dem Schiff führt, eine gewaltige, mit einer Plastikhaut überzogene Spirale. Hier versiegt die künstliche Schwerkraft von Ka'abah urplötzlich. Von einem Augenblick zum anderen fällt der Boden jäh unter ihnen weg, und der Schub einwärtsdringender Luft aus den Lüftungskanälen vervollständigt das Chaos. Zubeida kreischt wild. Jasemin beschmutzt ihren Schleier. Irene gabelt das Kind mit einem Arm auf, während sie sich von Handgriff zu Handgriff an der Wand entlang vortastet. Wie konnte sie das vergessen! Sie denkt: *Tut mir leid, Kleines, tut mir schrecklich leid.* In Gedanken sieht sie Zubeida und Zumurrud, die sich im freien Fall aneinanderklammern, in panischer Angst, jedoch fest aneinandergeschmiegt. Zubeida kreischt weiterhin. An der Schiffspforte zückt Irene ihren Ausweis und hält ihn gegen die Wand, dann poltert sie den richtigen Gang hinunter, am Ende mit den Füßen abbremsend. Sie hofft inständig, daß Zubeida sich nicht übergeben muß. Hinein in den Käfig und den Strom angeschaltet, Jasemin hilflos in der Luft segelnd und schrill quiekend, mit flach gespreizten Pfoten. Ihr Frauchen ist in Ohnmacht gefallen.

Die Wände der Kabine verschwimmen; am besten voll aufdrehen. Sie kann Zubeida jetzt nicht sehen, außer als Strich. Irene drückt die Arzneinummer heraus: Beruhigungsmittel, Arznei gegen Brechreiz und Schwindelgefühl strömen als Dunst in die Luft des Käfigs.

Zubeida hat keine Ahnung; niemand hat ihr je etwas von Schwerkraft erzählt. Oder von Temperatur oder auch nur den primitivsten physikalischen Fakten. Irene denkt: *Keine Sorge, Kleines.*

Sie hakt sich mit einem Finger an einer Öse in der Wand fest und überlegt, wie sie das mit Ernst wiedergutmachen soll. Irgendwie hat sich das Leben in letzter Zeit zu einem ständigen Prozeß der Wiedergutmachung mit Ernst entwickelt. Sie zuckt zusammen, als sie an ihre Worte denkt: Schwein, *Nosferatu, Golem,* beschränkt, selbstgefällig. Böse Worte. Worte der Wut. Ihre Wut erschreckt sie. Sie denkt: *Meine teuren Waffen, meine teure Ausbildung, ich bin außergewöhnlich, ich sollte über so was stehen.*

Sie denkt beiläufig an ihre eigene Mutter.

Sie entsinnt sich, Ernst angeschrien zu haben, und es ist dann auf einmal nicht mehr so sicher. Während sie neben der wirbelnden Zubeida im Raum schwebt, beschleicht sie der Gedanke, daß das alles gar nicht passiert ist, daß ihre Wut ihr einen Streich gespielt hat, daß sie im letzten Moment alles zurückgehalten hat.

Sie hat nichts von alledem laut gesagt. Und das ist schockierend.

Sie denkt: *Meine teure Stellung, meine nach der Statistik seltene Ausbildung, mein Selbstvertrauen, meine gewöhnliche Kraft.*

Und ich habe trotzdem noch Angst.

Wovor?

Bei geringer Schwerkraft zu duschen ist, selbst bei starker Luftströmung, ein eigenwilliges Erlebnis. Das Wasser türmt sich träge um die Füße herum auf, und die Wellen reichen einem manchmal bis an die Schulter. Ernst genießt es. Er kommt aus der Kabine mit jener leichten Erektion, die die prickelnde Angst davor ihm immer beschert, und nimmt seine Atemmaske ab. Irene, die vor ihm drin war, sitzt mit überkreuzten Beinen nackt auf dem Luxuskabinenteppich. Sie lächelt ihm schläfrig zu, und sie umarmen sich. Irene, ebenfalls feucht von der Dusche, zart und verletzlich, wölbt den Rücken in der schwachen Gravitation. Sie ist sonderbar hilflos und schüchtern. Er spürt jenes Verlangen, dessen Heftigkeit ihn als Teenager immer erschreckt hat. Er war damals so sicher, daß er nie etwas damit anzufangen wissen würde. Ungewohnterweise zieht er sie auf sich — das kann er mit Irene sonst nicht machen —, und der zentrale Stern seines Geschlechts überstrahlt den Geschmack ihres Speichels, das Gefühl ihrer Brüste, die gegen ihn drücken, das Vergnügen an dem Muskelspiel unter ihrem fließenden Bauch. Als er in sie hineingeht, stößt sie einen Ton aus, den er von ihr nicht kennt, eine Art leise Klage, und schließt die Augen. Sie sagt: »Ich bin nicht sicher ...«

Sie sagt: »Nein, warte ...«

Dieses eine Mal kann er nicht. Der Raum verschwimmt. Sterne und Streifen. Als er aus dem Nebel kommt, entringt er sich die Worte: »Himmel! Tut mir leid. Tut mir schrecklich leid«, und steckt ihn wieder hinein. Er hatte nichts für ein längeres zweites Mal aufheben können. Er sagt: »Oje. Herrje noch mal. Verdammt! In einer Stunde?« Er hört ihre Stimme — »Nein, ist schon gut« — und schon ist sie von ihm weggeschwommen, quer durch das winzige Zimmer, wischt sich ab, steigt in ihre Kleider, verrenkt sich wie eine Akrobatin. Sie sagt: »Es ist archetypisch, Ernst. Wir sind gerade auf etwas Archetypisches gestoßen, das ist alles«, und ihr Tonfall ist unergründlich, so daß er auf die Worte festgenagelt ist, die keinen Sinn ergeben. Es sei denn, sie meint ihre Passivität, seine Eile.

Er kommt zu dem Schluß, daß sie es ihm zu gegebener Zeit sagen wird.

Er stellt sich vor, wie Irene die Segel streicht (obwohl man da eine neue Metapher braucht), die klassisch-komische Situation — was mache ich jetzt mit meinen

Genitalien? — und überlegt, ob er helfen sollte, als die Kabinentür aufknallt und Zubeida wie festgewurzelt stehenbleibt, aufkreischt und sich die Augen zuhält. Irene lacht — »Familienleben«, belehrt sie ihn — und wirft ihm seinen Slip rüber, den er anzieht. Zubeida, hübsch in ihrer blauen Hose und dem weißen T-Shirt, lugt durch die Finger.

Ungerührt sagt sie: »Wenn ihr beschäftigt seid, solltet ihr die Tür zuschließen.«

Dann läßt sie die Hände sinken und sagt: »So ist's schon besser, seht mal her«, und fängt an, mit den Füßen in der Luft auf den Händen zu laufen.

Ernst, der sich gerade die Haare trockenrubbelt, sagt: »Aha, das hast du also die ganze Zeit getrieben!«

Wichtigtuerisch sagt Zubeida, Kopf unten, Füße oben: »Die Bediensteten hier sind aufsässig und nehmen sich viel zuviel heraus. Mein Vater wüßte schon, wie er mit ihnen umzugehen hätte. Sie lassen mich nicht zu meinem Eichhörnchen. Sie ist im Gepäckraum. Ich habe heute den Steward angebrüllt, und da hat er mich doch tatsächlich gepackt und zur Tür rausgeschoben, stellt euch das vor! So eine Unverschämtheit! Morgen gehe ich in den schwerelosen Teil, um zu sehen, wie weit ich springen kann.«

»Die Stewards hier sind alle Dichter«, sagt Irene schroff, »vergiß das nicht. Behandle sie mit Respekt.«

Mit einem bösen Blick auf Irene unterbricht Zubeida: »Werde ich auf den neuen Welten auch so leicht sein, Onkel?«

Er schüttelt nachsichtig den Kopf.

Sie sagt: »Ich hab' ja nichts dagegen, ohne Schleier rumzulaufen — *ihretwegen* mußte ich ihn ausziehen« (wieder ein giftiger Blick auf Irene), »aber morgen ziehe ich meine alten Kleider wieder an. Niemand beachtet mich hier.« Schrill fügt sie hinzu, während sie wieder auf den Füßen landet: »Onkel? Onkel! Du hörst gar nicht zu!«

Er sagt: »Zubeida, wenn du mit dem Fuß aufstampfst, schießt du glatt durch die Decke. Ich muß mich rasieren. Setz dich also im Schneidersitz auf den Boden, hak die Zehen ineinander und hüpf leise herum, bis ich zurückkomme.«

Besänftigt kichert sie: »Rasieren!« Sie schneidet eine Grimasse. Sie schmiegt sich verführerisch an ihn, lacht und macht ihm schöne Augen, als würde sie ihren Schleier noch tragen. Sie flüstert: »Liebster Onkel!« Er setzt sie mit beiden Händen auf den Boden, wobei sie sich affektiert hin und her windet, und lauscht dann (aus der Badekabine) der nachfolgenden Unterhaltung, während er sich Enthaarer auf den Bart aufträgt.

Zuerst Irenes Stimme: »Zubeida, das ist eine Unwahrheit. Meinetwegen mußtest du mit deinem Schleier gar nichts machen.«

Dann klingt es nach einem kurzen Handgemenge, als würde Zubeida etwas nach Irene werfen oder sie schlagen, und danach Zubeidas Stimme, sehr schrill: »Du willst, daß ich häßlich bin!«

Irene sagt etwas in ruhigem, vernünftigem Ton, das er nicht verstehen kann.

Es entsteht eine Pause.

Dann: »Ich werde die eklige Sprache nie lernen!« kreischt Zubeida schrill. »Ich hasse sie! Sie ist häßlich, wie du! Ich will nicht wie du aufwachsen!«

Mit mehr Berechnung fügt sie hinzu: »*Du* bist nicht verheiratet. *Dich* würde keiner heiraten. Du mußt schwer arbeiten und diese fürchterlichen Dinge tun, weil du nicht verheiratet bist. Du hast meine Mutter absichtlich zurückgelassen, weil du ihren Platz einnehmen willst, aber das werde ich nicht zulassen. Und du hast mir erzählt, mein Vater haßt mich, aber das ist nicht wahr. Er hat meine Gedichte geliebt. Er hatte nur Angst um mich, das ist alles. Er hätte bestimmt nachgegeben. Und du hast mich weggelockt, du hast mich angelogen, du hast darauf bestanden, du hast mich gezwungen, du hast mich einfach weggenommen!«

Es hört sich wieder nach einem Handgemenge an, vielleicht Irene, der der Kragen platzt.

»Ich hasse dich!« schreit Zubeida mit aller Kraft, und als Ernst vom Rasieren hereinkommt, den Bart zur Hälfte abgesaugt, zur Hälfte noch stoppelig (der Enthaarer wirkt lockernd auf die Haarwurzeln), wirft sich ihm Zubeide vor die Knie.

»Ich will zurück!« brüllt sie. Ihr Gesicht ist vor Wut verzerrt. Er vermutet, daß nichts sie umstimmen kann, außer sich ihrer Meinung anzuschließen. Sie versucht, an seinen Knien zu rütteln. »Bring mich zurück!« Er will ihre Finger loskrallen, doch das kleine Mädchen ist zäh. Mit einem schrägen Blick auf Irene (die von dieser Szene nicht begeistert ist) schreit Zubeida: »Du läßt sie alles entscheiden! Du bist kein Mann! Du bist ein *Pantoffelheld!*«

Diese Charakterisierung läßt Ernst belustigt schmunzeln, scheint aber nicht die gleiche Wirkung auf Irene zu haben. Daher sagt er kurz angebunden: »Zubeida, hör auf«, und das Kind bricht todunglücklich in Tränen aus. Sie kippt um und schwebt über dem Boden, hält seine Füße dabei umklammert und schluchzt völlig aufgelöst: »Ach Onkel! Onkel!« und dann: »Es tut mir leid, Onkel, es tut mir leid.« Er bückt sich und hebt sie auf ihre Füße.

Über ihren Kopf hinweg sagt er zu Irene: »Könnte sie nicht eine Pause von dem Sprachunterricht bekommen?« und Irene schüttelt den Kopf. »Besser nicht«, sagt sie. Sanft schüttelt er Zubeida, die jeden Moment zusammenzuklappen droht. »Hast du gehört, mein Schatz? Sie hat recht. Du mußt lernen. Du wirst es bald brauchen.«

»Wenn sie mit den Stewards flirten will, braucht sie es sofort«, sagt Irene.

Er legt ihr den Zeigefinger unter das hübsche, winzige, schmutz- und tränenverschmierte Kinn. Zubeida hebt die triefenden Augen zu ihm auf. Sie ist schon mit zwölf eine Herzensbrecherin. Er sagt: »Irene hat recht. Geh mit ihr und tu, was sie dir sagt.«

Zubeida wirft ihm einen tiefen, tränenreichen, vielsagenden Blick zu. Sie erklärt: »Wenn *du* es willst, Onkel.« Sie stolziert an Irene vorbei, der es dabei natürlich in den Fingern juckt. Unwillkürlich ballt Irene die Hand zur Faust, und ebenso unwillkürlich läßt sie sie schnell hinter ihrem Rücken verschwinden. Eine überwältigende Vorstellung! Zubeida schreitet, ohne etwas zu merken, erhobenen Hauptes zur Tür.

Er sagt, die Stimme erhebend: »Zubeida, du hältst Irene für unangenehm, weil unangenehme Dinge immer dann passieren, wenn sie gerade da ist. Das kommt, weil sie diejenige ist, die dich vor Unannehmlichkeiten schützt. Ich spiele nur mit dir. Und bis du das begreifst, will ich, daß du ihr jederzeit gehorchst, ob es dir paßt oder nicht.«

Irenes Blick ist auf ihn gerichtet, Faust hinter dem Rücken. Langsam sagt sie: »Gewissen, ich möchte dir meinen Dank dafür aussprechen, daß du mir soviel Autorität überträgst. Ich hoffe, ich werde mich dieser Ehre würdig erweisen.«

Eine der immer wieder auftauchenden madigen Stellen in seiner Beziehung zu ihr. Sie kapselt sich ein. Sie wird sarkastisch. Er weiß, daß es ein Überbleibsel aus der alten Zeit ist, etwas Unselbstsicheres und Selbstvergeudendes. Er kann das, was er nicht weiß, nur respektieren und warten, tolerieren und warten. Es ist nicht das erste Mal. Sie wird es ihm zu gegebener Zeit sagen.

Sich vortastend, sagt er: »Sklodowska, schlag mich nicht!« doch der Spitzname sagt ihr nicht zu. Sie erwidert nur: »Ernst, ich weiß nicht, was ich ohne dich tun würde.«

»Du?« sagt er lachend, denn es ist einfach zu albern, Irene, die mangels Gesellschaft dahinsiecht. »Du? Du würdest sicher vor Einsamkeit sterben. Du würdest deinen Glauben verlieren, wie Othello. Du würdest schnurstracks zurück nach Hause gehen. Du würdest den Rest deines Lebens herumhängen und darüber nachdenken, was du verloren hast.«

Sie sagt: »Ja, das glaube ich auch«, und geht hinaus und schließt die Tür.

Segelschiffe, U-Boote, Flugzeuge, Raumschiffe: All diese Mittel zur Erforschung von Raum sind innen wie Ka'abah; Raum auf ihnen ist teuer. Ernst Neumann und Irene Waskiewicz, Privatpassagiere, für die irgend jemand im Hintergrund aufkommt, sitzen zusammen in dem winzigen Aufenthaltsraum und werden von blaßäugigen, unförmigen, haarigen Menschen bedient, ein weiterer interessanter Zweig der Menschheit, die sich so weit seitwärts ausgebreitet hat, so weit nach vorne in der Zeit, so weit zurück. Durch Vorhänge abgetrennte Sitzecken sind versetzt über den Innenraum einer Kugel verteilt, so daß jedem der Blick auf die Mitte des Raumes freisteht. Überall sind Spiegel, Hologrammlandschaften, auch ein Versuch in künstlicher Perspektive, wie in einem japanischen Garten. Das Schiff ist cetisch; nicht, daß dort jemand lebte, aber man hat eine Wachstation auf eine angemessene Umlaufbahn um das Gestirn geschickt, und die zehn Leute, die die Instrumente bedienen, haben Titelanspruch auf eine Menge Eigentum, das ihnen nicht gehört, ein Dienstleistungsarrangement, für das sie hoch bezahlt werden. Wie Ernst weiß, hat Irene, ungeduldig und zynisch, die ganze Angelegenheit schon vor langer Zeit zu den Akten gelegt. Doch er will irgendwann in den nächsten Jahren einen Anlauf machen, sie zu verstehen. Sie sitzen beide da mit Drinks in Kelchen, die keiner von beiden anrührt. Seit zwanzig Minuten ist Irene dabei, Zubeidas Zukunft zu skizzieren, etwas kribbelig, als wäre sie beunruhigt. Ernst schneit ins Gespräch hinein und wieder hinaus, lacht manchmal und bekundet sonstwie sein Gefallen daran. Zubeida wird einen Millionär heiraten. Sie wird ihm das Leben zur Hölle machen. Sie wird einen Salon unterhalten und schreiben. Und ihre Landestracht tragen. Und berühmt sein. Und »Zuby« genannt werden, was ihr verhaßt sein wird. Sie wird all das tun, wozu sie Lust hat, außer jemand anderen zu ficken, und er wird sie nicht loswerden können.

Irene sagt: »Siehst du, ich hab' alles geregelt. Ganz und gar viktorianisch.«

Ernst streckt sich entspannt aus. Irene bemerkt:

»Weißt du, Ernst, es ist sehr merkwürdig. Ich kenne gar keine Frauen.«

Ernst sagt abwesend: »Was?«

»Im Center«, sagt Irene, »im EC. Da ist die eine Sprachforscherin von insgesamt zwanzig. Und die Anthropologin, mit der wir vor Jahren alle zusammen im Kurs waren. Und dann natürlich die ganzen Stabsfrauen, du weißt doch, die, die dich tätowieren, deine Netzhautabdrücke nehmen, dir deinen Leitstab geben, die, die man immer im Hintergrund bei der Kleinarbeit sieht, aber keine Frauen.«

»Das sind doch eine ganze Menge Leute«, sagt Ernst gähnend, »oder?«

»Niemand von der Bande«, sagt sie. »Niemand wie ich.«

»Du bist einmalig.«

Er nimmt ihre Hand in seine und läßt sie dann wieder fallen. Er ist zu müde, um ihr den Hof zu machen.

Sie sagt: »Es tut mir leid, Ernst, ich bin schlecht gelaunt.«

»Sehnst du dich nach einem Zivilistendasein?«

Schroff sagt sie: »Manchmal bist du ganz schön blöd.«

Schnell fügt sie hinzu: »Entschuldigung. So hab' ich das nicht gemeint.«

Beide versinken in Schweigen. Er denkt wehmütig,

daß sie recht hat, er wird allmählich alt und blöde, sonst würde er sich Mühe geben, diese Dinge besser in den Griff zu bekommen, aber Ka'abah hat ihn völlig erschöpft, es war alles andere als ein Urlaub, und er möchte ein paar Tage lang nicht mit brenzligen Themen belästigt werden. Besonders nicht von einer Partnerin. Er denkt: *Alter ist selbstsüchtig.*

Sie sagt: »Verdammt noch mal, Ernst, wir kennen keine Menschenseele außerhalb der Bande. Wir wissen nicht, wer uns eigentlich bezahlt, wir wissen nicht, wie sich unsere Arbeit auswirkt, Menschenskind, in der Hälfte der Fälle wissen wir nicht einmal, worin die Arbeit besteht.«

Aus der Ruhe gebracht, sagt er: »Nein, Irene, das ist zu ...«

Sie dreht sich jäh in ihrem Sitz um. »Nein, das ist es nicht. Wir kennen Namen, stimmt's? Du weißt zum Beispiel den Namen deiner Bank. Weißt du etwas über ihre Investitionen? Wir kennen eine Geschichte; ist sie wirklich passiert? Wo findet man das heraus? In Museen? Woran können wir erkennen, ob ein Kunsterzeugnis gefälscht ist? Wir kennen die Theorie von den möglichen Welten — ja, in volkstümlicher Form, das heißt in gar keiner Form, weil wir nämlich weder in der Lage sind, die ganzen Apparaturen zu bedienen noch einen Kurs zu berechnen.«

Er sagt: »Kopernikus, die Welt löst sich nach allen Seiten in Geheimnis auf. Willst du daran etwas ändern?«

Sie sagt: »Du klingst ...« und dann, die Hände im Schoß zusammengelegt und nach unten starrend: »Du klingst heute sehr konservativ. Ist das Absicht?«

Er sagt sanft: »Ja, das ist es. Ich frage mich allmählich, ob es weise ist, Kulturen oder gar das Leben von Menschen neu zu gestalten. Von diesem kleinen Mädchen zum Beispiel.«

Er sieht, wie sie zu ihm aufblickt, die Augen undurchdringlich, den Kopf zur Seite geneigt. Verbissen fährt er fort: »Damit meine ich natürlich nicht, man sollte sie dort lassen. Schlag mich nicht für nichts und wieder nichts. Erlaube, daß ich mich erst selbst aufhänge. Du weißt, ich würde jeden retten, wenn ich es könnte. Aber du mußt der Tatsache ins Auge sehen, daß sie aus ihrer Sprache, aus ihrer Kultur herausgerissen ist. Wir wird sie sich zurechtfinden, nachdem sie ihr ganzes Leben lang in einem Zimmer zugebracht hat? Dann ist da noch die Freudsche Angelegenheit. Ich meine, es gefällt mir gar nicht, wie sie mit den kulturellen Zwängen umgeht, von denen sie plötzlich befreit ist. Dieses kleine Mädchen könnte sich in einen Tiefseefisch verwandeln und uns allen um die Ohren fliegen, ehe wir sie wieder in irgendeinen Behälter hineinbekommen. Und am wenigsten gefällt mir, was mich am meisten überrqascht: daß sie dich aufrichtig haßt. Dieses Kind haßt dich, das weißt du genau.«

Irene läßt den Kopf sinken. Ihr Blick ist starr in ihren Schoß gerichtet, auf die gefalteten Hände. Leise sagt sie: »Ja, ich weiß.«

Er wartet ab, ob sie weiterspricht, aber sie fährt nicht fort. So fügt er nachdenklich hinzu: »Weißt du, Irenee, ich war an zu vielen Orten, glaube ich, zu viele, die einander glichen, aber nicht ganz, zu viele Situationen, die sich überschnitten, aber nicht ganz, neue Regeln, neue Sprachen, ständig Veränderungen. Es ist wie eine Überdosis. Du mußt mich also richtig verstehen, wenn ich sage, daß es etwas für sich hat, an einem Ort zu bleiben. Wir haben das Kind jetzt und können es nicht rückgängig machen, aber sei nicht zu optimistisch. Man kann die Dinge nicht völlig zerschlagen und neu gestalten, Menschen nicht so von Grund auf entwurzeln, nicht ihre Erwartungen, nicht ihre Herzen, weißt du.«

Sie sagt, mit einer merkwürdigen Anwandlung: »Hast du vor, ein achtbarer Bürger zu werden, Ernst? Seßhaft zu werden und Bienen zu züchten?«

Der unterschwellige Spott in ihrer Bemerkung gefällt ihm nicht. Er sagt: »Ich bin müde.«

Er fühlt, wie sie seine Hände ergreift. Irene sagt: »So plötzlich? Ich glaube nicht. Ernst, dir ist was auf den Magen geschlagen.«

Sie lächelt und hält seine Hände fest. Er denkt: *Also, ab und zu hab' ich auch mal das Recht, ein sturer Bock zu sein.* Ihr Griff lockert sich. Sie lächelt jetzt nicht mehr, als sie sagt: »Wahrscheinlich sind wir nicht ganz bei uns.«

»Die Nachwirkungen von Ka'abah«, sagt er. Und da er das Gefühl hat, daß er wirklich darauf antworten sollte, macht er eine seiner Hände frei und legt sie tröstend auf ihre. In ihrem Antlitz spiegelt sich schwach Zubeidas unglücklicher Gesichtsausdruck wider, als diese »Onkel! Ach Onkel!« ausrief. Es überrascht ihn. Er denkt nicht ausdrücklich: *Dies ist nicht die geeignete Frau für meine Nachfolge,* aber alles mögliche schießt ihm durch den Kopf. *Sind Frauen* — und *Nein, Frauen* —, Gedanken, mit denen er — das weiß er — Irene in den Rükken fällt. Dann belastet und bedrückt es ihn mitfühlend, sie so unglücklich zu sehen. Er tätschelt ihre Hand.

Sie sagt: »Ernst, es tut mir leid«, und er, aus tiefem Herzen: »Irenee, du brauchst dich doch bei mir nicht zu entschuldigen.«

Durch einen würdevollen Tränenschleier hindurch sagt der Schrecken der Bande: »Ja, ich weiß, tut mir leid. Tut mir leid. Tut mir leid. Ich weiß. Tut mir leid.«

Schnellpendeltransporter haben Wassertanks, Häuser haben Betten, Kabinen auf Dampfern haben Teppiche oder Brücken und Gurte, um zu verhindern, daß Schläfer über die spinnenbeinigen Möbel fallen. Bei geringer Schwerkraft kann man überall schlafen. Irene hat nebenan einen Rufknopf für Zubeida anbringen lassen, für den Fall, daß sie Angst hat. Normalerweise lassen sie die Verbindungstür auf, aber sie schlägt des öfteren von selbst zu, und wenn das passiert, schreit Zubeida. Irene sieht einer friedlichen Nacht entgegen, da Zubeida den kleinen Freund, den sie gefunden hat, bei sich hat, einen Sechsjährigen namens Michael, sofern natürlich Michael nicht auf den Knopf drückt. Michael reist allein zwischen Elternpaaren, ein großäugiger, scheinbar selbstbeherrschter kleiner Junge, der vorübergehend Opfer irgendeiner häuslichen Notlage geworden ist, die er nicht erklären kann. Wenn Irene ihn danach fragt, starrt er sie nur an. Manchmal sagt er ihr seinen Namen und seine Adresse. Manchmal läßt er sich lange und zögernd über Che, Mischkatel, der ein Hase ist, und andere Leute aus, in der Annahme, Irene kenne sie alle. Einmal hat er gesagt: »Ich habe einen Hund«, und hat vor sich hin gestarrt, bis Zubeida ihn weggezogen hat. Die Kommunikation zwischen Michael und Zubeida ist noch sehr primitiv. Sie verwendet Gesten, sie schubst ihn, sie tyrannisiert ihn.

Irene wacht auf, ohne zu wissen, wovon. Als Seele wieder in Körper schlüpft, tritt ein fremdes Kindergesicht in ihr Blickfeld, wie ein Babymond. Ernst auf der anderen Seite ist wach; sie spürt, wie er sich bewegt. Michael hat Angst vor Ernst, vielleicht weil Ernst so groß ist, und Irene regelt, was mit dem Kleinen zu regeln ist, meistens allein. Michael zieht kräftig an ihrer Pyjamajacke, sein merkwürdiges kleines Gesicht ohne Ausdruck, seine runde Brille schief auf der Nase. In seiner schrulligen, rauhen, für einen Sechsjährigen so tiefen Stimme sagt er: »Es ist Zuby.«

Irene kommt zu dem Schluß, daß das Gesicht des Kindes deshalb so merkwürdig ist, weil es keinen Ausdruck hat. »Was?« sagt sie.

»Zuby«, wiederholt Michael, und dann reißt ihn etwas oder jemand außerhalb ihres Blickfelds zurück. Sie hörte einen erstickten Grunzlaut und einen Piepser. Sie läßt sich einen Augenblick Zeit zum Aufwachen. Ernst scheint zu schlafen, doch sie weiß, daß der leiseste Grund zur Besorgnis ihn schneller auf die Beine bringt als sie. Sie sagt: »Es sind die Kinder, bleib ruhig liegen«, und läßt den Gurt um ihre Taille aufschnappen. Von nebenan ertönt ein steter, dumpfer Klopfton, vermischt mit einem Gemurmel, als spräche jemand leise. Die Verbindungstür ist geschlossen. Ob Zubeida sich umzubringen versucht, indem sie mit dem Kopf gegen eine Schotte rennt? Sie legt die Hand auf den Türgriff und findet ihn gesperrt. Geräuschlos löst sie die Sperrung, um keins der Kinder zu erschrecken. Die zweite Kabine ist noch winziger als die erste, und das Licht ist gedämpft worden. Irene überprüft den Raum (wie immer) zuerst auf Ein- und Ausgänge, Verstecke, irgendwelche auffallenden Abweichungen. Dann sieht sie die Kinder.

Dann sieht sie, was die Kinder treiben.

Zubeida, in ihrem prächtigen Ka'abitengewand, glitzert exquisit und filmreif, eine orientalische Fee in der höhlenhaften Dunkelheit des Raums, ganz aus träge fließender Gaze und Juwelengefunkel. Sie hat den kleinen Michael mit dem Rücken gegen eine Schotte gedrängt und erklärt ihm mit gurrendem, vorwurfsvollem Ton, daß er ungezogen gewesen sei und dafür bestraft werden müsse. Michaels Hosen sind heruntergezogen und hängen ihm hinderlich um die Knie, während Zubeida den kleinen Jungen an seinem schlaffen Penis zieht. Hin und wieder versucht Michael, der die Schultern hochgezogen hat, seine Geschlechtsteile mit den Händen zu schützen, und dann schlägt ihm Zubeida jedesmal die Hände barsch weg und versetzt ihm einen Stoß, so daß seine Hände und sein Kopf gegen die Wand knallen. Ihre Armbänder klirren.

Noch bevor Zubeida Irene hört oder sieht, erspäht Michael sie. Er versucht, seitlich an der Wand entlang zu entwischen, doch Zubeida reißt ihn mit einem Ruck zurück. Einen Moment lang versteifen sich ihre Arme und Rückenmuskeln. Dann dreht sich das clevere Mädchen unter dem Gerassel ihrer Ornamente blitzartig um und starrt Irene an. Ihr Gesichtsausdruck ist häßlich. Sie fängt an zu brüllen, ihre Stimme wird immer schriller: »Geh raus! Geh raus! Geh *raus!*« Mit einer Hand schiebt Irene den Kleinen hinter sich; mit der anderen ohrfeigt sie Zubeida, die in der schwachen Gravitation herumwirbelt und sich in ihrem Ka'abitenkleid verfängt. Zubeida klammert sich am Türgriff fest und hebt ein entsetzliches Gebrüll an. Ihr Körper zuckt in einem Tobsuchtsanfall, wobei sie sich manchmal auf dem Teppich wälzt, manchmal daneben, manchmal in der leeren Luft wild um sich schlägt. Sie versucht, an Irene heranzukommen, kann sich aber unter den gegebenen Schwereverhältnissen nicht im Gleichgewicht halten, so daß sie ins Nichts hackt. Sie schreit ununterbrochen.

Irene hebt den zitternden kleinen Jungen auf den Arm, der ihr heiser und kitzelnd ins Ohr kräht: »Mir ist komisch.«

Unter Zubeidas Gezeter fragt sie ihn: »Weißt du, wie man die Kabine benutzt?«

»Ja«, sagt er. Sie setzt ihn also ab, und während er vorbeihoppelt, schnappt sie sich einen Armvoll tobender Zwölfjähriger, die nach ihrem Gesicht hackt und ihr mit spitzen Zähnen den Arm blutig beißt. Zubeida kreischt und macht sich in Irenes Armen steif. Sie zuckt von Kopf bis Fuß. Irene umschlingt sie in einer Bärenumklammerung und schüttelt sie heftig. Zubeidas Zähne klappern, und sie brüllt das Ende eines Wortes in ka'abisch immer und immer wieder, als würde es aus ihr herausgerüttelt. Dann erlahmt sie. Sie fängt an, normal zu weinen. Irene setzt sie auf einem kleinen Stück Teppich ab, das eigentlich für ein Kissen bestimmt ist, aber gerade Zubeidas Größe hat. Mehrere von Zubeidas Glasarmbändern sind zerschmettert worden und schweben jetzt in Stücken über dem Boden, ihre Weiß-und-Gold-Tracht ist arg zerfetzt, und sie blutet an einem Ohr, wo ihr Ohrring sich in irgend etwas verfangen hat und zur Hälfte herausgerissen wurde. »Ich bin böse, ich bin böse, ich bin böse!« ruft sie aus und schlägt sich kraftlos mit den Fäusten.

Michael kommt mit hochgezogenen Hosen aus der Kabine heraus, und Zubeida wendet das Gesicht ab; Tränen quillen unter den geschlossenen Lidern hervor. Irene nimmt den kleinen Jungen an der Hand und führt ihn zur Tür, wo sie gedämpft sagt: »Ernst, Zubeida hat ihm übel mitgespielt.« Neumann wird es hören und sich um ihn kümmern.

Sie geht zu dem kleinen Mädchen zurück, das sich mit verdecktem Gesicht auf dem Teppich zusammengerollt hat. Unter ihren Armen heraus stößt Zubeida schnell hervor:

»Ich weiß! Ich war böse!«

Irene sagt: »Du warst böse, weil du ihm Angst gemacht und ihm weh getan hast. Wenn dich ein anderes Kind anfassen oder von dir angefaßt werden will, ist das völlig in Ordnung, solange es freundlich und nicht böse gemeint ist.«

Zubeida brummelt etwas Unverständliches. Sie streckt sich aus, so daß sie Irene sehen kann, und ihr Unterkiefer zittert. Sie sagt: »Also?«

»Also was?«

»Du weißt schon.«

»Nein, ich weiß nicht«, sagt Irene.

»Wann wirst du ... wirst du ...«, und das Kind bricht in Tränen aus und ruft: »Schick mich nicht zurück! Tu's nicht! Tu's nicht! Ich werde sterben!« Sie windet sich hin und her und schlägt mit der Stirn auf den Teppich.

»Aber wir können dich doch gar nicht zurückschikken!« sagt Irene. Zubeida hält mitten im Schlag inne. »Was?«

Irene wiederholt: »Wir können dich nicht zurückschicken«, und fügt hinzu: »Wir sind gesetzlich nicht berechtigt, dich zurückzuschicken. Ich will es gar nicht, aber selbst wenn ich wollte, könnte ich es nicht. Auf deinem Visum steht, daß wir dich an die Trans-Temporal-Behörde ausliefern müssen, an einem Ort, der Center heißt, und wenn wir es nicht täten, täten wir etwas sehr Ungesetzliches. Wenn wir in Center ankommen, wirst du nicht mehr mit uns leben, aber wir werden dich ab und zu besuchen. Und wenn du erst einmal da bist, kannst du Asyl beantragen; das bedeutet, daß niemand dich behelligen kann, bis du eine erwachsene Frau bist. Und dann kann dich natürlich niemand gegen deinen Willen irgendwo hinschicken.«

Zubeida stützt sich auf einen Ellbogen, mit offenem Mund. »*Wirklich?*«

»Ja«, sagt Irene etwas brüsk, »und frag mich nicht, warum wir dir das nicht früher erzählt haben. Wir *haben* es dir gesagt, nur hast du nicht zugehört.«

Zubeida läßt sich auf ihre Schlafmatte zurücksinken, halb liegend, halb gegen die Wand gelehnt. Sie sieht nicht Irene an, sondern etwas Unsichtbares, das in geringer Entfernung vor ihr hängt. Dann fixiert sich ihr Blick auf Irene, und sie sagt:

»Kommt *er* mich auch besuchen?«

»Natürlich.«

»Das will ich nicht«, sagt Zubeida gefaßt.

»Ich dachte, du magst ihn.«

»Tu ich auch«, sagt Zubeida sanft und wendet das Gesicht ab. »Aber ich bin mit dem ganzen Kram fertig.«

Irene unterdrückt ein Lächeln.

Ernst sagt Zubeida: »Liebe ist nichts«, und steckt dabei verspielt ihre Finger durch einen Riß in ihrem Kleid. Sie blickt auf ihren Schoß. Sie faltet die Hände im Schoß und sagt: »Nein, ich bin fertig damit. Es ist wie im Spiel des Bäckers, wo die Dame sagt, sie brauche Liebe so sehr, daß die Liebe ihr Gesetz geworden sei. Ich will nicht so sein.«

Einen Moment lang schweigt sie. Dann sagt sie schmerzlich: »Ich habe beschlossen, Onkel Ernst nicht zu heiraten. Ich empfinde zuviel für ihn. Ich spüre, daß er ein Gott ist. Wenn ihm also irgend etwas, was ich tue, nicht gefällt, muß ich damit aufhören. Ich weiß, daß es ihm mißfällt, und ich kann nicht weitermachen, ich kann einfach nicht. Weil ich ihn so sehr brauche, verstehst du, und wenn ich ihn verlieren würde, hätte ich niemanden mehr.«

»Es gibt immer jemand anderen«, sagt Irene trocken. »Hör auf, so romantisch zu sein.«

»Das bin ich nicht«, sagt Zubeida schlicht. »Es ist einfach gesunder Menschenverstand. Warum sollte er mich mögen? Tut doch auch sonst niemand. Aber viele Frauen müssen ihn mögen.«

Irene streicht dem kleinen Mädchen die Haare aus dem Gesicht zurück. »Versuch, dich gegen ihn zu behaupten und deinen Willen durchzusetzen.«

Zubeida schüttelt den Kopf. »Sie können ohne uns auskommen«, sagt sie. »Onkel weiß das. Wenn er mir seine Mißbilligung zeigen will, wird er einfach ganz still. Damit demonstriert er, daß er seine Liebe entziehen kann. Er muß sich gar nicht auf einen Streit einlassen.« Und traurig fügt sie hinzu: »Darum habe ich Michael immer mit mir rumgeschleppt, weil er so klein und verlassen ist, daß er mich braucht. Ich dachte, er könnte ohne mich nicht auskommen.« Ihr Gesicht zuckt. »Und jetzt will er bestimmt nie wieder etwas mit mir zu tun haben.«

»Allerdings nicht«, sagt Irene. »Und fang du bloß nicht an, dir oder ihm das Leben schwerzumachen oder sauer zu sein, weil er nicht mit dir spielen will. Und wenn du wieder mal so wütend wirst, komm zu mir, und dann kannst du mich schlagen, soviel du willst; ich kann mich verteidigen. Aber wenn du irgend jemand anderem etwas Böses antust, dann kann ich dich zwar nicht zurückschicken, aber verlaß dich drauf, ich *kann* dich verprügeln, bis du Sternchen siehst, und werde es auch tun. Jetzt zieh dein Kleid aus und schwing dich in deinen Schlafanzug.«

Zubeida windet sich aus ihrem Gewand und faltet die erlesenen Stoffe ordentlich zusammen, mit einer Sorgfalt und Geschicklichkeit, die Irene verblüffen. Sie vermutet, daß es dem kleinen Mädchen antrainiert worden ist und daß sie im Flicken und Waschen (was das Kleid dringend nötig hat) sogar jeden erwachsenen Menschen außerhalb von Ka'abah schlägt. Zubeida verstaut ihr Kleid sorgsam in der Truhe, wobei sie es mit der Hand glättet, und schlüpft dann in ihren Schlafanzug.

Sie kuschelt sich betrübt auf den kleinen Teppich, weint ein bißchen und sagt: »Ich kann nicht schlafen. Ich bin nicht zugedeckt.«

»Stell dich nicht an«, sagt Irene. »Ich bleibe heute nacht hier«, und sie geht die Tür schließen. Im hellen Licht des anderen Zimmers sitzt Gewissen Neumann mit überkreuzten Beinen wie ein Bär in einer Höhle und döst. Michael liegt wie betäubt in seinen großen Händen gebettet, in tiefem Schlaf und geräuschvoll atmend. Seine Brille ist abgenommen, und er ist in eine Decke gewickelt. Sie findet, daß ihr Gewissen eine prächtige Madonna abgibt, und schließt mit einem Gefühl, das sie als Neid erkennt, die Tür. *Ich bin zu alt für einen Papi.*

Zubeida schläft schon halb. Irene denkt flüchtig: *Armer kleiner Kerl.* Sie gleitet zur Badekabine, um zu sehen, welchen Streich der zu Tode erschreckte Körper des kleinen Jungen ihm wohl gespielt haben mag. Hat er gepinkelt? Sich übergeben? Auf den Boden gekackt? Aber was er auch getan haben mag, es ist weg. In der Kabine ist nichts aufzuwischen. Irene geht ins Zimmer zurück, um sich neben Zubeida anzuschnallen, doch Zubeidas Augen sind geöffnet.

Sie sagt: »Irene, ich will dir einen Gutenachtkuß geben«, und Irene beugt sich gehorsam hinunter, um eine lebende Kette aus Armen und einen Schmatzer auf die Wange entgegenzunehmen. Sie legt die Arme um das warme, duftende kleine Mädchen.

Zubeida sagt: »Willst du meine Mama sein?« und als

Irene überrascht zurückfährt: »Du brauchst nicht sofort zu antworten.« Sie fügt hinzu: »Denk ruhig darüber nach«, und gräbt sich in ihren Teppich ein. Sie sagt: »Ich will ein Laken.« Irene holt eins aus dem Wandschrank und schnallt es über ihr fest. Behaglich seufzt sie: »Ah, *das* ist gut«, und gähnt. »Irenee?« fragt sie.

»Ja?« Irene läßt den Gurt um ihre Taille schnappen.

Zubeida sagt sanft: »Irenee, warum hast du gesagt, ich soll mich gegen ihn behaupten?«

»Weil du das tun solltest«, sagt Irene, während sie über sich greift, um den Weckruf neu einzustellen. »Jeder Mensch sollte sich gegen jeden Menschen behaupten.«

»Aber *du* tust es doch auch nicht«, sagt Zubeida und zappelt unter dem Laken hin und her, wodurch sie auf und ab federt wie unter einer Trommelbespannung. »Du tust es nicht wirklich. Du gibst immer nach.«

Irene setzt zu einer Antwort an, aber das kleine Mädchen schläft schon fest.

Ein Bett ist eine Insel. Ein Teppichflecken groß genug für zwei ist eine Insel. Irene taucht aus dem unruhigen Schlaf halber Schwerelosigkeit auf, um an ihrem Kollegen herumzuspielen. Sie murmelt etwas Unverständliches und versucht, die Hand nach ihm auszustrecken, verliert aber nur das Gleichgewicht und stößt gegen ihn, was sie aufweckt.

»Was gibt's denn?« fragt er.

Schläfrig sagt sie: »Ernst, komm, wir ... wir ... Ernst, komm, wir jagen die Welt in die Luft.«

Am nächsten Tag im Aufenthaltsraum sagt sie zu ihm, und es klingt ihr selbst spröde in den Ohren:

»Zuby sagt, ich gebe immer nach. Daher werde ich diesmal nicht nachgeben.«

Er wirkt durchaus aufmerksam. Sein Drink ruht nachlässig in seiner großen Hand, als wäre das Glas der kleine Michael. Dann schweift sein Blick allmählich über die imitierten Felsen und die angestrahlten Kaskaden des Aufenthaltsraums. Irgendwie sieht er sie nicht mehr an.

Sie sagt: »Ich habe solche Räumlichkeiten schon immer bis zur Aggressivität langweilig gefunden. Ernst, du hörst mir nicht zu. Du kannst es hier unmöglich so interessant finden.«

Sie denkt: *Wie oft habe ich schon zu dir gesagt: »Du hörst nicht zu?«*

Er bittet um Entschuldigung.

Sie sagt schroff: »Vielleicht ist meine Stimme nicht laut genug, um deine Aufmerksamkeit zu erregen.«

Wie oft habe ich schon »es tut mir leid« gesagt?

»Tut mir leid«, sagt sie schließlich. Sein Blick kehrt zu ihr zurück. Dann legt Ernst eine Hand über ihre und erklärt: »Irene, du brauchst dich bei mir nicht zu entschuldigen.«

»Ich will mich bei dir nicht entschuldigen«, fällt sie ihm fast ins Wort. »Ich will, daß du mir zuhörst. Das ist keine Gefälligkeit.«

Er stellt seinen Drink auf die Abstellehne des Stuhls, breitet die Hände hilflos aus und sagt: »Bitte sehr, ich höre!«

Jedes Wort betonend, sagt sie: »Ich habe es dir schon gesagt. Zuby hat mir vorgeworfen, daß ich immer nachgebe. Aber diesmal werde ich es nicht.«

Er sagt: »In Ordnung. Was soll ich mir anhören?«

Verzweifelt sagt sie: »Daß ich nicht nachgeben werde.«

Er nickt. Er sitzt erwartungsvoll da. Das Schweigen zieht sich hin. Sie weiß auf einmal nicht mehr, was sie eigentlich sagen wollte. Möglicherweise ist das, was er sich anhören sollte, in dem Streit übers Zuhören verlorengegangen. Sie kommt also verbissen darauf zurück.

»Ich sollte nicht darum zu bitten brauchen, daß man mir zuhört«, sagt sie. »Das ist grotesk.«

Er stimmt ihr höflich zu. »Absolut nicht. Und ganz selbstverständlich brauchst du das nicht, denn ich höre ja zu.«

Wut. Niederlage. Angst. Irgend etwas steigt in ihr hoch. Sie überlegt, ob es eine Wiederholungssituation ist, etwas aus ihrem früheren Leben. Es kann mit ihm nichts zu tun haben. Sie weiß, daß sie ihn durch eine Art Zerrspiegel wahrnimmt, daß es ihm gegenüber nicht fair ist und daß sie jetzt nichts anführen kann, was diesen ganzen Zirkus rechtfertigen würde. Sie versucht, sich zu erinnern, womit sie angefangen hat, doch es gelingt ihr nicht, und sie bemerkt dann, daß Ernst sein Glas aufgenommen hat und sich wieder im Raum umsieht. Erbittert steht sie auf und reißt den Vorhang auf.

Sanftmütig fragt er: »Wo gehst du hin?«

Sie sagt nur: »Du benimmst dich wie ein Ka'abite.«

Er lächelt. »Aber Sklodowska, ich habe nicht die Absicht, dich ans Bett zu ketten und dir einen Schleier umzuhängen.«

Sie gibt keine Antwort. Sie würde ihm für ihr Leben gern den Drink aus der Hand schlagen, aber bei geringer Gravitation gibt das nicht nur eine Schweinerei, sondern ist auch unbefriedigend, wie wenn man mit Luftballons Golf spielt. Schroff sagt sie: »Ich gehe, das ist alles«, und rupft wild an dem Vorhang herum, in der (absurden) Hoffnung, den Mechanismus kaputtzumachen. Sie denkt: *Mein Gott, ich bin ein Idiot, er hat doch gar nichts Unrechtes getan,* und überlegt, ob sie sich aus Rache an Bord nicht einen Liebhaber suchen sollte, aber sie kann sich nicht vorstellen, irgend jemanden anzurühren, der nicht wie Ernst aussieht. Schon beim bloßen Gedanken muß sie schaudern. Sie schwingt sich in langen, gleitenden Zügen geistesabwesend durch die Gänge, sich von einem Handgriff zum anderen schiebend, und überlegt, wo sie hingehen soll. Ob Zuby wieder in der Turnhalle ist? Die Stewards belästigt? Oder Jasemin besucht? Oder in voller Aufmachung im Speisesaal auf und ab stolziert und sich von den anderen Passagieren begaffen läßt?

Sie denkt: *Wo habe ich versagt?*

Dann denkt sie: *Und worin?*

Zubeida hängt an den Knien von einem Barren in der Turnhalle herunter, ihr T-Shirt unter den schmalen Ärmchen zusammengerafft, und erzählt:

»Ja, Papa hat oft rumgebrüllt. Man konnte ihm ansehen, wenn er wütend war. Aber Nur ed-Din nicht. Er hat nur weggesehen, bis ich aufgehört habe. Er hat nicht mal mit mir gesprochen, bis ich aufgehört habe. Ich meine, aufgehört mit dem, was ihn gestört hat. So sollte ein älterer Bruder einem Disziplin beibringen. Er hat mich nie geschlagen, weißt du.«

Sie richtet sich in der geringen Schwerkraft wie eine Schlange auf und sagt streng: »Ehemänner schlagen ihre Frauen nicht. Das ist albern und barbarisch. So was denken Ausländer von Ka'abah.«

Sie fügt hinzu: »Eigentlich unterscheiden wir uns gar nicht so sehr von anderen Orten, weißt du.«

Sie weiß, daß Ernst oft wie ein Spiegel ihre eigene Unsicherheit oder ihr mangelndes Selbstvertrauen auf sie zurückwirft — wie es Partner tun —, und sie beschließt daher, energisch und unmißverständlich zu sein. Diesmal hat sie einen Plan. Sie sagt: »Ernst, ich habe einen Entschluß gefaßt. Ich will an die Trans-Temp-Datei ran. An die Daten der Bande.«

Er lacht vergnügt. »Kopernikus!«

»Ich meine es ernst«, sagt sie. »Ich habe so viele Schlösser geknackt und mit so vielen Maschinen gespielt, daß ich inzwischen dazu in der Lage sein müßte. Und ich will, daß du mir dabei hilfst.«

Er schweigt.

»Was ich wirklich will«, sagt sie und zählt es dabei pedantisch an ihren Fingern auf, »ist erstens, einen Weg finden, um Ka'abah zu zerschmettern. Und erzähl mir nicht, sie werden die dritte Generation nicht überdauern; die Banken werden dafür sorgen, daß sie nicht scheitern. Zweitens will ich den wirklichen Zweck der Bande herausfinden. Drittens, wenn wir wieder auf der Erde sind ...«

Er unterbricht: »Du machst Witze!«

Schnell sagt sie, ihre eigene Entschlossenheit mindernd: »Mach dich nicht über mich lustig!«

Er sagt: »Das tue ich nicht, Irene.«

Sie fährt unbeirrt fort und erholt sich allmählich wieder: »Und sag mir nicht, ich sei unrealistisch oder unreif. Wo ich herkomme, sind das Reizworte. Mir gefällt Ka'abah nicht, und mir gefällt auch mein Zuhause nicht, und ich will in beiden Fällen etwas dagegen unternehmen.«

Er sagt langsam: »Aber du weißt doch, daß es überall schlimm ist, Irene.«

»Dann werden wir überall etwas dagegen unternehmen müssen.«

»Es ist ein sehr, sehr großes Unterfangen.«

»Wir sind angeblich sehr, sehr fähige Leute.«

Er zuckt mit den Achseln. Sie sitzen wieder im Aufenthaltsraum, in jenem frühen Teil des künstlichen Tages, der »Morgen« genannt wird. Zubeida ist frühstükken gegangen. Wenn Menschen in einem Zelt sitzen und kaum genügend Platz für ihre Ellbogen haben, ergeben sich zwangsläufig Spannungen.

Sie sagt unvermittelt, wieder ihren Beschluß untergrabend: »Ernst, weiche nicht schon wieder aus.«

Er hebt die Augenbrauen höflich.

Sie sagt und kann nicht verhindern, daß ihre Stimme bricht: »Ernst, du bedeutest mir sehr viel, wirklich.«

Er lächelt, etwas abwesend.

»Nein, sag mir«, fährt sie fort, »sag mir doch, wozu machen wir das hier? Wozu sind wir überhaupt dabei? Es ändert doch absolut nichts.«

Er sagt: »Lady Lovelace, fängst du jetzt an zu weinen?«

Sie starrt ihn an. *Was?* Die Abschweifung trifft sie. Wie eine kalte Dusche. *Was will er damit bezwecken?* Sie verharrt in Schweigen, während Ernst fortfährt, TransTemp habe ihnen ihre Arbeit erst ermöglicht, das dürfe sie nicht vergessen. Niemand könne den Zweck einer so großen Organisation völlig durchschauen.

Schweigen. Irene staunt.

In unbeschwertem Ton sagt er: »Also, was mich betrifft, mir gefällt mein Job. Er läßt mich davon träumen, bald in den Ruhestand zu treten und Bienen zu züchten. Und mich ganz besonders um die Bienenkönigin zu kümmern. Und dein Job läßt dich kleine Mädchen retten, die Dichterinnen werden wollen.«

»Aber nicht die Mutter«, sagt Irene.

»Tja, meine Allerteuerste«, fährt er in demselben bewußt beschwingten Ton fort, »alle können wir schließlich nicht retten. Überleg doch mal! Alle Rebellen, alle Flüchtlinge? Kein Planet könnte sie alle fassen. Das ganze Universum würde sie nicht fassen.«

»Dann zum Teufel mit dem Universum!«

Wieder Schweigen. Eine Verlegenheit, die sich hinzieht. Sie ist nicht sicher, ob es ihre oder seine ist, aber auf jeden Fall gefällt ihr, was sie gesagt hat. Dann spürt sie eine Hand auf ihrer Schulter. Anscheinend versucht Ernst, liebevoll zu sein. Er tätschelt sie sanft. Er sagt: »Darf ich etwas sagen?«

Sie antwortet nicht.

Er sagt: »Du machst es mir schwer, wenn ich nichts unrealistisch nennen darf, Irene. Aber ich muß sagen: Ka'bah hat dich verärgert. Ich als Freund kann das beurteilen. Und denk an deine Familie ...«

Sie schreit: »Familie! Was, zum Teufel, hat das mit meiner Familie zu tun? Glaubst du vielleicht, alles wäre Rose und Casimir?«

Sie sieht, daß ihr Ausbruch ihn verärgert hat, und

denkt: *Ich werde es nicht sagen. Tut mir leid, tut mir leid, tut mir leid, wie oft tut es mir leid.*

»Du schreist«, sagt er.

Sie erwidert: »Das ist die Lüge, die mir mein Leben lang aufgetischt wurde!« Sie fügt hinzu: »Ich darf also poetische kleine Mädchen retten. Und was ist mit den unpoetischen? Was ist mit ihren Cousinen und ihren Schwestern und ihren Tanten?«

Ernst hat eine Hand um die andere geschlungen; er ist ernsthaft besorgt. Sie denkt, daß er allmählich auch taub werden muß. Sie fragt sich, ob seine nächste Äußerung wohl den Beweis dafür bringen wird, und siehe da, er sagt ruhig: »Jeder wird auf seine eigene Art mit dem Leben fertig, Irene.«

Dunja. Zumurrud. Ja.

Er beeilt sich hinzuzufügen, um in ihr nicht den Eindruck zu erwecken, er habe seine Sensibilität für die Gefühle anderer völlig verloren: »Ich meine natürlich nicht die Irre. Aber andere, geistig normale Leute.«

Wie meine Mutter. Wie Chloe. Wie ich.

Er sagt: »Du weißt, ich war dagegen ... Na ja, es ist geschehen, und jetzt ist sie hier, aber wo wollen wir diese kleine Zubeida hinschicken? Wo paßt sie überhaupt rein?«

Irene sagt fassungslos: »Verdammt noch mal, wo passe *ich* denn rein?«

Er legt eine Hand auf ihre. »Sklodowska, sprich nicht vom Weggehen!«

Sie starrt ihn wieder an.

Er sagt: »Es ist meine Schuld. Ich bin der Beobachter, das Gewissen. Ich hätte wissen müssen, daß da irgend etwas passierte, als du auf diesen kleinen Mann so unsinnig wütend wurdest. Wenn wir zurückkommen, ist mehr als Erholung fällig, sage ich dir. Es ist eine gründliche Untersuchung fällig.«

Energisch fügt er hinzu, voller Schmerz und Mitgefühl: »An die Daten ran! Weggehen! Wie kannst du so was sagen!«

Schweigen. Langes Schweigen.

Fasziniert denkt sie: *Jetzt schmeichelt er mir gleich.*

Er sagt: »Ich vergesse immer wieder, daß du keine Superfrau bist.«

Sie sagt: »Nein. Bloß ich, sonst nichts.«

»Was für eine außergewöhnliche Frau!« Und dann: »Weißt du, hochbegabte Kinder erwartet nie ein bequemes Leben, ungeachtet ihres Geschlechts. Wie du und das kleine Mädchen. Es hat nichts mit dem Geschlecht zu tun.«

Shakespeares Schwester.

Er sagt und hält dabei ihre Hand: »Tut es dir leid, daß du zu uns gekommen bist?«

Sie denkt: *Er ist alt, das ist alles,* hört aber Zubeida sagen: Papa liebt meine Gedichte.

Er sagt: »Glaub mir bitte, Liebling, ich werde niemals zulassen, daß du so etwas Schreckliches anstellst wie mit den Unterlagen der Bande herumzuspielen. Das ist gefährlich.«

Sie sagt: »Würdest du mich an die Behörden ausliefern?«

Sie fügt hinzu: »Dann würde ich entlassen, und ich wäre ein Niemand. Ich wäre dann eine von diesen Damen, mit denen wir nie reden.«

Der Moment ist vorbei; er nimmt sie nicht ernst. Er verbirgt sein Gesicht in den Händen, was nicht einer gewissen Komik entbehrt. Sein Haar, durch das sie immer liebend gern mit den Fingern fuhr, steht wie eine teure, grobgeschnittene graue Bürste zu Berge. Sie erhebt sich. Sie fragt sich, wie sie mit Goliath wegrennen konnte, um dann doch wieder mit David zu landen. Wie sie es fertig gebracht hat, schließlich doch verheiratet zu sein, und wer sie sein wird, wenn sie nicht in der Bande ist.

Sie sagt: »Ich gehe.«

Dann sagt sie: »Ach Ernst, ich fühle mich wieder wie sechzehn.«

Zubeida, die sich in vollem Ka'abitenputz in der Kabine versteckt hält (verfolgt von dem Steward, den sie mit ihrem Frühstücksomelett beworfen hat), sagt:

»Frauen werden immer verrückt. Meine Mutter war verrückt. Ich werde auch verrückt. Ich verwandele mich in mein Böses Ich und ziehe mein Kleid an und tue irgend etwas Gemeines. Wenn Mama etwas Falsches gesagt hat, hat Papa mir immer erklärt, daß es ihre Verrücktheit war, die da sprach. Djafar hat mir alles darüber erzählt. Es ist schwerer für eine Frau, ihre weibliche Persönlichkeit zu entwickeln, als für einen Mann, seine männliche zu entwickeln, weil die Körper der Frauen aus leichteren Molekülen gebaut sind als die der Männer, und es ist für Frauen schwerer, ihr männliches Element in ihrem Charakter unterzubringen, als für Männer, ihr weibliches Element in ihrem unterzubringen. Außerdem haben wir unsere Tage, und das macht uns verrückt, weißt du. Ich hab' sie allerdings noch nicht. Ich bin nicht wirklich verrückt. Ich *sehe* nur verrückt *aus*, weil ich eine Dichterin bin, und das ist anders, aber Mutters Verrücktheit war grauenvoll. Die Männer merken es sofort. Sie können es einem ansehen. Wir sind einfach nicht so beständig wie sie. Immer wenn ich mich an Bonbons überfressen habe, pflegte Djafar zu sagen: ›Das ist typisch Frau‹. Und ich bin dann immer *durchgedreht*. Das sagte er zwar auch von Jahja. Aber Jahja war ja immer noch dabei, sein weibliches Element dem männlichen unterzuordnen, und das war für Jahja ziemlich schwer, weil er so dick war. Frauen müssen Disziplin beigebracht bekommen wegen all dieser leichten Moleküle, und wenn das nicht geschieht, drehen wir tatsächlich durch und enden wie Tante Dunja. Ich träume von Tante Dunja. Ich träume, ich bin dort in ihrer Zelle, obwohl ich es nicht mehr sehr oft träume. Papa hat mich immer vor dem Durchdrehen gewarnt und gesagt, deswegen müßte ich das Dichten aufgeben und heiraten. Frauen wollen immer etwas Verrücktes tun, und wir wissen nie, warum. Deswegen sind wir so interessant.«

Zubeida lugt durch das Schlüsselloch, nach dem Steward Ausschau haltend. Sie sagt:

»Ich hab' ihn mit dem Omelett direkt ins Gesicht getroffen. Er hat mich nämlich ein Baby genannt. Ich mag sowieso kein Omelett. Ich weiß, ich sehe aus wie fünf und benehme mich manchmal wie acht. Aber deswegen bin ich noch lange kein Baby. Das ist eine Beleidigung. Ich kann viel schneller rennen als er. Ich hab' ihn sogar zum Stolpern gebracht. Disziplin ist eine Sache, aber das hier ist etwas anderes. Eigentlich habe ich gar nichts dagegen, ab und zu durchzudrehen und mein Böses Ich zu werden. Ich glaube, das tut mir gut. Dichter brauchen so was. Jedenfalls bezeichnen die Herren die Damen immer als verrückt, und das ist nicht richtig.«

Sie fügt hinzu: »Irene, macht es dir jemals *Spaß*, verrückt zu sein?«

An Bord gibt es einen Hydrokulturgarten, in dem die Schalen mit den in Wasser gesetzten Pflanzen wie die Bücherreihen in einer Bibliothek angeordnet sind: eine über der anderen. Passagiere dürfen hier nicht hinein, aber Trans-Temp kann einem überall unter beliebigem Namen Zutritt verschaffen. Während sie dem Automaten und den Wachleuten ihre Ausweise zeigt, denkt sie: *Ohne die hier wäre ich niemand.* Hinter der Schotte befinden sich die Pflanzen, deren Wahrnehmungsvermögen nicht ausgeprägt genug ist, um ihnen zu signalisieren, daß sie am falschen Ort sind. Durch die Glasbehälter hindurch sind weiße Wurzeln zu sehen. Der Platz zwischen den Regalen ist gerade groß genug zum Durchlaufen. Die Lichtquellen sind über dem menschlichen Betrachter schräg zwischen den Reihen angebracht. Das Summen der Luftumwälzer ist zu hören. Irene geht zwischen Bohnen und Klee spazieren, sieht sich die

Zwischendurch: [redacted] Zubeida ist schon recht impulsiv – sie wirft einfach mit dem Omelett, wenn sie sich beleidigt fühlt. Außerdem – so verkündet sie – mag sie sowieso kein Omelett ... [redacted]

[redacted]

[redacted] Was tut man mit solch schwierigen Personen? Man bietet ihnen die Auswahl unter vielen kleinen leckeren Gerichten für zwischendurch. Denn es gibt sie ja in vielen Sorten, die ... [redacted]

[redacted]

Pflanzen genau an, fährt mit den Fingern durch das grüne Maßwerk und überlegt, wo sie sie zuletzt gesehen hat. Auf der Erde. Auf irgendeiner der Erden. Soviel zu Anne Bonny, der Piratenbraut, und Chloe, die hier Wiesenklee ist, lang und dünn und in alle Winde zerstreut. Als hätte Irene seit Jahren nur Haken geschlagen, und als wäre ihr das Glück nun endlich untreu geworden. Rose wird zweiundsechzig sein, wenn sie noch lebt.

Irene weint ein bißchen. *Wenn Rose lebt.* Sie fragt sich, wie Rose das kleine Orakel in dem komischen Gewand aufnehmen wird, falls Irene nach Hause geht, falls Zubeida mitkommen will, falls Rose lebt, wenn sie und die kleine Dichterin wieder Niemande werden. Es gibt nichts zum Anlehnen in dem Garten, außer den Regalen, die an Drähten hängen und schon durch ihr Atmen ins Schwanken geraten. Eine dicke, schlaffe, dunkelgrüne Ranke, die sie nicht kennt, wahrscheinlich ein Tropengewächs. Kreisförmige Wellen stehen auf der Oberfläche der Flüssigkeit, in der sich die weißen Wurzeln ballen: Der Schiffsrumpf vibriert.

Ich bin viel zu alt für einen Papi. Sie erinnert sich an einen Besuch im Gewächshaus mit Casimir, der zwar Gefallen an den Pflanzen hatte und sich für sie interessierte, sich aber beklagte, daß die Feuchtigkeit seine Schuhe ruiniere. Es war dasselbe kräftige, aromatische Grün. Zubeida hat gesagt: »Die Herren denken immer, daß die Damen am Durchdrehen sind.« Beim Gedanken an diese kleine Sibylle mit der Figur einer grünen Bohne, wie sie über Damen und Babys und Herren spricht, muß sie lachen. Wenn sie nicht um die Drähte fürchtete, würde sie sich auf die Regale lehnen und den Töpfen einen Schmatzer geben. Dieses kleine Mädchen ist ein Genie. Sie versucht, sich Rose, sich Casimir ins Gedächtnis zurückzurufen, fragt sich, ob ihre Erinnerung auch zutreffend ist. Es ist unmöglich, ja, selbst für Trans-Temp unmöglich, zurück ins Jahr 1953 zu marschieren und der fünfundvierzigjährigen Frau Rose Waskiewicz ein erstaunlich gesprächiges kleines Genie mit durchgehenden Augenbrauen und einem Schleier vorzustellen. Seitwärts, ja, krabbenartig in der Zeit. Rose (sie hat es nachgerechnet) wird genau zweiundsechzigeinhalb sein. Nur im Traum kann man das Telefon über längst entfernte Drähte klingeln lassen, auf einem Apparat, der vor Jahren verschrottet wurde, in einem Haus, das längst abgerissen wurde, um einem Parkplatz zu weichen, so daß selbst die Tapete ein Geist ist, und auch die alte Kelvinskala neben dem Telefon ist nur noch ein Gespenst. Nur in der Einbildung kann man das tote Telefon läuten lassen und die Stimme von einst sagen hören: »Es ist für dich, Schätzchen.«

Die junge Frau Waskiewicz steht im Jahr 1953 in der Küche, schaut ins Wohnzimmer hinaus, vorbei an dem klapprigen alten Fernseher in seinem (damals neuen) Plastikgehäuse, vorbei an der Porzellanschäferin auf dem Spitzendeckchen in der Eßecke, und sagt zu einer häßlichen Siebzehnjährigen, die sich in den zu stark gepolsterten Sessel gelümmelt hat, die muskulösen Beine vor sich ausgestreckt, und die wünscht, sie wäre nicht zu alt für Comic-Hefte und könnte noch *Sheena, die Königin des Djungels* und *Rio Rita, die junge Geheimagentin* lesen:

»Es ist für dich, Irene.«

Sie denkt: *Ich muß unbedingt nach Hause, ehe meine Mutter stirbt.*

So weit zu kommen! Wie der Elfenberg. Und alles umsonst. Deine Jugend lang von dem Tag zu träumen, da du stark und berühmt sein würdest. So einen gewaltigen Überschlag zu machen — sogar bis in die Sterne —, und alles für nichts und wieder nichts.

Sie denkt: *Was 'ne Tretmühle.*

Irene zieht sich neuerdings gern in die Schiffsbibliothek zurück: eine Kabine mit Lesegerät. Sie versucht, Ernst aus dem Weg zu gehen, der mit besorgter Miene ständig hinter ihr her läuft. Sie blickt von ihrer Dichterinnen- und Malerinnenbibliographie auf, um ihn an der Tür herumlungern zu sehen; er hat den Kopf auf eine freundliche Art in den Raum gestreckt. Jetzt faßt er ihren Blick als Einladung auf und quetscht sich zu ihr in das Zimmer. Sie sagt daher kalt:

»Wenn wir zum Center zurückkommen, will ich einen anderen Partner. Ich möchte nächstes Mal eine Frau als Partnerin.«

Sie sieht in seinem Gesicht (in der Höhe eines Alpengipfels) einen erschreckten Ausdruck, aber er versucht es zu verbergen, indem er scherzhaft sagt: »Aber Irene, es gibt keine Frau, die so außergewöhnlich ist wie du.«

»Dann sollen sie welche rekrutieren«, sagt sie. Sie fügt hinzu: »Wenn ich einen schwarzen Partner wollte, würden sie einen auftreiben. Wenn ich jemanden wollte, der Zuni spricht, würden sie jemanden auftreiben. Was ist an dieser Forderung ungewöhnlich?«

Er sagt: »Aber es ist nicht zweckmäßig«, und dann scherzhaft: »Worüber in aller Welt solltest du dich mit ihr unterhalten? Würdet ihr über Fuzzboll reden?«

Sie taucht unter die Bildschirmhaube.

In einem ernsteren Ton sagt er: »Irene, ist es, weil du glaubst, eine Frau würde an Orten wie Ka'abah mehr mitfühlen? Glaubst du, sie würde eher wie du empfinden? Es stimmt, daß ich nicht ganz so wie du fühle — ich nehme mir nicht dieselben Dinge zu Herzen —, aber andererseits, Irene, empfindet jeder Mensch anders, und ich habe dir nie im Weg gestanden. Oder?«

Sie sagt: »Ich war dir nie unbequem.«

Eine Hand auf ihrer Schulter, zaghaft: »In der Tat, das warst du nie«, sagt er.

Es macht sie unglücklich, ihn zu analysieren. Sein Alter und seine Sturheit zu sehen. Wie er auf ihrer Schwäche beharrt. Sie beginnt, davon zu sprechen, wie *Frauen wissen* oder *Frauen sind* oder *Frauen verstehen* und bricht dann ab. So was sagt man nicht. Sie hat auf dem Gymnasium gelernt, daß man so etwas nicht sagt. Höflichkeitshalber solltest du so tun, als gäbe es keinen Unterschied, wenigstens in deinen Äußerungen. Andernfalls siehst du dich vielleicht plötzlich gezwungen zuzugeben, daß Frauen zu nichts taugen, sogar jetzt, sogar hier, sogar sie selbst. Unter der Haube hervorkommend, sagt sie:

»Du hast mir im Weg gestanden, immer wenn ich dir unbequem wurde. Ja, das hast du. Es waren zwar Kleinigkeiten, aber Kleinigkeiten fallen ins Gewicht. Ernst, du *hörst* nicht *zu*. Und du magst meine Aggressivität, solange ich dir nicht in die Quere komme. Dann hast du nichts dagegen. Verdammt und zugenäht, Rose hat mir immer gesagt, ich müßte einen Mann finden, der nichts *dagegen* hätte.«

Er sagt: »Warum reitest du so auf dem Persönlichen herum?«

»Zubeidas Mutter ...«

»Irene, wenn du immer wieder darauf zurückkommst ...«

»Es ist weiblich!« sagt Irene. »Stimmt's? Auf dem Persönlichen herumreiten! Deswegen fühle ich mich auch so gräßlich an dich gebunden, obwohl wir beide frei sind, stimmt's? Deswegen bin ich immer diejenige, die sich wie ein Trottel vorkommt und die immer nachgibt. Laß mich ruhig den Clewiston-Test machen, wenn wir zum Center zurückkehren. Du wirst schon sehen, ob ich wahnsinnig bin. Ich bin es nicht. Es ist nur meine weibliche Natur!«

Er sagt: »Irene, wenn du schon immer diese Einstellung hattest ...«

Sie sagt: »Mensch, streng doch mal dein Hirn an, Ernst! Mit wem kann ich sonst schlafen? Wo kann ich sonst hin? Kann ich zur Marine gehen? Dir stehen ein Dutzend Jobs offen, und du hast hundert Frauen zur Auswahl, und du kannst überall leben!«

Bedächtig und würdevoll sagt er: »Du überschätzt meine Freiheit, Irene, glaub mir. Mir stehen vielleicht ein paar Dinge zur Auswahl, die dir nicht offenstehen, nur ein paar. Aber ich liebe dich, und ich möchte bei dir bleiben und mit dir zusammen arbeiten. Das ist natürlich nicht sinnvoll, wenn wir uns streiten. Wenn wir zum Center zurückkommen, kannst du jede Veränderung beantragen, die du willst, das versteht sich von selbst, aber sie werden sich bestimmt wundern. Ich wundere mich selbst. Ich kann nichts dafür, ich wünschte, du könntest mir rational und systematisch erklären, was nicht in Ordnung ist. Ich werde mein Bestes tun, um zu verstehen. Dort werden sie nicht so nachgiebig sein.«

Fassunglos denkt sie: *Drohungen. Er droht mir.* Sie sagt: »Sind die Bedingungen für beide von uns gleich?«

Er nickt ernst.

Sie sagt: »Dann bin ich eine von Natur aus unzulängliche Person«, und wendet sich wieder ihrem Lesebildschirm zu. Sie tut nur so, als sähe sie hin. Ernsts Anwesenheit vor der abgerundeten Wand ist äußerst irritierend — der Raum ist ohnehin unglaublich vollgestopft —, und er regt sie auf. Sie wünscht, er würde gehen. Schließlich sagt sie, unter der Haube hervortauchend: »Sieh mal, mein Lieber, wenn die Bedingungen nicht gleich sind, ist es doch klar. Dann ist es das Geschlecht, die Rasse, die Klasse. Stimmt's?«

Er gibt sich Mühe. Auf jeden Fall winkt er nicht ab. Körperlich ist er ein schöner Mann; sie sieht ihn gern an. Sie fragt sich, ob Ernst zum Schluß mit irgendeiner Plattheit kommen wird und was er damit überspielen wird, ob er sich im Innersten seines Herzens sagt: »Ich bin egoistisch, Irene, ich bin zu alt, um mich zu ändern«, oder: »Liebst du mich denn nicht mehr?«

Nachdenklich sagt er: »Ja, da ist etwas Wahres dran«, und dann: »Ich glaube natürlich nicht an angeborene Unterschiede zwischen Rassen.«

Er grübelt. Schließlich schüttelt er den Kopf und sagt: »Irene, du ziehst dich an wie ich, du arbeitest wie ich, du wirst bezahlt wie ich! Wenn du in der Situation deiner Mutter wärst ... Aber wir gehen nach Center zurück, wir führen das gleiche Leben, wir haben die gleiche Ausbildung, wir tauschen Erinnerungen aus wie die anderen, wir sind isolierte Menschen.«

Er fügt hinzu: »Wenn es einen Unterschied gibt ...«

Dann sagt er schlicht, mit einem ernsten Lächeln: »Bin ich um den Unterschied froh.«

Sie steht auf, die Ruhe bewahrend. Sie schwingt die Bildschirmhaube zur Wand zurück. Sie sagt zu ihm: »Ernst, ich liebe dich wirklich«, und er, mit einem verzweifelten, hilflosen Achselzucken: »Ich nehme an, da ist irgend etwas ...«, und dann: »Wir müssen darüber reden, Irene«, und sie: »Das hab' ich ja die ganze Zeit *versucht* ...«, und da sie sich in der Büchereikabine erhoben hat, ist sie zwangsläufig direkt in ihn hineingelaufen. Ernst ist angenehm berührt. Der Kontakt bereitet ihm Vergnügen.

Dann muß sie warten, bis er beiseite geht, was er höflich tut. Sie drängt sich an ihm vorbei: Schade, nie eine gute Agentin, weil sie die Beherrschung verliert. Eine Malerin (hat Irene gelesen) verbrachte ihr Leben damit, Judith zu malen, wie sie Holofernes den Kopf abschlägt, doch Irene wird Ernst den Kopf nicht abschlagen; er gebraucht ihn sowieso kaum. Ein Impuls, der ihr schon allmählich zur Gewohnheit wird, schickt sie auf der Suche nach Zubeida, die sagen wird: *Natürlich hat er recht* und ihre Leicht-Molekül-Erklärung für das Wesen der Frau weiterspinnen wird. Aber nein, Zubeida hat Irene nie des Wahnsinns bezichtigt, und Irene vermutet, daß sie es auch nie tun wird. Zubeida macht in ihren Theorien Platz für sie beide. Vielleicht ließe sich das Leben mit Zubeida auf einer unbewohnten Insel ertragen: Zubeida und Rose und Chloe und eine der namenlosen Frauen vom EC. Sie können sie Paradiesinsel nennen.

Und von den Männern, denen sie begegnet ist, ist Ernst einer der wenigen, der Frauen mag. Die meisten Männer tun es nicht. Die meisten Frauen nicht, die meisten Jungen nicht, die meisten kleinen Mädchen nicht.

Sie spürt ein Zupfen am Ärmel. Sie ist schon an der Turnhalle vorbei und irgendwo in der Nähe des Speisesaals, eine weitere Kugel wie der Aufenthaltsraum, jedoch zusätzlich rotierend; man hält sich hier nach dem Essen noch ein bis zwei Stunden auf. Es ist das kleine Mädchen in T-Shirt und Shorts, ihre langen Haare schweben zerzaust hinter ihr her. Irene graut schon langsam vor der Aufgabe, sie auszukämmen. Zuby kreischt dann immer so.

»Hallo, ich bin wieder da«, sagt Zubeida.

Irene ist die ganze Zeit auf der Suche nach ein paar Träumen gewesen. Sie ist die Träume ihrer Mutter durchgegangen, Chloes Träume, einige von Zubeidas Träumen und schließlich einige, die sie als Ernsts Träume erkennt, was sie so wütend macht, daß sie aufwacht.

Es gibt keine Träume. Das Nachtlicht brennt in der Kabine. Ernst träumt seinen eigenen Traum nebenan. Wird Irene Ernst entführen, wenn sie die Bande verläßt, und ihn zwingen, mit ihr zu kommen? Ihn betäuben, ihn knebeln, ihn fesseln, während er schläft? Wird sie ihn töten? Wird er sie töten müssen? Wird sie sich entschuldigen? Wird er zusammenbrechen? Wird er sie festnehmen lassen? Zubeida würde es Spaß machen, Onkel Ernst zu fesseln, und sie würde die ganze Zeit über, während sie es tut, steif und fest behaupten, daß Damen nie so etwas mit Herren machten, obgleich Herren es gelegentlich mit Damen machten.

Irene wacht wieder auf. Zubeida schläft fest auf dem anderen Teppich. Vorsichtig, um nicht an das verknotete schwarze Haar des kleinen Mädchens zu kommen, schnallt sich Irene los und treibt durch die Kabine. Das Nachtlicht verbreitet einen dämmrigen Schein unbestimmter Herkunft. Das mechanische Summen der Umluftanlage dringt direkt durch die Wände. Irene schwebt mittels der Handgriffe hinaus, kaum den Boden berührend. Der Flur ist leer, wie wahrscheinlich auch die gesamte Passagierabteilung um diese nächtliche Stunde leer sein wird. Sie nimmt sich vor, einen Spaziergang zwischen den bauchigen Wänden zu machen, die einem riesigen Hotel auf der Erde so ähnlich sind. Die Turnhalle, der Aufenthaltsraum, der Hydrogarten — alle drei werden ausgestorben sein. Auf halbem Weg zu dem Garten taucht vor ihr, in Hüfthöhe schwach leuchtend, ein Computerterminal auf, und sie schiebt ihren Superausweis hinein. Sie beabsichtigt, nach einer Bibliothekskopie des Schiffsplans für Zubeida zu fragen. Irene selbst findet sich zurecht. Einen Moment lang ist Stille, und Irene drückt ungeduldig noch einmal auf die Abfragetaste. Über dem Kartenschlitz leuchtet ein Rechteck rot auf:

Zurückgewiesen.

Momentan verärgert, kramt sie in ihren Taschen nach einem anderen Ausweis. Entweder ist das Terminal im Eimer oder der gesamte Passagierbereich des Computers. Ersteres ist wahrscheinlicher. Sie versucht es mit einem zweiten Ausweis, wartet einen Augenblick und sieht dasselbe Rotlicht aufleuchten:

Zurückgewiesen.

Das Terminal funktioniert nicht. Dreihundert Meter weiter unten im Flur ist ein anderes. Sie versucht es dort. Es nimmt ihren Ausweis an und leuchtet dann rot auf:

Zurückgewiesen.

Sie versucht es mit ihren anderen Ausweisen:

Zurückgewiesen.

Zurückgewiesen.

Zurückgewiesen.

Zurückgewiesen.

Zurückgewiesen.

Zurückgewiesen.
Zurückgewiesen.
Zurückgewiesen.
Zurückgewiesen.
Zurückgewiesen.

In der Kopienablage haben sich identische Ausdrucke angesammelt. Sie liest sie:

Ihr Zugang zum Zentralcomputer ist ordnungsgemäß widerrufen worden. Sollten Sie den Wunsch haben, diese Maßnahme revidieren zu lassen, setzen Sie sich bitte von Ihrer Kabine aus mit dem Ersten Offizier in Verbindung. Ihr Kabinenterminal wird dieses Gesuch oder jedes andere Notgesuch annehmen. Ihre normalen Reise- und Restaurantprivilegien sind hiervon nicht betroffen.

Irgend jemand hat in seiner Kabine an dem Computerterminal herumgeschnüffelt, irgendein Kind hat sämtliche Zugriffskanäle blockiert, und sie glauben, sie wäre es gewesen.

Aber nicht alle elf von ihr.

Sie denkt: *Aber soviel Macht habe ich doch gar nicht.* Sie hat noch nie die Nummern von Ernsts Ausweisen gehabt, nicht einmal, wenn sie sein Gewissen war. Und doch muß er eine Liste von ihren haben, und er muß sie schon vor Monaten — mindestens — von Trans-Temp im Center bekommen haben. Bewahrt sie schon die ganze Zeit auf. Hat ihre Personaldaten in der Hand. Trans-Temp sichert sich gegen das andersartige Wesen ab, das unbeständige, das weibliche, den Frauenstehler! Sie erinnert sich, wie 'Alih entsetzt durch seinen Bart linste: *Wo sind Ihre Kinder?* Center muß sich das gleiche gefragt haben, schon die ganzen Jahre lang, und erwartet haben, daß sie jeden Moment wieder kehrtmachen und sich in Rose zurückverwandeln würde. Es geht ihr durch den Kopf, daß sie vielleicht sogar recht haben, daß nichts in ihrem Leben eine Erklärung für ihre ungeheure Wut liefert, daß Center nicht Ka'abah ist, daß Ernst ein Mann ist, der Frauen liebt und respektiert. Er besitzt ein gutes Urteilsvermögen; einst hielt er sie für geistesverwandt, und jetzt hält er sie für geisteskrank. *Die Herren denken immer, die Damen hätten den Verstand verloren.* Ihr geht auf, daß sie irgendwie gar nicht wirklich existiert, jetzt, wo Ernst nicht mehr ihr Verbündeter ist, daß das bißchen Schönheit, das sie von ihm hatte, weg ist, und daß keine von all den Frauen, die sie im Leben kennengelernt hat, ihr den Rücken stärken würde. Ihre Mutter war letzten Endes tatsächlich ziemlich wahnsinnig, nachweisbar wahnsinnig, und Chloe war wahnsinnig, Chloe ist hingefallen, wenn man mit ihr sprach. Niemand kann es Ernst verübeln, wenn er die Geduld mit einer Wahnsinnigen verliert.

Irene preßt sich die Fäuste in die Magengrube und beugt sich vornüber. Langsam sinkt sie an der Wand hinunter auf die Knie. *Sie haben es nie ...*, denkt sie, *sie haben es nicht wirklich ...*

Die Herren denken immer, die Damen hätten den Verstand verloren.

Eigensinnig sagt sie zu sich selbst: *Aber ich will diese Ausweise wieder.* Eine Welle von Hitze strömt über sie hinweg. Sie mögen in bezug auf sie recht haben, aber nichtsdestoweniger sind sie Narren, und Ernst ist ein Narr. Glaubt er etwa, ihre Fähigkeiten verflüchtigten sich, wenn sie nicht im Dienst ist? Oder sie wäre nicht nur verrückt, sondern auch noch dumm? Offensichtlich tun sie das. Ernst muß überzeugt sein, daß sie sich ohne ihn nichts zu unternehmen traut, daß sie ihn zu sehr liebt, um ihn hinters Licht zu führen oder um eine Warnung zu ignorieren, daß die Angst vor dem Verlassensein sie zurückbringen wird. Sie glauben, sie könnte nur unter Befehl handeln. Irene verspürt den dringenden Wunsch zu kotzen, aber statt dessen zerknüllt sie die Ausdrucke zu kantigen Knäueln und schluckt sie der Reihe nach runter; es ist wirklich nicht viel an ihnen dran. Man erwartet jetzt von ihr, daß sie zu Ernst geht, der älter und weiser ist als sie, und sagt: »Es tut mir leid, ich mucke nicht mehr gegen dich auf. Ich bin für diese Arbeit nicht geschaffen.«

Irene weint. Sie läßt sich gehen. Alle schwören sie, daß sie dich lieben, alle schwören sie, daß sie nicht über dich bestimmen wollen. Sie denkt: *Wie sehr Chloe die Oper liebte!* Und was für eine widerwärtige Heuchelei alles doch war, der Sopran, der in Glanz und Gloria starb, und der Mezzosopran, der mit einem herzlosen Bruder oder einem Dienstmädchenjob auf der Strecke blieb. Und das einzige, was dem Koloratursopran vergönnt war, war die Freude, *Addio! Addio!* zu singen und sich zu erdolchen, an Schwindsucht zu sterben, zu verhungern, sich zu vergiften, sich von einem Felsen zu stürzen, was, zum Teufel, mag Chloe dabei wohl gedacht haben?

Die Tränen versiegen. Sie schlägt von Zeit zu Zeit mit der flachen Hand gegen die Wand: eine Art, seine Gefühle abzuschütteln, ohne sich dabei die Knochen zu brechen. Sie sitzt und faßt sich an den Fußgelenken, zieht die Arme gegen die Beine, bis die Muskeln knakken.

Sie hält inne. Die Arbeit bleibt noch zu tun. Der Flur wölbt sich wie die Höhle 'Alih Babas. *Öffne dich, Simsim!* und wenn sie es richtig macht, bleibt keine Spur. Sie steht auf und wischt sich mit den Händen das Gesicht ab, fängt dann an, ihre Taschen nach Papier und Bleistift abzutasten, aber in der Bibliothek wird's so was geben. Und sie kann die Kabinentür abschließen. Es muß unbedingt ein Meisterwerk werden, ein Gedicht von einem Job, ein Klassiker für die Lehrbücher, wie eine perfekte Go- oder Schachpartie, wie in deinen eigenen Fußstapfen rückwärts aus einem Labyrinth rauszugehen. Ihr fällt ein Satz ein, den sie vor Jahren in einem Buch gelesen hat, wenn sie das Buch auch nicht sonderlich mochte und damals nicht weiter beachtete, ein Geschenk von Chloe, alles nur über Männer und männliche Geschöpfe, wie alle Bücher:

Die Spinne ganz alleine in der Finsternis besiegt zu haben, hatte aus Mister Beutlin einen anderen gemacht ...

Irgend jemand sollte es einfach mal aus der Sicht der Spinne erleben, das ist alles. Wie Dunja in ihrer modrigen Zelle, wie Zumurrud, die ihre Tagträume von Wand zu Wand spinnt. Irgend jemand sollte es mal den Normalen klar machen. Irgend jemand sollte ihnen mal die Augen öffnen.

Sie denkt: *Ich werde ihnen die Augen öffnen.*

In der Büchereikabine, hinter verschlossener Tür, fragt Irene ohne Ausweiskarte oder -nummer den Computer über einen kleineren Notfall ab. Sie sagt, eines der Lichter sei ausgegangen. Sie hat bereits vierzehn ähnliche Abfragen an verschiedenen Terminals in unterschiedlichen Bereichen des Schiffs vorgenommen. Es sind Abfragen, die der Computer mit oder ohne Personaldaten annehmen muß, und Irene hat sie unvollständig kodiert, so daß alle vierzehn Leitungen offen geblieben sind. Keine kann freigegeben oder durchgeschaltet werden vor der routinemäßigen Weiterleitung an die Kundendienststelle am Morgen. Irene trägt ihr Werkzeug immer in ihren Kleidern. Sie hat daher jetzt auch ein Gerät bei sich, das die Zeit mißt, die das Computerterminal für eine scheinbar sofortige Antwort oder Bestätigung braucht. Dies wird ihr eine Vorstellung von der Beschaffenheit des laufenden Programms und eventueller Überlappungsbereiche vermitteln. Sie schließt das Gerät an.

Über eine weitere Einzelleitung des Terminals verlangt Irene juristischen Zugang zu Kundenbeschwerden, jedoch ohne Angabe von Ausweisdaten oder -nummer. Als der Computer *Wer?* fragt und keine Antwort erhält, läßt er die Leitung vorsorglich offen. Es münden jetzt Daten aus fünfzehn Leitungen in eine. Mit Zubeidas Nummer, ohne jedoch die Ausweiskarte selbst zu benutzen (die sie nicht hat), beantragt Irene jetzt, als Vertrauensperson für Passagierunruhen in den Kurzzeitspeicher aufgenommen zu werden. Das Gesuch wird mit der Begründung abgelehnt, daß Zubeida ihren Ausweis nicht in den Ausweisschlitz einführe.

Irene erinnert den Computer jetzt daran, daß Zubeidas Ausweis vor einiger Zeit als verloren gemeldet wurde. In der Tat war unter ihren ursprünglichen Eingaben ein Antrag für einen Ersatzausweis für Zubeida. Die grüne Anzeige *Geprüft* leuchtet auf, und Irene wiederholt ihren Antrag. Einen Augenblick befürchtet sie, daß Zubeida als Kind ausgemacht worden sein könnte (die Maschine hat diese besondere Unterscheidung in ihrem Kurzzeitanwortenspeicher eingebaut), aber das kleine Mädchen hat ein Erwachsenenvisum, und daher wird Irene das Ganze nicht noch einmal mit Ernsts Decknummer durchmachen müssen. Sie hat jetzt vierzehn Abfragen vom Bibliotheksterminal. Obwohl der Ursprung von Abfragen im Kurzzeitspeicher automatisch festgehalten wird, unterscheidet der Computer — bis jetzt — nicht zwischen wirklichen und erfundenen Personen auf dieser Ebene, noch »versteht« er, daß alle vierzehn Leitungen auf dem einen Terminal offen sind. Irene denkt: *Sehr schlampige Programmierung.* Wenn man allerdings die Anzahl der Beschwerden übertreibt oder versucht, die Daten von vierzehn über die Zugriffspriorität Eins hinaus zu verwenden, gibt es natürlich automatische Sperren.

Irene ist jetzt, unter Zubeidas Nummer, Sprecherin für vierzehn nichtexistierende Passagiere. Sie hat Zugriffspriorität Eins zu einer Leitung zweiter Ordnung, die ihr den Weg zum Festspeicher öffnet. Das Programm »erwartet« — beziehungsweise seine Verfasser erwarten —, daß an diesem Punkt jeder wirklich unzufriedene Passagier diese Priorität benutzen wird, entweder um den Festspeicher nach juristischen Präzedenzfällen zu befragen oder um eine sofortige Verbindung mit einer zuständigen Dienstperson zu verlangen. Irene legt die gesamte Leitung zu einem anderen Teil des Festspeichers und holt ihre Werkzeuge heraus. Jetzt kann sie die anderen Zugriffscodes heraussuchen und sich einen Einblick in die innere Struktur dieses Dinges verschaffen. Sie beginnt mit den Standardfragen. Man kann auch bestimmte Codes annäherungsweise eingeben — solche, die häufig gebraucht werden, unterscheiden sich nicht wesentlich von Ort zu Ort —, und die Operationen, die die Anlage zurückweist, sind für sie am aufschlußreichsten.

Einige hundert Operationen sind nötig, um sich durch die Gesetzesbibliothek hindurch und in andere Hauptbereiche des Festspeichers hineinzuarbeiten. Von dort aus pirscht sich Irene — die schon einige der Zugriffscodes kennt — in rund dreißig Einzeloperationen an den Vierundzwanzig-Stunden-Speicher heran. Dann löscht sie die automatische Aufzeichnung über diesen Schritt, löscht all ihre Operationen bis zu diesem Zeitpunkt, türkt eine Bestellung für eine Verbindungsfähre baldmöglichst, die von einem unbedeutenden Beamten, dessen Job es ist, solche Dinge zu wissen, als bestätigt gekennzeichnet wird (sie kennt ihn nicht, nur den Zugriffscode), und will gerade die Streichung ihrer Ausweisnummern rückgängig machen, da zögert sie.

Sie nimmt den Füllfederhalter aus ihrer Tasche und hängt eine handgeschriebene Eins an die letzte Ziffer auf all ihren Karten. Die neuen Nummern zur Passagierliste hinzuzufügen ist ein leichtes. Jeder, der den Computer nach ihrer alten Nummer befragt, wird die Auskunft erhalten, daß ihre Ausweise gestrichen wurden. Jeder, der die alten Nummern oder Duplikate der alten Karten zu benutzen versucht, wird ebenfalls finden, daß sie gestrichen sind. Eine einfache Anforderung, die Passagierliste zu sehen, wird zu Tage fördern, daß etwas faul ist, aber Ernst wird wahrscheinlich nicht, zumindest vorläufig nicht, an einen solchen Schritt denken. Sie hängt ein »e« an »Irene« auf ihrem Superausweis und fügt den Namen zusammen mit seiner neuen Nummer in die Passagierliste ein. Sie setzt ihn nicht alphabetisch korrekt ein. Das Schiff hat jetzt eine Irene und eine Irenee an Bord, von denen der Computer nur eine zurückweist. Auf den anderen Karten hängt sie irgendwelche beliebigen Buchstaben an den Namen an. Sie fügt diese Namen ebenfalls ein. Sie denkt: *einfache, maschinenlesbare Formen. Und ich weiß, daß wir Tinte nicht diskriminieren!* Passagiere haben (in der Regel) zu sehr wenigem Zugang; daher die Unkompliziertheit.

Irene traut weder ihrem Gedächtnis hundertprozentig noch den Notizen, die sie die ganze Zeit über auf dem Bibliotheksschmierblock gemacht hat, und vergewissert sich daher routiniert, daß auch die letzten Spuren ihrer Manipulation verwischt sind. Sie läßt die Standardtestfragen und einige spezielle eigene Anfragen durchlaufen und löscht dann die Aufzeichnung darüber, daß die Fragen gestellt wurden. Die endgültige Löschung wird sie auf gut Glück vornehmen müssen; andernfalls kann man bis in alle Ewigkeit die Löschungen überprüfen und die Uberprüfungen löschen — es ist wie der Versuch, seine Fußspuren in Mehl zu verwischen, indem man noch mehr davon macht. Sie nimmt die letzte Operation vor und zündet ihre Notizen in der Kabinenschreibnische an. Sie brennen auf der Keramikoberfläche der Tischplatte zu Asche. Sie zerreibt die Asche zwischen den Fingern und wischt sie in den Abfallschacht neben dem Tisch. Es ist alles erledigt.

Sie ist am ganzen Körper steif. Ihre Sicht ist verschwommen. Es schüttelt sie am ganzen Körper, die üblichen Folgeerscheinungen bei ihr nach Stunden der Anstrengung. In ihren Kontrollaktionen war natürlich das Ausprobieren der Karten selbst eingeschlossen, doch ein plötzlicher Zweifel läßt es sie noch mal versuchen. Sie steckt eine Superkarte in den Wandschlitz und fragt nach …

Sie fragt nach dem Wetter. Ein im Raum verstecktes

Kichern, Irenee will das Wetter im All erfahren. Die okkergelbe Anzeige leuchtet auf, und einen Moment lang glaubt sie, versagt zu haben — sie war nie so gut wie Ernst, sie kann nicht so gut sein wie Ernst! —, und dann sieht sie in der Kopienablage, daß die Maschine lediglich (durchaus berechtigt) bemerkt: *Anfrage unvollständig.*

Natürlich. Das Wetter wo? Das ist der ganze Witz. Irenee lacht. Sie beendet die Anfrage und schiebt den benutzten Bleistift in den Abfallschacht hinunter. Irgendein beliebiger könnte ihn benutzt haben, aber irgendwie will sie ihn da nicht liegenlassen. Nach ihrer Uhr hat sie noch etwa eine Stunde bis zum »Morgen«, wenn die Passagiere sich zu regen beginnen. Wenn Ernst sie nicht beim Hinausgehen bemerkt hat, so wird er sie zweifellos beim Hereinkommen bemerken; am besten, es gar nicht erst vertuschen. Sie sagt dann einfach: »Ich habe woanders geschlafen.« Soll er doch denken, was er will. Sie kann verlegen genug aussehen. Es wird ein erhöhter Stromverbrauch in der Bibliothek registriert werden, vielleicht genug, um eine Glühbirne über den Zeitraum, den die Arbeit in Anspruch genommen hat, zu erleuchten. Sie hätte in den sechs Stunden ein Bibliotheksband laufen lassen sollen, aber sie kann ebenso einfach sagen, sie habe die ganze Zeit im Aufenthaltsraum verbracht; da kommt man auch ohne Ausweis hinein. Sie beschließt, ein paar Stunden im Aufenthaltsraum zu schlafen, bis die erste Frühstücksschicht sie weckt; das wird als Erklärung genügen. Sie kann auch ohne Schlaf auskommen. Trotzdem ist es besser, die Spuren zu beseitigen, und sie kann gut genug schmollen, um diesen Narren zum Narren zu halten. Sie kann zur Genüge »tut mir leid« sagen.

Jedenfalls vorerst noch.

Mit seinen Kollegen zu schlafen hat seine Nachteile. Vor allen Dingen fällt es ihnen auf, wenn du damit aufhörst. Irene hat Ernst drei Nächte hintereinander aus dem Bett geworfen, unter dem Vorwand, Zubeida habe Alpträume. Irene selbst droht bei den seltsamsten Anlässen in Tränen auszubrechen und würde gerne eine dunkle Brille tragen, doch dann würde Zubeida nur noch mehr Fragen stellen. Das kleine Mädchen ist von der Umverteilung angetan und neigt neuerdings, zur Schlafenszeit, zu Vertraulichkeit und Neugier; heute abend fragt sie nach dem Center. Irene stellt fest, daß sie den Ort fast zu gut kennt, um darüber zu reden. Sie sagt, es sei wie ein Park, wie ein elegantes Hotel, mit Bungalows zwischen den Bäumen und dem Verwaltungsgebäude in seiner Mitte. Wie eine Ferienkolonie. Niemand wisse, wie man hineinkommt, und niemand wisse, wie man herauskommt, obwohl irgend jemand es ja wissen müsse. Es sei ein Märchen.

Zubeida ist nicht zufrieden.

Irene sagt: »Gut, ich werd's dir sagen. Es gibt dort Angestellte, die die Vorkehrungen treffen, dich rauszuschicken oder reinzuholen. Von einer Wahrscheinlichkeit zur anderen. Es ist nicht in diesem Universum, Kritzel. Es ist an einem jener seltsamen Parallelstrände, die irgendwo direkt am Rand der Wahrscheinlichkeit liegen, und deswegen kann niemand dorthin finden. Erinnerst du dich an die Erde, die Welt, aus der ich stamme? Also, es gehört zur Erde, eine trockene Gegend, die ich als Kalifornien bezeichnet hätte. Aber es ist ein Ort, an dem sich nie Menschen entwickelt haben; es ist also niemand da außer dem Center. Es ist wie ein Garten in einer Wüste: Das Gras dort ist so dicht, daß du schon beim bloßen Anblick an den Zähnen spüren kannst, wie es sich anfühlt. Doch es regnet nicht viel. Sie bewässern es. Und die Hügel sind auch alle bepflanzt. Kleine Hügel mit Steinen zum Sitzen und kleinen Bäumchen, alles in kleinerem Maßstab als andernorts; es würde dir gefallen. Es gibt dort eine Schule, für Trans-Temp, aber sonst kaum etwas. Und sie bringen auch nicht viel herein — wahrscheinlich ist es zu teuer —, denn wir sind nicht auf dem laufenden über die neuen Filme oder die neuen Bücher von unseren jeweiligen Welten oder über die Geschehnisse auf diesen Welten, seitdem wir sie verlassen haben. Vermutlich sind es zu viele verschiedene Welten, um dies sinnvoll erscheinen zulassen; sie müßten auf jeder von ihnen jemanden stationieren. Und alle kommen woanders her. Wir wissen daher gar nicht genau, was aus unserem Zuhause geworden ist. Wir lernen im Laufe der Zeit jedoch jedermanns Vergangenheit kennen. Wir sitzen zusammen herum und tauschen unsere Geschichten aus.«

Sie denkt, fügt es aber nicht hinzu: *Und trinken, wie andere im Exil.*

Zubeida sitzt in ihrem Schlafanzug auf dem Teppich, voller Verachtung.

Irene sagt: »Na ja, mag schon sein, daß wir alle sehr dumm sind, weil wir nicht mehr herausfinden. Aber wahrscheinlich ist es kein wichtiger Ort. Ich glaube, das echte Center ist woanders. Dies ist nur ein zauberhafter Fleck, um sich dort zu erholen. Und die Angestellten wissen nicht viel.«

Zubeida verzieht das Gesicht.

Irene sagt: »Aber es wird dir gefallen! Ehrlich. Es ist ein schöner Fleck. Es gibt Vorträge und alte Filme. Und fast alle sprechen eine andere Sprache; du kannst also alles lernen, was du willst, obwohl die meisten letzten Endes doch mit denen zusammenglucken, die aus ihrer Nähe stammen. Es ist schön, wenn man etwas gemeinsam hat. Das ist wohl auch der Grund, warum ich am Ende immer wieder auf Onkel Ernst zurückkomme.«

Zubeida, die in den letzten Tagen viel von Prostitution geredet hat, manchmal fasziniert, manchmal wütend (Irene weiß nicht, wo sie dieses Thema aufgegabelt hat), sieht verschlagen aus. Sie blickt weg. Sie sagt: »Sind die Frauen hübsch?«

»Ja«, sagt Irene, »aber es sind keine bezahlten Gefährtinnen. Die Leute, die dort arbeiten, freuen sich über unsere Gesellschaft, sonst nichts.«

»Onkel Ernsts Gesellschaft, meinst du«, sagt Zubeida, ohne Irene anzusehen, und murmelt dann vor sich hin: »Zwei zum Preis von einer.«

Irene sagt nichts. Sie will Zubeida gar nicht erst Gelegenheit geben anzufangen; in den letzten paar Tagen hat alles doch nur zu obszönem Gekicher geführt. Und letzten Endes (vermutet Irene) hat Zubeida recht. Sie hat immer recht. Wenn noch nie jemand in die umliegenden Berge gezogen ist — wo man wahrscheinlich mit ein paar einfachen Werkzeugen ganz bequem leben könnte —, liegt es zweifellos an den überragenden Attraktionen, die das Center zu bieten hat: Alkohol, Drogen, Frauen, Sicherheit und dann die neuen Aufträge, die einem das ganze Universum erschließen. Selbst für sie gibt es da eine Menge. Sie denkt an die friedliche Stille des Centers, die steilen Hügel in der Dämmerung, die Handvoll gelber Lichter, die in der kleinen Ortschaft im Tal ausgehen, wo man Lebensmittel oder alte Zeitschriften kaufen kann, wo die Leute taktvoll davon sprechen, daß man »von der Universität« ist; wenn ihr Gesichtsgedächtnis sie nicht täuscht, sind es allerdings dieselben Leute wie in der Verwaltung. Auf jeden Fall ist es derselbe Euphemismus. Wenn Irene Glück hat, wird sie im Sommer ins Center geschickt, nicht im Winterregen (obwohl die kleinen Bäume den ganzen Februar durch noch grün sind und das ganze Jahr über Blumen blühen). Sie erinnert sich an die langen Abenddämmerungen im Sommer, wenn die purpurnen Hügel sich gegen das Abendrot im Westen schwarz färben, eine pflaumige Falte nach der anderen. Trans-Temp weiß, was seine hochgebildeten Superleute wirklich wollen: Sicherheit, Frieden, Freude, eine lebende Ansichtskarte.

Irene fühlt kleine Finger auf ihrem Gesicht. Zuby hat sich aufgerichtet und sagt erschreckt: »Aber Irene, du *weinst* ja!« Zubeida wirft sich in Irenes Schoß, etwas zu lebhaft mitleidend, um tröstend zu wirken. Die Küsse sind lieb, aber die Knie und Ellbogen bohren sich ein.

Irene senkt vorsichtig die Stimme und sagt: »Zubeida, wenn Onkel Ernst und ich ... wenn wir uns trennten, würdest du dann mit mir kommen? Wo immer ich auch hinginge?«

Plötzlich ist es mit der Zärtlichkeit vorbei. Zubeida zieht eine Show peinlicher Berührtheit ab. Sie windet sich umsichtig auf Irenes Schoß; den Sprung von einer Achtjährigen zur frühreifen Erwachsenen vollzieht sie mit dieser einen Bewegung. Sie legt Würde in ihre Schulterhaltung, ihre Kopfdrehung, ihre ka'abische Schönheit mit dem flammenden Blick, und bringt arrogant zum Ausdruck, daß sie diese Annäherung ablehnt.

Sie sagt: »Irene, ich will dich *nicht* heiraten.«

Irene ist sprachlos.

Schnell sagt Zubeida: »Jetzt erzähl mir nicht, ich würde mir das nur einbilden! Ich weiß, daß es solche Damen gibt. Ich hab' in der Bibliothek davon gehört. Ich bin sehr fix mit Sprachen. Wenn eine Dame von einem Herrn enttäuscht ist, wendet sie sich manchmal einer anderen Dame zu, aber das ist nicht von Dauer. Ich hätte nie geglaubt, daß so etwas vorkommen könnte, aber es stimmt. Ich kann zwar gedruckte Worte nicht lesen, aber in der Bibliothek war ein Film auf Band, und ich hab' verstanden, was gesprochen wurde. Und Michael hat mir geholfen. Wir sind wieder Freunde. Ich lasse ihn Jasemin betrachten, wenn ich sie besuchen gehe. Ich finde, du und ich, wir sollten uns nicht auf ein solches Arrangement einlassen, weil wir Freundinnen sind, und ich würde sehr ungern etwas tun, was unsere Freundschaft gefährden könnte. Das war erstens. Und zweitens bist du ein ganzes Stück älter als ich. Was soll ich denn machen, wenn du stirbst? Und offen gesagt, ich ziehe dich als Mutter vor.«

Irene sammelt sich. Sie darf nicht lachen. Sie sagt: »Zubeida, Liebes, ich ziehe dich auch als Tochter vor. Ehrlich. Ich bin nicht eine von jenen Damen, zumindest glaube ich es nicht, aber wenn du später mal eine solche kennenlernst und mit ihr weggehen willst, ist das völlig in Ordnung. Wenn du älter bist, meine ich.«

Zubeida ist offensichtlich erleichtert. Sie umklammert ihre Knie und stößt ein Ufff! aus. »Na ja!« sagt sie, und dann: »Oh, ja!« Listig fügt sie hinzu: »Du solltest mir wirklich sagen, warum du und Onkel Ernst euch zerstritten habt, weißt du.«

Irene schüttelt den Kopf.

»Scheiße!« sagt Zubeida, eine ihrer neuerlernten Vokabeln verwendend. Sie fügt hinzu: »Ich weiß sowieso, warum.«

Irene hebt hilflos beide Hände.

»Prostituierte!« sagt Zubeida.

In dieser Nacht träumt Irene vom Center. Da sind Animierdamen, aber keine Animierherren. Zubeida hat immer recht. Irene selbst trägt gepolsterte Einlagen auf den Schultern und im Schritt und geht rings um eine Art Ferienkolonie herum. Das Center erscheint als das Innere eines Asteroiden, die Wolken als Wolkenattrappen, die Hügel als Meisterwerk eines Bühnenbildners, Sonne und Mond als künstliche Projektionen, der blaue Himmel als Triumph eines Ingenieurs. Die Schwerkraft ist gering wie die Ka'abahs. Irene kommt zu dem Schluß, daß es einen Weg geben muß, zumindest für Fracht, der durch sorgfältige Beobachtung aufzudecken sein müßte, besonders wenn sich nie jemand zuvor darum gekümmert hat. Sie sieht sich zwar nicht in der Rolle einer Detektivin, hält sich aber für kompetent. Center ist zeithemmend; dennoch hat sie keine Mühe, sich schneller als irgendwer sonst zu bewegen. Aber als sie im Keller die Tür findet, die ins Draußen führt, erspäht sie durch sie hindurch die gleiche große, scheunenähnliche Tanzfläche, die sie gerade verlassen hat, mit denselben Menschen, erstarrt wie zuvor. Sie reißt sich die hinderlichen Polstereinlagen herunter, die sie nicht leiden kann, nur um von irgend jemandem wieder die gleichen falschen Schultern zu bekommen: *Wenn du diese lange genug trägst, bekommst du Schulterstücke.* Als sie wieder in den Keller geht, findet sie dieselbe Tür vor, steht wieder in derselben Ferienkolonie, im selben Draußen, mit denselben schönen Frauen und denselben erfolgreichen Männern. Nur bewegt sich niemand. Und so weiter, und so fort. Bis ihr endlich einfällt, daß sie doch jemanden kennt, der sie hinausbringen kann, jemand sehr Wichtiges, der das Geheimnis kennt. Sie denkt, es muß Ernst sein. Und wacht schließlich auf, als sie sich im Schlaf nach dieser Person rufen hört: *Zubeida!*

Gib's zu; als Komödie ist dies alles viel netter. Djafar hochnäsig, aber gutmütig, Zubeida, die ihrem Papa den Kopf in den Bauch rennt. Du willst gar nicht wissen, wie ungern Irene diesen guten Mann ansieht, und ich auch nicht; es reißt sie entzwei. Sie hängt in den Gängen zum Kommunikationsraum herum, da sie auf Informationen über ihre Fähre wartet. Wie sie sich wiederholt am Computer erkundigt, ob Ernst irgendwelche Fragen über sie gestellt hat: bis jetzt keine. Sie denkt: *Ich werde langsam paranoid.* Wie sie versucht, sich mit den Kommunikationsleuten anzufreunden, aber Angst hat, daß Ernst es erfahren wird, wenn sie es tut. Sie weiß noch nicht genau, was sie machen wird, wenn die Fähre eintrifft: ihm alles erklären, sich mit Zubeida und Jasemin an Bord schleichen, ihm sagen, er könne mitkommen, sich mit ihm auseinandersetzen, ihm sagen, sie habe ein Verhältnis mit einem anderen Mann, wer weiß. Ich habe in Erwägung gezogen, Ernst eine Darmgrippe zu verpassen und die anderen beiden abhauen zu lassen, während er am Würgen ist. Aber ich glaube es nicht. Nicht wirklich. Ich glaube nicht, daß es so abläuft. Ich glaube, sie treffen sich in dem Flur, der zum Kommunikationsraum führt, nachdem Ernst durch Privatanfrage an den Computer von der Fähre erfahren hat. Gerade in solchen abstrakten, schwachbeleuchteten, leicht gerundeten Räumlichkeiten passieren die schlimmsten Dinge. Wo man nirgendwo hinrennen kann und wo nichts Natürliches den menschlichen Konflikt mildert: menschliche Wände und Decken, menschliches Licht, menschliches Handwerk, menschliche Ideen. Hier sind diese beiden überlebensgroßen Gestalten der Frau und des Mannes, diesmal beide in Schwarz. Sie sehen ein ganz klein bißchen aus wie die lebenden Karten in *Alice im Wunderland:* Leibröcke mit Gürteln über langen Unterhosen. Sie tragen — im Augenblick — keine Waffen. Beide sind groß, die ältere (um die Fünfzig) mit graumeliertem schwarzen Haar und hohem Nasenrücken, langgliedrig, mit den tiefliegenden dunklen Augen und den hohen Backenknochen eines Wüstenpropheten. Die andere ist ein stämmigerer Typ, fast zwanzig Jahre jünger, mit jenem slavischen Tellergesicht, in dem die Nase nur ein Tupfer ist, die Augen ein ausgelaugtes Blau und das Haar fein, farbunbestimmt, gesponnen, wie es Russen bekommen, wenn sie vergessen, blond zu sein. Sie versucht, in den Kommunikationsraum zu gelangen, und er verstellt ihr den Weg.

Sie sind nicht mehr auf Ka'abah.

Sie sagt: »Geh mir aus dem Weg.«

Er ist unerträglich enttäuscht. Seit Wochen in der Hoffnung, daß ihre Worte das enorme Informationsdefizit in ihrem Verhalten ausfüllen würden, aber kein Glück; Irene hat ihre Fähigkeit zu projizieren völlig verloren.

Noch einmal sagt sie, etwas schriller: »Hör mal, gehst du mir jetzt aus dem Weg?«

Er bereitet sich aufs Zuhören vor, weil man immer zuhören muß, aber es wird der gleiche einleuchtende Unsinn sein: nach außen hin vielleicht wahr, einiges davon mit einem Kern von Wahrheit, aber privat unmöglich. Er hat ein entsetzliches Gefühl im Magen; er wird sie verlieren, so oder so. Und das Center wird den Fall als Vorwand benutzen, nie wieder Frauen zu rekrutieren; das weiß er. Er gibt sich selbst die Schuld, denn er weiß, daß er das alles hätte früher kommen sehen müssen, daß sie mehr Verständnis brauchte als er geben konnte, daß er lasch, faul, sogar entrückt gewesen ist, daß er nichts von allem, was sie gesagt oder getan hat, wirklich in Frage gestellt hat.

Auf Ka'abah würden sie es unmännlich nennen.

Sein inneres Auge sieht sie umgeben von wahnsinnigen Frauen. Zubeidas Mutter, Zubeidas Tante, Irenes Freundin, Irenes Mutter, vielleicht sogar Zubeida selbst. Es sind von der Außenwelt abgeschnittene, auf sich selbst bezogene, unglückliche Frauen, die in jenes finstere Urmuster zurücksinken, welches Irene immer verabscheut hat, etwas Gestaltloses, Urzeitliches, ein Wahn, der so vollkommen ist, daß er sich wie ein Sumpf über seinem Opfer schließt. Er glaubt, daß kein Er-und-Sie davon übriggeblieben ist. Keine Vertrautheit.

Irene brüllt: »Verdammte Scheiße noch mal, geh mir endlich aus dem Weg, Ernst!«

In der geringen Schwerkraft dieses zu breiten Flurs wird jede Bewegung weg von der Wand ein langsames Karambolieren sein, wie zwei Federbälle, die miteinander in Clinch zu kommen versuchen. Er erkennt die Abwehrhaltung, die sie einnimmt, als diejenige, die er ihr beigebracht hat. Alles an ihr ist herzzerreißend vertraut: das Einwärtsdrehen der Knie, so anmutig in Zeitlupe, so plump beim Rennen, die Konzentration in ihrem Gesicht, die Üppigkeit ihrer Hüften und ihres Hinterns, und das verborgene Gesicht unter ihren Kleidern: zwei blinde Augen, ein Grübchen, ein haariger Mund. Er muß gerade an Irene im Bett denken. Die absurde Kleinheit ihrer Hände und Füße.

Sie springt überraschend nach hinten weg, den Gang hinunter, weg von ihm, und er sieht, wie sie etwas in ein Computerterminal in der Wand schiebt und hastig in das Gitter hineinspricht, darüber gebeugt, um den Schall ihrer Stimme zu dämpfen. Sie grinst, und ihr ganzer Körper entspannt sich. Seine Überraschung, sein Verdruß, eine fast instinktive Reaktion auf ihre Unbeschirmtheit schicken ihn den Flur hinunter hinter ihr her, doch Irene ist bereits in der Luft, da sie die Technik des waagerechten, schraubenartigen Angriffs gewählt hat, bei der sie aufgrund ihres tieferliegenden Schwerpunkts im Vorteil ist. Sie war schon immer schneller als er. Er weicht aus und findet sich auf dem Rücken wieder, keine schlechte Lage, allerdings von geringem Nutzen bei diesen Schwereverhältnissen. Er hütet sich wohlweislich davor, aufzustehen. Ihm wird bewußt, daß es Irene wirklich ernst ist; sie versucht, ihm weh zu tun. Für einen guten Tritt braucht sie nicht die Reibung hoher Gravitation, und er hat ihre Drehung schon in den ungraziösesten, ungewöhnlichsten und wirksamsten Weisen miterleben können. Sie hat in vergangener Zeit gesagt: *Ich kämpfe gut, weil ich es schlecht kann und weil ich übe. Für dich ist es nur ein Spiel.*

Irene weh tun? Es wird ihm nichts anderes übrigbleiben. Er rollt sich und schnappt nach ihr, sie weicht ihm aus. Es kommt zu einem weiteren Gemenge, und er drückt sie mit seinem Körper runter, wobei er ihr keinen Ansatz zu Bewegung läßt, wie in einer Trainingsstunde, in der sie — vor Jahren — bei dieser Parodie auf das Liebesspiel in Tränen ausgebrochen war. Aber er hat die Schwerkraft vergessen. Sie hat genug Hebelansatz, um sie beide in die Luft zu hieven, wo sie majestätisch im Kreis herum segeln, und er ist deutlich im Nachteil, da er nichts hat, wogegen er drücken könnte.

Irene gelingt es, ein Knie in seinen Rücken und einen

Arm um seinen Hals zu bekommen. Sie fängt an, ihn zu würgen.

Er wirft sie ab.

Ernst muß sich eingestehen, daß ihre Kraft, wenn auch nicht so groß wie seine, ihm allmählich ernsthaft lästig wird. Irene scheint es egal zu sein, was sie tut. Sie ist wahnsinnig. Irene ist die Schülerin und er der Lehrer; der Lehrer ist es, der in romantischen Vorstellungen von der Unerfahrenheit des Schülers verhaftet bleibt, und der Schüler derjenige, der (obwohl er nichts lernt) die Eigenheiten des Lehrers mit tödlicher Genauigkeit mimen kann.

Wieder steigen sie träge Hals über Kopf in die Luft.

Erinnerungen lenken Ernst ab: Irene beim Liebemachen, Irene schlafend und träumend, Irene beim Flirten. Es ist unfair, gegen jemanden kämpfen zu müssen, gegen den dich schon deine eigenen Gedanken entwaffnen.

Dir ...

einer Zuschauenden ...

dir, wenn du da wärst ...

... würden sie wie Tänzer vorkommen, die Hälfte der Zeit auf dem Kopf, mit fliegenden Armen und Beinen. Beide scheinen vergessen zu haben, warum sie dort sind, oder warum sie kämpfen, oder was sie eigentlich wollen. Ernst macht sich keine Gedanken mehr darüber, ob sie sie im Center wieder zurechtbiegen können (falls er sie dahin bekommt), und Irene hat den Versuch aufgegeben, den Fuß in seiner Leistengegend zu landen, da Ernst sich automatisch schützt und ihr nie genug Spiel läßt. Keiner von beiden verfolgt die geradlinige Flugbahn naiven Zorns, diejenige, die Zubeida einschlagen würde, käme sie wie ein Pfeil in den Flur geschossen, irrsinnig krii-end, mit wehenden Schleiern und gegen die Wand klatschenden Ketten, um ihren Kopf in dieses verrückte Paar zu rammen, in Ernsts Bauch.

Zuby könnte das; sie übt sich schon seit längerem

darin, in den Gängen zu rennen. Sie hat schon verschiedentlich Leute umgerempelt und sich einigen Ärger zugezogen. Es wäre ihr ein leichtes, in die Liebenden hineinzukrachen und sie gegen eine Wand zu schleudern, von der sie dann, sich in schwindelerregender Weise überschlagend, abprallen würden, und neben ihnen würde eine kreischende Zwölfjährige im rechten Winkel davonsegeln, eine wirbelnde kleine Masse aus Schmuck und Gaze, wie ein sich verdichtender Spiralnebel, ein mit dem Goldgeglitzer ihrer Broschen und Ohrringe durchsetztes Wölkchen, eine Sternschnuppe.

Doch Irene und Ernst sind allein; daher kämpfen sie. In einem solchen Wettstreit von Kraft und Geschicklichkeit kommt es immer darauf an, wer gewinnt und wer verliert. Alles hängt davon ab, ob der Mann stärker ist als die Frau oder die Frau stärker als der Mann. Ernsts Alter schwächt ihn; zwischen einer Frau von dreißig und einem Mann von Fünfzig abzuwägen ist müßig. Ihre Ausdauer ist größer als seine, nichtsdestoweniger ist er stärker, und seine Muskeln tun ihr weh. Sie erwacht gerade aus einer dreißigjährigen Trance, einer lebenslangen Hypnose. Sie dachte immer, es wäre wichtig, wer gewinnt und wer verliert, wer beschämt ist und wer nicht. Sie hatte ganz vergessen, was sie in ihrem Ärmel hat.

Des Wettstreits von Kraft und Geschicklichkeit überdrüssig, erschießt sie ihn.

In den Gängen des Schiffes sind die Botschaften, die der Staub und die Flecke an der Wand und von Passagieren weggeworfene Papierfetzen an den merkwürdigsten Stellen hinterlassen haben, mit Tod getränkt. Mit Mord, um es grob zu sagen, wovon das obige ein sehr unerfreuliches Beispiel ist. Seine Unverdientheit. Seine Langweiligkeit. Seine Unumgänglichkeit. Seine Abgedroschenheit. Da ist ein Labyrinth, und das Labyrinth trieft davon (Tränen in den Augen), Überlegungen, ihn aus den Schiffsunterlagen zu streichen, ihre und Zubeidas Habe aus der Kabine zu verlegen, ihre Kabinennummer zu ändern. Jasemin wohnt jetzt im Büro des Zahlmeisters (wegen guter Führung), in einer stoffgefütterten Schachtel mit einem Reisekörbchen für gelegentliche Ausflüge schiffauf und schiffab: ein Käfig in einem Käfig in einem Käfig.

Ich wünschte, ich könnte mit ihr reden. Ich wünschte, ich könnte sie anstupsen. Ich wünschte, ich könnte mit ihr den Gang runterlaufen und flüstern: *He, Süße, willst du ficken? He, Fräulein, Sie ... äh ... Sie haben Ihr Höschen verloren.* Obwohl ich das nicht sagen würde. Ich könnte das nicht sagen. Was ich ihr sagen will, ist, wie es wirklich ist, was mit einem passiert, das Sein oder Nichtsein von Schuld. Wie das Opfer anschließend herumhängt, was dem anschließenden Herumhängen deines eigenen toten Ichs vorzuziehen ist. Ich würde ihr sagen, es ist nicht unerträglich. Ich würde ihr sagen, Depression ist, wie man jemanden, die man haßt, behandelt, indem man sie zum Beispiel nicht ernährt, nicht unterhält, nicht zu schätzen weiß, ihr das Leben nicht schön macht. Ich würde Irene von der Seite anstupsen. Ich würde ihr sagen, daß ihre Tat sie nicht eingeengt hat. Daß sie nicht vom Schicksal verfolgt wird, daß Zubeida sehr wichtig ist, daß sie auf Zubeida hören muß, daß sie Zubeida hier herausholen muß.

In der Kabine ist keine Zuby zu sehen. Und ihre Ka'abitenkleider sind weg. Zubeida ist wieder böse. Irene packt Unterwäsche, Nachthemd und Handzahnbürste des kleinen Mädchens in den Miniseesack, den sich Zubeida vor einigen Tagen im Schiffskrämerladen gekauft hat. Der Sack ist sogar fast zu klein für die paar Dinge.

Ernst hätte gern ...

Ernst hätte ...

... hätte ...

Na ja, vielleicht doch nicht, nein.

Mir geht durch den Sinn, daß sie ihn nur betäubt hat, daß er bald aufstehen wird und lediglich einer zeitweiligen Verlegenheit ins Auge sehen muß (weil sie ihn im Computer nicht finden können), daß er sie suchen kommen wird, reumütig, zerknirscht, eines Besseren belehrt.

Na ja, vielleicht doch nicht, nein.

Irene läuft den Gang hinunter, der Seesack baumelt an einer Hand. Zubeida wird im Speisesaal oder in der Turnhalle sein. Da ist noch die Arbeit mit dem Computer zu erledigen, was Irene auch tut. Dann denkt sie daran, wie sie dir drohen, all diese Eltern- und Doktor- und Künstler- und Lehrer- und Kino- und Freund- und Freundinschamanen, dir erzählen, wie sich die Tabus von selber rächen werden. Die Damen werden vor Schuldbewußtsein wahnsinnig, wenn sie die Herren verlassen oder links liegen lassen oder ihnen Schlechtes nachsagen. Die Herren überfahren die Damen oder vergewaltigen sie oder brechen ihnen das Genick oder erwürgen sie oder stoßen sie von hohen Gebäuden hinab (die Auf-Band-Geschichten in der Bibliothek). Es gibt Angstkrisen und Schreianfälle. Zubeida bekommt Alpträume. Herren drehen Zigaretten in den Augen anderer Herren aus. In den Familiengeschichten werfen sich die Damen vor Züge oder werden von besorgten Familien ins Irrenhaus gesteckt oder werden Ärzten zur Heilung geschickt, oder sie scheiden aus dem Berufsleben aus, weil sie ihm nicht gewachsen sind und zusammenbrechen oder weil sie böse sind und Männern schaden, *und Zubeida liest diese Geschichten.* Sie liebt sie. Sie setzt sich das Lesegerät auf die exotische Nase und verschlingt sie.

Irene zittert vor solch allverzehrender Wut, daß sie sich beinahe die Hand an der Wand bricht. Dies ist keine Komödie; Zubeida wird in der Bibliothek nie darüber stolpern. In einer Komödie würde Ernst am Schluß Irene heiraten. Irene hängt sich den Seesack quer über die

Brust und hastet den Gang hinunter, bis sie auf Luft schreitet; sie hat genug Zeit vertan. Zuby wird im Speisesaal oder im Aufenthaltsraum sein und dem größtmöglichen Menschenauflauf ihr Eichhörnchen vorführen. Halte Ausschau nach einer kleinen Gestalt in fließendem Weiß, wie eine Fee oder ein Gespenst. Ernst (denkt Irene) war sanft und großmütig, ein wahrhaft guter Mann. Trotzdem wollte er sie ins Center zurückbringen (zu ihrem eigenen Besten), ihr einen Schreibtischjob aufbrummen (wenn sie einen hätten) oder sie vielleicht einfach nach Hause schicken. Es leuchtet ihr ein, daß Ernst nach zwanzig Jahren beschließen könnte, sie nach Hause zu schicken, und das Center würde es natürlich tun. Sie mißtraut dem Center, schon von Anfang an. Wie die Damen von Ka'abah sagen würden, es gibt Herren, die dich mit Tränen in den Augen zu deinen Eltern zurückschicken, weil du nicht beständig genug bist; es gibt Herren, die sich zurückhalten; es gibt Herren, die dich die Betontreppe hinunterstoßen; es gibt Herren, die dich (zu deinem eigenen Besten) einsperren, entweder auf Ka'abah oder nicht auf Ka'abah.

Sie schüttelt ungestüm den Kopf, um wieder Klarheit hineinzubringen. Etwas kommt den Flur herunter. In dem Flur vor dem Speisesaal bewegt sich eine Prozession, die wie eine Kinderbuchillustration anmutet: eine viktorianische Fee mit einem rotgewandeten Elfen in einem Käfig (der sich stehend an die Gitterstäbe klammert) und, hinter ihnen her dackelnd, ein schwächlicher, sterblicher kleiner Junge mit Shorts und Brille.

Irene sagt: »Zubeida, gib mir Jasemin. Nimm den Seesack. Wir müssen im Verkehrsanschlußraum in eine andere Fähre umsteigen.«

Zubeida sagt: »Michael will mitkommen.«

Irene sagt: »Aber er gehört uns nicht.«

»Ich hab' dir auch nicht gehört«, erwidert Zubeida, nicht ohne Logik.

Michael schiebt seine Brille hoch, die ihm auf die Nase gerutscht war. Er beobachtet die großen Leute, wobei seine Augen hin und her wandern, während sie von ihm sprechen. Der kleine Junge ist Irene nicht sympathisch; seine Shorts sind zu groß, seine Brille riesenhaft, und von Zeit zu Zeit schnaubt er hörbar. Michael ist ein Gnom.

Irene sagt: »Zuby, was hast du ihm alles erzählt?«

»Nichts, was du mir nicht gesagt hättest«, gibt Zubeida giftig zurück.

Michael fängt an zu stöhnen. Er stößt komische Krächztöne aus, als wäre sein Atemmechanismus defekt. Irgend etwas in Michaels Innerem funktioniert nicht. Er krallt sich mit beiden Händen an Zubeidas Schleiern fest, und Tränen kullern aus seinen schwachen, bestürzten, euligen Augen, Tränen, die durch seine Brille grotesk vergrößert werden. Er schiebt seinen Unterkiefer röchelnd hin und her. Warum Michael nicht wie alle andere Kontaktlinsen tragen kann, ist Irene ein Rätsel; vielleicht kosten sie zuviel oder seine Augen können sie nicht vertragen. Oder es ist seiner Familie egal. Zubeida sagt: »Ich weiß, daß er mitkommen will. Ich hab ihn gefragt. Stimmt's?« und der kleine Junge nickt. Sie fragt: »Du bist doch ganz sicher, oder?« und er nickt wieder.

Zubeida streichelt ihn und wirft dann Irene einen warnenden Blick zu, der soviel bedeutet wie: »Damit ist alles klar.« Irene hat nicht zu widersprechen. Michael kommt mit. Zubeida macht den Eindruck, als wüßte sie, daß entschlossene Leute ohne weiteres mit anderer Leute Kinder abhauen können, daß Fünfjährige ganz vernünftig selbst die Entscheidung fällen können, eine Gruppe Erwachsener zu verlassen, um mit einer anderen zu gehen. Ein solches Arrangement ist gut für alle Beteiligten. »Kann er mitkommen?« sagt sie in förmlichem Ton, wohlwollend auf Michael blickend, und als Irene den Kopf schüttelt, runzelt Zubeida die Stirn. »Nein«, sagt Irene geduldig.

»Sieh mal«, fügt sie hinzu, »dieses Kind hat eine Familie. Die Leute mögen es nicht, wenn ihnen ihre Kinder abhanden kommen. Sie sind das nicht gewöhnt. Deshalb versehen die Schiffsoffiziere alle mit Etiketten. Sie werden uns ein Kind in diesem Alter nicht aushändigen. Sie haben Unterlagen darüber, zu wem es gehört, und wenn wir versuchen, einfach mit ihm abzuhauen, werden sie es nicht zulassen. Sie werden Michael überprüfen. Sie werden den Computer fragen, wer er ist. Und wir können ihn nicht in eine Kiste packen und so tun, als wäre er eine Pflanze oder ein Bücherbord. Außerdem ist er ein Junge; kein Mensch wird ihn daran hindern, Dichter zu werden, oder ihn immer in einem Zimmer halten, wie sie es mit dir gemacht haben.«

Zubeida sieht Michael zweifelnd an. Dann schiebt sie ihn hinter sich, zieht Irenes Kopf zu sich herunter und flüstert:

»Er hat Angst vor erwachsenen Männern. Er sagt, sie seien gemein zu ihm, und er wolle mit uns kommen.« Aufgeregt fügt sie hinzu: »Irenee, was ist, wenn sie ihm beibringen, seine Frau zu schlagen und mit Prostituierten zu gehen!«

Irene sagt hilflos: »Zubeida, ich will ihn nicht ...«, und das kleine Mädchen weicht auf der Stelle zurück, stemmt die Hände in die Hüften und kneift die Augen zusammen. Sie sagt:

»Warum haßt du ihn?«

»Ich hasse ihn nicht«, erwidert Irene. »Ich nehme ihn einfach nicht mit.«

»Du haßt ihn«, sagt Zuby.

Hilflos sagt Irene: »Also gut, ich *mag* ihn nicht ...«

»*Ich* mag ihn«, sagt Zubeida aggressiv. Michael klammert sich fest an ihr Gewand, das er in seinen verschwitzten Händen zerknüllt. Zubeida schubst ihn weg und knallt ihm dann eine, damit er sie losläßt. Sie drückt Michael Jasemin-im-Käfig in die Hand — er läßt den Käfig fallen, worauf das Eichhörnchen zu schnattern anfängt — und schiebt den kleinen Jungen hinter sich. Blaß und resolut sagt sie:

»Entweder er geht mit, oder ich bleibe.«

Mit Fassung fügt sie hinzu: »Ich weiß, daß er stinkt, Irenee, aber das ist nur, weil er niemanden hat, der ihn badet, und er ist zu klein, um es allein zu tun. Er weiß nicht, wie das geht. Ich hab's versucht, aber der Warm-Knopf war zu heiß, und wir hätten uns beide fast verbrüht. Er wäre sowieso ertrunken. Er braucht jemanden, der sich um ihn kümmert, wie der kleine Waisenjunge im Spiel des Straßenkehrers. Wo die Frau des Sultans ihn erst mit einem Stock schlägt, sich aber dann erweichen läßt und ihn adoptiert. Aber ich will nicht, daß er deswegen mitkommt. Ich will ihn, weil er mein Freund ist und weil ich ohne ihn einsam wäre. Und warum du ihn nicht nehmen kannst, wo du mich genommen hast, verstehe ich nicht! Jedenfalls, wenn du's nicht tust, gehe ich auch nicht mit.« Und sie stemmt die Hände in die Hüften, einen Fuß kämpferisch vorgestellt — eine Pose, von der Irene annimmt, daß sie aus einem ka'abischen Stück stammt. Die aufbegehrende Jungfrau. Sie kann sich nicht vorstellen, wogegen die Jungfrau auf Ka'abah hätte aufbegehren können, außer vielleicht gegen eine böse Mutter, die ein männliches Kind schlecht behandelt. Michael, der um Zubeida herumlugt, läßt sich selbst in äußerster Bedrängnis von Jasemin ablenken. Auf dem Boden kauernd, streckt er einen faszinierten Zeigefinger nach dem Eichhörnchen aus.

»Wie willst du deinen Lebensunterhalt verdienen?« fragt Irene ihre Tochter.

Zubeida sagt: »Ich werde Dichterlesungen veranstalten.«

Das ist Irenes Lebenswerk: Frauen und kleine Mädchen aus den entlegensten Ecken des Univerums zu sammeln. Aber nicht kleine Jungen. Sie muß Entschlossenheit zeigen. Zubeida schreit grimmig: »Er ist ein guter kleiner Junge! Ich liebe ihn!« und schnappt Michaels

Hand, um mit ihm jeden Augenblick den Gang hinunterzuflitzen. Ihr schmächtiger Brustkasten hebt sich. Zubeida weiß, daß er ein guter Junge ist. Sie ist bereit, Dichterlesungen für ihn abzuhalten, den Boden für ihn zu schrubben, für ihn zu arbeiten und sich für ihn aufzuopfern. Irene könnte Zubeida mit einem Arm hochheben, mit zweien am Strampeln hindern und das schreiende Bündel davontragen. Irene könnte bei der Passagierauskunft des Computers anfragen und eine Falschladung für Michael erfinden, die Fehlinformation mit der echten vergleichen und dann die echte herausnehmen. Sie könnte ihre Arbeit schlampig verrichten und irgendeinen kleinen Fehler begehen, genug, um ihn dazubehalten: Wenn sie den Computer über Michael abfragen, wird sich herausstellen, daß er an Bord bleiben muß. Zubeida wird das Herz brechen. Zubeida hat keine Tante, keine Mutter, keine Brüder; wenn sie Michael verliert, hat sie auch keinen kleinen Freund mehr. Der kleine Junge hat sich (samt Eichhörnchenkäfig) so tief in die Falten von Zubeidas Gewand hineingewikkelt, daß es ihr Ka'abitenkleid ruinieren würde, wenn man ihn wegrisse — das einzige Erinnerungsstück an ihr Zuhause, an ihre Mutter. Alles übrige befindet sich im Innern von Zubeidas schmalem Schädel. Ihre Miene ist fuchsteufelswild und flehend, ihre Brauen hochgezogen. Sie hält Michael, um den sie dramatisch die Arme geschlungen hat, ganz fest: *Die beschützende Dichterin.*

Sie werden Ernst jeden Moment finden.

Wenn er noch lebt, wird er jeden Moment vom Boden aufstehen.

»Also gut«, sagt Irene mit gestrafftem Mund. »Geht zum Verkehrsanschlußraum. Ich werde den Computer frisieren. Wartet auf mich«, und sie fegt die ka'abische Familiengruppe mit einem Armschwung den Gang hinunter, begleitet von Jasemins panischem Geschnatter. Über ihre Schulter hinweg hört Irene Zubeidas Stimme:

»Siehst du, ich hab's dir ja gesagt. Sie mag dich!«

Und denkt, während sie die Abdeckplatte eines Computerterminals aufstemmt:

Ich brauche nur einen einzigen Fehler zu machen …

Der Verkehrsanschlußraum ist bis auf die Zollschranke und die uniformierten Zollbeamten völlig kahl. Diese sind nicht wie die auf Ka'abah. Die Schranke ist eine in die Wand eingelassene Metalleiste und funkelt vor Knöpfen und Schaltern. Der Beamte ist ein blasser Mann von Irenes Größe mit dichten Brauenbüscheln und kleinen, fahlen Augen, dessen Gesichtshaarwuchs an Hals und Schläfen in blonden Flaum übergeht. Er könnte einer von Irenes Nachbarn zu Hause sein, so kräftig, so unsinnlich, so männlich, so klar umrissen, so umwerfend antiseptisch ist er. Er beginnt mit den Routinefragen:

»Sind Sie eine Familieneinheit?«

Nein, aber sie läuft mir überall nach.

Sie nickt.

»Ihre Namen, bitte?«

Sie gibt sie ihm.

»Ihre Nummern, bitte?«

Sie gibt sie ihm.

»Haben Sie eine Erlaubnis für das Tier?«

Sie nickt.

»Ihren Ausweis, bitte.«

Sie reicht ihn ihm.

»Die anderen, bitte.«

Sie legt sie umgedreht auf die Abfertigungsschranke.

Zubeidas Visum wird von dem Computer verschlungen und ausgespuckt. Irene händigt ihre eigene Karte aus. Michael trägt seine Ausweiskarte an einer Schnur um den Hals; sie ist in den Wochen, seit er an Bord ist, ganz schmuddelig geworden. Der Beamte zeigt soeben die einzige menschliche Reaktion, die Irene bisher an ihm entdecken konnte: Ekel davor, Michaels Karte anzufassen.

Der Computer schluckt sie gleichgültig und spuckt sie aus.

Er spuckt Irenes Karte aus.

Zubeida versucht, Michaels Karte auf die Schnur um seinen Hals zu fädeln, was schwierig ist, da die Karte kein Loch hat. Irene nimmt sie ihr ab und klammert sie an der Schnurhalterung fest. Sie nimmt Michael und Zubeida an die Hand. Der Zollbeamte hat sich eine Brille aufgesetzt und spielt jetzt ein kompliziertes Arpeggio auf der Tastatur der Abfertigungssperre.

Auf der Tastatur leuchten Lämpchen auf.

Andere gehen aus.

Er schlägt zwei weitere Tasten an, hält inne, liest etwas in einem Handbuch nach, das an die Kante der Zollschranke gekettet ist, spielt wieder auf der Tastatur, blickt über den Brillenrand hinweg auf die Familiengruppe (Michael fingert, in ungeschickter Nachahmung, an seiner eigenen Brille herum) und drückt auf drei weitere Tasten. Er scheint im Zweifel zu sein.

»Wo ist Onkel Ernst?« fragt Zubeida.

Irene sagt: »Muß Onkel Ernst überallhin mitkommen?« Michael läßt sein ganzes Gewicht spüren, indem er abwechselnd in die Hocke geht, sich an ihrer Hand hin- und herschwingt, sich wieder hochstemmt und sich dann wieder hängen läßt. Er ist ein schwerer kleiner Junge. Irene fügt, an Zubeida gewandt, hinzu: »Ich erklär' dir's später«, die zeitschindende Ausrede für Kinder, und Zubeida weiß es, denn ihre Einzelbraue furcht sich auffällig. Sie wird gleich wütend. Sie wird gleich reden. Sie wird irgend etwas in den Raum schmettern. Irene sagt: »Machst du dir keine Sorgen um deinen kleinen Bruder?« um ihr das Maul zu stopfen, aber in diesem Moment nimmt der Zollbeamte seine Brille ab und schiebt sie in ein Fach auf der Tastatur. Er lächelt — plötzlich beträchtlich menschlicher werdend — und sagt in herzlichem Ton:

»Wir sind Landsleute.«

Er fährt fort, wohlwollend zu lächeln. »Ladislas Janowski«, sagt er und streckt eine Hand aus. Sie nimmt sie kurz: trocken, haarig, sorgfältig manikürt. Er belehrt sie:

»Ihnen ist ein Fehler unterlaufen, Frau Waskiewicz. Ich werde Ihnen sagen, was Sie falsch gemacht haben. Erstens haben Sie gegenüber Kindern Besorgnis durchblicken lassen. Zweitens haben Sie eine falsche Eintragung auf dem Visum Ihres Sohns vom Computer übernehmen lassen, als Sie an Bord kamen. Hier —« und er zeigt auf den Computerausdruck, »ist der falsche Code zur Bezeichnung Ihres Verwandtschaftsgrads eingetragen. Sie haben ›neutral‹ anstatt ›Kind‹ angegeben. Und sein Alter stimmt um mehrere Jahre nicht. Aber ich werde eine Landsmännin deswegen nicht aufhalten.«

»Danke«, preßt Irene hervor. Zubeida starrt in offener Verwunderung. Irene versetzt der kleinen Dichterin einen ordentlichen Tritt gegen das Bein, und Zubeida macht einen Satz. Herr Janowski überreicht den Kindern silbrige, sternförmige Metallstücke mit einer Nadel auf der Rückseite, damit man sie an seiner Kleidung feststecken kann; es ist das Schiffszeichen.

Er sagt: »Gute Reise, Frau Waskiewicz.«

»Danke«, sagt Irene wieder und wendet sich blind zum Gehen ab. Seine Hand auf ihrer Schulter hält sie zurück.

»Dort entlang«, sagt er, die Richtung weisend. »Da durch. *Lekkiej drogi.* Angenehme Reise. Die Kinder werden keinen Schwerkraftverlust erleben. Wir haben unter den Einstiegskorridor einige Anlagen installiert, um Übelkeit zu vermeiden. Ihr kleiner Junge hat seine Kapitänsnadel fallen lassen.«

»Michael, heb sie auf«, sagt Zubeida, und dann im Flüsterton zu Irene: »Irene, kommt Onkel Ernst überhaupt?«

»Nein«, sagt Irene leise, »und mach bloß keinen Wirbel.« Aus einem Winkel ihres Gedächtnisses kramt sie hervor: *»Kziekuje bardzo.«*

Zubeida sagt abgeklärt: »Ich mache schon keinen Wirbel.« Sie sieht nachdenklich aus. Sie treten durch ein Loch-in-der-Wand und stehen in einem kahlen Silberkorridor, an dessen Ende sich eine weitere Iris befindet. »Nach unten« ist schwach geworden, aber wenn man sich anstrengt, kann man es finden. Sie haben einen leichten positiven Luftdruck im Rücken. Zubeida sagt: »Hast du mit Ernst gekämpft, Irenee?« Sie treten durch die zweite Iris: wieder ein Korridor, diesmal stärker gekrümmt, wieder ein Schiff. Eine verheiratete Frau mit einer Tochter und einem Sohn, eine Familiengruppe. Zubeida sagt enttäuscht: »Ach, es ist genau das gleiche«, und dann, mit größerem Interesse: »*Hast* du, Irenee?«

Sie fügt hinzu: »Wie bist du davongekommen? Was hast du gemacht? Mußtest du ihn *töten?*«

Mitten in der Nacht sitzt Zubeida im Schlafanzug in einer Kabine, die genauso ist wie die vorige. »Er ist nicht tot. Ich glaube es nicht. Er wird nachkommen.«

Irene hört sich im Halbschlaf sagen: »*Ich* würde es nicht.«

Nicht weit von ihnen grunzt Michael; er macht nachts immer seltene Geräusche: Stöhnen, Ächzlaute, das Wühlgeräusch eines kleinen Jungen, der sich im Bettzeug verfangen hat, sein lautes, ausgedehntes Geschnaufe. Ich dachte erst, Irene, Zubeida und Michael würden in eine andere Art von Fähre umsteigen: eine verbeulte alte Wanne voller Blumen und Tiere, gesteuert von einer pfeiferauchenden Eskimo namens Anarré, aber ich konnte ihre Sprache nicht erfinden (spricht sie englisch oder eskimo?) und habe daher den Gedanken fallenlassen. Es sind die gleichen Teppiche, das gleiche

Nachtlicht; das Schiff ist nur kleiner und fährt schneller. Es hat auch eine andere Form. Zubeida sagt:

»Hast du *wirklich*, Irene?«

»Ja, ich habe wirklich«, sagt Irene. »Laß mich jetzt schlafen.« Zubeida ergreift Irenes Arm, und Irene hört im Dunkeln Schluchzer; ihre Adoptivtochter weint. Zubeida kriecht in Irenes Arme. Ihr kleiner Körper zittert wie zarte Katzenknochen, wie ein Vogelskelett, ihre Stimme zittert ebenfalls, als sie sagt: »Er f-fehlt mir!« Irene lauscht nach dem Echo in ihrem Innern, aber da ist keins. Sie wiegt das kleine Mädchen in den Armen.

»*Warum!*« fordert Zubeida.

»Es ist alles sehr kompliziert«, sagt Irene. »Du kannst die Menschen nicht nur nach einigen ihrer Handlungen beurteilen. Es ist eine schwierige Angelegenheit. Du hast schon einiges davon zu sehen bekommen, und den Rest erzähle ich dir morgen früh.«

Kläglich, fast schluckaufartig, sagt Zubeida: »Mußtest du es tun?«

»Ja«, sagt Irene. Zubeida schneuzt sich geräuschvoll, Irene möchte lieber nicht wissen, worein. Dann sagt das Kind leise: »Vermißt du ihn!«

»Nein, eigentlich nicht.« Das ist wahrscheinlich nicht die richtige Antwort, bestimmt keine ka'abische Antwort. Sie tastet nach den Papiertaschentüchern. Sie hört sich sagen: »Nein, überhaupt nicht.«

»Irenee, glaubst du« — und es klingt zögernd und ängstlich — »glaubst du, daß du je — mit irgend jemandem — wieder, du weißt schon?«

Kein Bariton. Sie sagt: »Ich weiß nicht, Liebes.«

»Glaubst du«, druckst Zubeida noch mehr herum, wobei dumpfe und knarrende Geräusche zu hören sind, als würde sie sich im Dunkel hin- und herwälzen, »glaubst du — na ja, wie die Dame in dem Stück?«

»Die Dame in dem Stück?«

»Die Dame, die sich in die andere Dame verliebt hat«, stößt Zubeida endlich hervor.

»Tja, ich weiß nicht«, sagt Irene. Sie denkt: *Der wirkliche Ernst ist woanders, der wirkliche Ernst muß erst noch gefunden werden, Ernst ist das wirkliche Rätsel.* Sie sagt: »Wenn ich es auf mich zukommen fühle, sage ich dir Bescheid. Leg dich jetzt schlafen.«

Zubeida schneuzt sich wieder und sagt: »Wahrscheinlich hast du recht, so kühl zu sein, auch wenn es unmenschlich scheint. Was zu tun ist, muß getan werden. Sultan er-Raschid hat die Tore Bagdads vor der Pest verriegelt, weißt du. Und der Dichter Schams er-Nahar ist an seinem eigenen Vater auf der Straße vorbeigegangen, ohne mit ihm zu reden. Denke ich.« In einem anderen Ton fügt sie hinzu, wobei ihre Stimme immer höher wird: »Irenee, sind alle Männer Widerlinge? Ernst und mein Vater und alle anderen? Und die Männer, die Ka'abah regieren? Und Djafar ist ein Egoist.«

»Benutzt du ein Papiertaschentuch?«

»Ja natürlich«, sagt Zubeida. »Hältst du mich für eine Wilde?« Hartnäckig setzt sie hinzu: »Gibt es auch irgendwelche guten, Irene?«

Da ist der alte Witz: *Sind alle verdorben? Na ja, ich kenne nicht alle,* doch Zubeida beantwortet ihre Frage selbst, mit allen Zeichen von Erleichterung in der Antwort, und entläßt Irene in den Schlaf und in ihre Träume (immer über ihr Kindheitszuhause, in dem Ernsts Erscheinen bisher ausgeblieben ist). Zubeida sagt:

»*Michael* ist in Ordnung.«

Eine Reise ist eine Zeit, in der du Michael badest, ihm ein Gummi-Entchen mit seinem Namen darauf kaufst, das er kurzsichtig in der ganzen Wanne herum verfolgt und dabei gelegentlich seine Atemmaske ins Wasser taucht. Er schläft auf Irenes Schoß ein, wie er in Ernsts eingeschlafen war, stets bereit zu glauben, daß sich letzten Endes immer irgendein Erwachsener seiner annehmen wird, aber nie wirklich vertrauensvoll, immer ruhig, immer brav. Irene wartet auf seine erste Ungezogenheit als Zeichen seiner Befreiung. In der Zwischenzeit hat sie sich angewöhnt, ihn abwesend auf den Kopf zu küssen (ein bedeutend angenehmeres Unterfangen, jetzt, da er gebadet ist), was Michael stumpfsinnig geschehen läßt, vielleicht mit einem inneren Zucken der Erleichterung, doch keiner sieht es. Er ist ein glotzender, ernster, schwerfälliger, vielleicht sogar beschränkter kleiner Junge. Irene will ihn nicht. Sie denkt an die Frau des Sultans, die ihre Güte und Mütterlichkeit unter Beweis stellt, indem sie den Waisenknaben adoptiert.

Es ist Erpressung.

Sie hat ihn nicht mitgenommen. Sie hat es nicht getan.

Den Teil habe ich nur erfunden.

Die Fähre setzt dich nachts ab, in aller Heimlichkeit. Du hast im Center ein bißchen von der örtlichen Währung und einen einzelnen minderwertigen gelben Diamanten für deinen »Urlaub« abgeluchst. Ehe du aussteigst, wirfst du deine Ausweise und alle Papiere in die Ladeluke. Du nimmst keine Kleider zum Wechseln mit, denn du weißt, daß du alles, was du hast, sowieso bei nächster Gelegenheit loswerden mußt: alles verkaufen, alles wegwerfen, alles in Bargeld umsetzen. Die Zeitspanne, die dir bleibt, bis der Mord an Ernst auf deine Spur führt, wird immer kleiner. Du weißt, du wirst einen gefälschten Ausweis kaufen müssen, dabei mit Bräuchen fertig werden müssen, die Jahre vor deinen eigenen liegen, in einer Stadt, wo du nie warst, und einen Slang sprechen, den du nicht mehr kennst. Du fragst dich, ob es wohl ein Gesetz gibt, das den Besitz ungefaßter Diamanten verbietet, wie es einst mit dem Besitz von Gold der Fall war. Sie setzen dich dreißig Kilometer draußen in der Wüste ab, bei Nacht. Zubeida zittert hörbar in dem Blazer, den du ihr auf der Fähre gekauft hast.

Unter der Jacke des kleinen Mädchens ist ihr Ka'abitengewand zu einem flachen Paket zusammengefaltet; auch das muß verkauft oder weggeworfen werden. Vielleich vergräbst du es im Sand. Du trägst zwar Kleid und Mantel, aber hohe Absätze hast du in den Wind geschrieben; zu deinen Nylonstrümpfen trägst du Mokassins. Am Rand der Autobahn setzt du dich hin — umständlich in einem Kleid — und ziehst den schläfrigen Körper des kleinen Mädchens wärmend an dich heran. Du probst deine Ausreden: »Ich war im Krankenhaus, ich war in Europa, ich war krank.« Zurück auf »Los«. Immer zurück auf »Los«. Du hast den Eindruck, daß du nicht auf der richtigen Welt bist, absolut nicht, und mit einem plötzlichen Anfall von Angst wird die Möglichkeit zur tödlichen Gewißheit. Es sind die falschen Sterne, die falsche Stadt, der falsche Kontinet. Du wirst die Sprache nicht können. Nichts von allem, was du weißt, wird dir etwas nützen. Du fängst an, gegen Zubeida zu zittern, und schämst dich bitterlich über deine Nervosität, denn dort im Westen steht das Sternbild des Zwillings, am gegenüberliegenden Horizont leuchtet der Juwelenglanz des Schwans gegen die Silhouette der Sierras. Dreißig Kilometer entfernt liegt Albuquerque. In dieser Höhenlage, in dieser trockenen Luft, kannst du den Frost-und-Brillanten-Schweif der Milchstraße mühelos erkennen.

Warum die schwachen Nerven? Du hast so etwas schon dutzendmal zuvor gemacht.

(Aber nur mit dem Center im Rücken, nur mit einem Partner, nur mit stützenden Armen, nur mit ungeheuren Rücklagen, auf die du im Fall eines Falles immer zurückgreifen konntest. Jetzt, da du eine geschiedene Dreißigjährige mit einem Kind am Hals bist, ist alles anders.)

Rose hat dich immer davor gewarnt, von deinem Mann abzuhauen.

Dann hörst du einen Laster, der sich auf der dunklen

Straße nähert, und du schüttelst Zubeida sanft und erhebst dich. Es muß bald dämmern. Du weißt ohne Freude, daß dies deine Welt ist. Du stellst dich vorsichtig den anrückenden Scheinwerfern entgegen, bereit, im letzten Moment auf die Seite zu springen, aber der Laster verlangsamt das Tempo und hält an. Der Fahrer wird sichtbar, als er die Tür der Fahrerkabine auf deiner Seite öffnet: ein großer Mann, kariertes Hemd, dicker Hals, rotes Gesicht. In dem mageren Lichtstrahl, der aus der Kabine fällt, kannst du die Aufschrift auf der Seite des Lastwagens lesen: *Coors Bier.* »Wollen Sie mitfahren?« Schon wieder ein Bariton.

»Ja«, sagst du, wobei dir deine Stimme selbst rostig im Ohr klingt, und du zuckst zusammen, wie du es vor achtzehn Jahren nie getan hättest, machst dir Sorgen um Vergewaltigung, wie du es damals auch nicht getan hättest, denn damals war Vergewaltigung eine so schlimme Strafe, daß sie nur anderen Frauen passiert ist. Du streckst die Hand aus, und Zubeida ergreift sie. Du trittst mit ihr in den Lichtschein der Kabine, damit er euch beide sehen kann. »Fahren Sie nach Albuquerque?« Du erwartest, daß die Stadt einen anderen Namen hat, woanders liegt. Er wird sagen, er habe nie davon gehört, und was glauben Sie eigentlich, auf welcher Straße Sie sind? — du hoffst halbherzig, du wirst auf mildernde Umstände plädieren können, der falsche Planet, die falsche Sprache, dich umdrehen und zurückgehen können — aber statt dessen nickt er.

»Einsam auf der A Vierzig um diese Zeit. Wo kommen Sie her?«

Statt dessen sagst du, was du in den vergangenen Wochen, nein Jahren, auswendig gelernt hast, und es ist heute so wahr wie damals, als du siebzehn warst:

»Ich war verreist.«

Irene Rose Waskiewicz liegt wach (während ihre Tochter schläft) in einem billigen Hotelzimmer in Albuquerque. Das Neonlicht, das von einem Schild auf der gegenüberliegenden Straßenseite durch die Gardine fällt, hat Zubeida fasziniert. Sie hat nach dem Abendessen stundenlang am Fenster gehangen und ihre Aufmerksamkeit abwechselnd dem Schild (»Ich trinke X, weil bei mir alle Männer die Kurven kratzen wollen«) und den alten Sendungen im Hotelfernseher geschenkt, von denen *Mary Tyler Moore* ihr Lieblingsstück war. Zubeida hat beschlossen, daß sie Mary Tyler Moore sein will. Auf dem einzigen Sessel im Zimmer, einem zu stark gepolsterten mit grünem Vinylüberzug, stapeln sich Schachteln mit neuen Kleidern — die meisten für Zubeida —, Zeitschriften, Lokalzeitungen, das Telefonbuch. Es war noch keine Zeit, um irgend etwas zu tun, weder um die Zeitungen zu lesen noch sich um einen Job zu kümmern, noch um einen Frauenbuchladen zu suchen. Der Übergang von Wachheit zu Traum hat einen Knoten gebildet, eine Schlinge, die zu lösen sich Irene jetzt schon eine ganze Weile bemüht: Manchmal ist es Zubeidas regelmäßiges Atmen neben ihr und das Verantwortungsgefühl, das er ihr auferlegt, manchmal der Verdacht, Ernst könnte nicht wirklich tot sein, die Spekulation, daß das Center vielleicht annimmt, sie seien zusammen abgehauen (aber warum sollten sie?), das Gefühl der Hilflosigkeit fernab von einer großen Organisation. Wenn Ernst nicht tot ist, wenn das Center nicht weiß, daß er tot ist, wenn sie niemand sucht, wenn diese neue Art schriftlicher Anrede für Frauen irgendeine Bedeutung hat, wenn die Welt wirklich anders ist. Sie denkt, sie muß ein Esel gewesen sein, daß sie das Center so schnell verlassen hat, daß sie Ernst nicht angelogen hat, nicht mit ihm geschlafen hat, ihn nicht hingehalten hat, bis sie an die Informationen über dieses ganze Unternehmen rankommen konnte. Falls es solche Informationen gibt, falls es so ein ganzes Unternehmen gibt. Jetzt wird es länger dauern als ein Frauenleben. Jetzt wird sie, wenn überhaupt, nur auf dem schwierigen Weg rankommen: eine Zivilperson, die von außen angreift. Ein Niemand. Eine Person ohne Macht und Einfluß. Sie hat noch keine Ahnung, daß sie andere Personen ohne Macht und Einfluß suchen kann. Sie will es zurückhaben, selbst wenn sie Ernst dafür in Kauf nehmen muß, selbst wenn sie dafür lügen muß, mit Verachtung gestraft und für verrückt gehalten wird. Es gibt wirklich keine Alternative. Um sich zu trösten, flüchtet sie in Wachträume. Sie träumt, daß Ernst, auf einem anderen Schiff, in einem anderen Universum, Zubeida Gesellschaft leistet, während sie ihr Englisch mit Hilfe von Kinderbüchern aus der Schiffsbibliothek übt, daß die Schiffsziege aus allen Büchern außer dem, das Zubeida schon gelesen hat *(Ding Ling, Frau der Geschichte),* die letzten Seiten herausgefressen hat und damit immer die ganze Handlung verdorben hat, daß Zubeida von alledem nichts weiß. Sie sitzen auf dem Gras unter den Birken von Neulandniveau, und Ernst raucht bearbeiteten Löwenzahnflaum, während er friedlich die Margeriten betrachtet. Es ist jedoch kein guter Tag. Jasemin ist aus dem Gepäckabteil geflohen, um sich den anderen Eichhörnchen anzuschließen (die im Kartenraum wohnen), und wird gleich mit knapper Not dem Sturz in einen Suppentopf in der Kombüse entgehen. Irgend jemand wird den braunen Reis fürs Abendessen versalzen. Ernst ist traurig; er hält eine Nachricht vom Kapitän in der Hand, der nicht Irene ist, worin ihr Liebesspiel am Abend mit der Begründung abgesagt wird, daß sie wirklich mehr Zeit mit ihren Kindern verbringen müsse. Es ist ein schlampiges Schiff. Der Steuermann schlurft, bis auf den Bart und rote, durchlöcherte Socken, völlig nackt herum. In einem anderen Teil von Neulandniveau vermodern Grapefruitschalen, Kaffeesatz, alte Tampons und sonstige Abfälle friedlich in den Erdboden. Um Zubeida herum auf dem Rasen liegen Kinderbücher mit fröhlichen, einladenden Buchdeckeln und fehlenden letzten Seiten. Sie verkünden eine Tagtraumbotschaft, die Irene in ihrem Halbschlaf nicht ganz verstehen kann: *Jelena und Boris führen die Revolution an, Etsuko gewinnt das Rennen, Duc macht Kunststücke, Golda zähmt einen Drachen, Thomas baut eine Mondrakete, Marie wandelt Metalle um, Chinua kreuzt Pflanzen, Irene geht nach Hause, Premierministerin von Ka'abah verspricht Steuersenkung: Menge jubelt, als neue Würdenträgerin den Schleier abwirft ...*

Irene ist eingeschlafen und träumt. In ihrem Traum ist Zubeida eine erwachsene Frau. Sie sitzt in ihrer Ka'abitenkleidung auf einem felsigen Vorgebirge, etwas höher als Irene, finster brütend unter ihrem Schleier wie der Geist der Unterwelt. Zubeida wartet darauf, daß etwas passiert. Tief unter ihnen beiden kann Irene ein Wüstental erkennen und ein altes, ausgetrocknetes Flußbett, wo in grauer Vorzeit ein Strom floß. Die Felsenwände des Tals ragen nicht in den Himmel, sondern in die schwacherleuchtete Grauheit eines Innenraums, ähnlich dem Gewölbe einer riesigen Höhle. Irene weiß, daß sie sich im tiefsten Zentrum von Jemands Gedankenwelt befinden, daß sie endlich Zugang zu dem geheimsten Ort von Ka'abah gefunden haben. Weiter draußen, zur Oberfläche hin, mögen Winde toben, Feuersbrünste wüten und Regenfälle von Blut strömen, aber hier ist alles still, und im grauen, farblosen Halblicht kann Irene erkennen, daß der Boden des Tals unter ihr dicht bedeckt ist mit Knochen. Unzählige Skelette breiten sich von Wand zu Wand aus, und, unermeßlich aufgetürmt zur halbgrauen, halbverlorenen Felsendekke, weit von jedem Liebes- oder Lichtstrahl entfernt, liegen Skelette, so wie sie vor langer Zeit fielen in uralten Gebärden des Schreckens oder der Flucht, Knochen quer über Knochen, Stapel von Knochen, die den verödeten Wasserlauf ersticken und sich zwischen den Wänden des Tals weit nach hinten erstrecken — ein verdorrter, lautloser Teppichbelag, soweit das Auge reicht.

Hier ist seit langer, langer Zeit nichts mehr geschehen.

Es ist so dürr, so still, so regungslos grau, daß Irene sofort weiß, wessen Seele es ist — es ist Tante Dunjas Seele —, und sie weiß, daß es keinen Sinn mehr hat zu fragen, ob Dunja glücklich oder unglücklich ist, so monoton, so trostlos, so ganz und gar wahnsinnig ist sie: Auf diese Unmengen von Erschlagenen fällt kein Regen und weht kein Wind vom Himmel herab.

Leise dringt ein schwacher, girrender Seufzer an Irenes Ohr: *Sollen diese Knochen leben?* aber Irene weiß, daß diese Worte von keiner lebenden Stimme gesprochen werden, ja, von überhaupt keiner Stimme; sie werden von nichts gesprochen. Es ist nur die Luft, die da spricht, ein plötzlicher Strudel hier oder dort, Luft, die sich bildet und wieder neu bildet und dadurch zufällig die Erinnerung an Worte weckt.

Und Irene muß aus tiefstem Herzen antworten *Es ist unmöglich*, denn selbst die alten Zauberer und Magier waren außerstande, etwas aus nichts zu machen: Für einen Ozean muß ein Tropfen Wasser da sein, für einen Menschen ein Nagelsplitter, für einen Wald ein Grashalm.

Und wieder ertönt das Flüstern, doch diesmal lauter — *Sollen diese Knochen leben!* — und es bewegt den Zipfel von Zubeidas Schleier, dort, wo sie brütend über dem Abgrund sitzt. Und eine kaum merkliche Brise, ohne die Macht eines Fingernagels, schweift in das Tal hinab und haucht über die trockenen Knochen, eine winzige Brise — noch lebloser als die Stimme der echten Tante Dunja —, eine Brise, die jetzt von Wand zu Wand und über den toten Wasserlauf und das taube Gestein fährt. Es ist nichts Lebendes, sondern nur die Erinnerung an eine andere Stimme, die Stimme von Dunjazade, Scheherazades Schwester, jener wahnsinnigen, toten, geistergequälten Frau, die keine Geschichten erzählen konnte, die sich nicht retten konnte. Es ist die Stimmlosigkeit von Dunjazade, die wie ein Seufzer von einer Wand des trockenen Knochentals zur anderen fliegt und kaum wahrnehmbar über der Masse der Toten erbebt. Es hat kein Wort. Es hat nichts zu sagen. Es flüstert seinen verrückten Unsinn gedankenlos und hoffnungslos ins totale Nichts, doch wo es an jenem stillen, grauen Ort auch immer vorbeikommt, ist ein unendlich leiser Schauer, eine unendlich zarte Regung, ein unendlich schwaches, unmerkliches Rascheln. Du kannst es kaum sehen. Du kannst es kaum hören. Von Laubblatt zu Laubblatt geht die Botschaft: etwas, nichts, alles. Etwas ist im Entstehen — aus nichts. Zum ersten Mal wird etwas aus dem Nichts erschaffen werden. Da ist kein Tropfen Wasser, kein Grashalm, kein einziges Wort.

Aber sie bewegen sich.

Und sie stehen auf.